古典文學研究輯刊

二十編

曾永義 主編

第3冊

王陽明文藝美學研究

楊庭曦 著

國家圖書館出版品預行編目資料

王陽明文藝美學研究／楊庭曦 著 — 初版 — 新北市：花木蘭
文化事業有限公司，2019〔民 108〕
目 2+156 面；19×26 公分
（古典文學研究輯刊 二十編；第 3 冊）
ISBN 978-986-485-877-4（精裝）
1.（明）王守仁 2.學術思想 3.文學美學
820.8   108011724

ISBN-978-986-485-877-4

9 789864 858774

古典文學研究輯刊
二十編 第三冊   ISBN：978-986-485-877-4

王陽明文藝美學研究

作　　者　楊庭曦
主　　編　曾永義
總 編 輯　杜潔祥
副總編輯　楊嘉樂
編　　輯　許郁翎、王筑、張雅淋　美術編輯　陳逸婷
出　　版　花木蘭文化事業有限公司
發 行 人　高小娟
聯絡地址　235 新北市中和區中安街七二號十三樓
　　　　　電話：02-2923-1455／傳眞：02-2923-1452
網　　址　http://www.huamulan.tw 信箱 hml 810518@gmail.com
印　　刷　普羅文化出版廣告事業
初　　版　2019 年 9 月
全書字數　137505 字
定　　價　二十編 19 冊（精裝）新台幣 40,000 元

王陽明文藝美學研究

楊庭曦 著

作者簡介

楊庭曦，江蘇揚州人，一九八五年生。本科至博士階段先後就讀於南京師範大學（漢語言文學）、南京大學（西方文論）、北京大學（文藝美學），並獲得文學博士學位。現於清華大學美術學院從事藝術史論的博後研究工作。碩士期間重點學習二十世紀西方文論，博士階段立足中國傳統美學理論，致力於考察中國文學和美學尤其是宋明理學與文學、美學之關係。發表過數篇相關學術論文，並著力於對傳統與現代、文學與藝術進行跨學科研究。

提　　要

　　本書從王陽明的心學思想出發，研究他的文藝創作及美學思想以及對明清文藝創作的影響。文章選取了王陽明存世的具有代表性的詩歌、散文和書法作品進行考察分析，結合他的人生軌跡和所處的歷史環境，旨在揭示王陽明的文藝創作與其心學學術之間的互動關係。正論部分結構共分爲七個部分：

　　緒論部分主要交代選題緣由和意義，王陽明作爲心學思想家，他的文藝創作卻一直沒有受到足夠的重視，在他的學術思想和文藝創作之間有著如何的內在聯繫，是本文的寫作出發點。

　　第一章從考察王陽明心學理論開始，闡述陽明心學的基本思想。對王陽明的思想的發展路徑，試圖從陽明心學與理學及文學傳統的文藝觀的互相關係進行分析。試圖從王陽明的心即理的本體論出發，探討其心性之學在文藝美學上的展開。

　　第二章具體探討了王陽明藝術觀的眾多美學範疇，即他是從何種角度去對藝術進行觀照的。王陽明的藝術觀與學術體系息息相關，比如內觀、同一等，從心性之學過渡到藝術創作之中。

　　第三章探討了王陽明詩歌的具體創作，選取他的詩作進行分析，結合他的學術思想的變化和當時當地的際遇，試圖探究他的詩歌與他所受的儒釋道和理學傳統之間的互動關係，以及陽明詩歌是如何反應心性之學的。

　　第四章探討了王陽明散文的創作類型，以及在散文中體現出的藝術特點。王陽明散文風格獨特，與一般文人散文有明顯的區別，本章考察他的散文從內容到寫作風格的美學追求，並延展考察王陽明對明清兩代散文風格的影響。

　　第五章探討了王陽明的書法創作。從明代書法理論和批評風氣入手，考察王陽明在明代的書法地位和他的書法觀念，並從王陽明存世的書法作品討論他的書法風格。

　　第六章從整體探討王陽明的文藝美學對於晚明文藝思想和創作的影響，思想方面以李贄爲例，並具體舉晚明張岱小品文爲例說明這種影響之下的文藝創作典型以及其中所體現的心學美學的繼承和發展。

目

次

緒　論

第一節　選題的緣由、意義

　　長久以來，對於王陽明的研究主要著重於他的學術思想，即陽明心學的哲學性上。王陽明本人除了心學哲思之外，作為官員，相比其他文人官員，他在軍事上戰功累累，這一點，應該會引起前輩陸游的極大的羨慕。作為一個士人，他在詩歌散文書法方面的文藝實踐也不為少見，並且水平不在同輩文人之下。究其原因，還是在於其心學哲學造成的極大影響力，並且他本人也以「做第一等事業」（成聖）——即追求在思想高度上無限接近聖人——為終身的座右銘，因此，對於王陽明作為一個全面性人才的研究就一直不夠充分，而對於文學藝術研究者來說，如何去探索王陽明文藝創作中的「載道」，可以說，其重要性就並非次於他的哲學思想本身。

　　為什麼要研究王陽明？杜維明認為，儒家分道、學、政三個方面。道是核心價值，學是學術傳統，政是經世致用。而陽明學在這三方面都涉及到了，我們對傳統儒學不管是從現實角度想經世致用，還是學人研究學術傳統，甚或是普通人只是想對身心性命有更深的體會，都可以從王陽明那裡得到所需要的東西。

　　王陽明雖然一直被認為是唯心主義，但是不能否認，他的所有重要的理念還是從傳統儒學來。從孔子以來，都強調一個為學之人，或者只要是受教育之人，都應該注重自身精神世界的打造和提升，把追求一種更高的人生境界作為人生價值和意義的所在。

　　同時，在王陽明的個人成長中，不僅受到儒學的影響，更曾經很深入親近過佛老二氏。雖然後來王陽明最終回歸儒學本旨，但是陽明學的理論本身也可以看出這兩者的影響。佛老二氏在中國人的精神品格和氣質上有著潛移默化的影響力，王陽明在佛老的影響下又融入了儒學的傳統，他的理論事實上也正符合了中國人廣泛地受到三教影響的事實狀況。因此，研究陽明學，也是在目前整個嚴重西化的學術氛圍中有意識地去回顧和審視中國文化語境中的學術和美學精神。有學者認爲，當前中國文論陷入自我萎縮的境地。中國文論作爲中國文化與人文精神的載體，應該是富於生命力的，應該是「人學」。在逐漸復蘇的「中國文化自覺」中，重新關注和凸顯中國的文化精神價值，保持一種文化審思的態度，對作爲當前的新時代文化主體的我們，如何去在新的文化語境中融合文化潛意識，從而找到更合適和更有力的文化論說立足點，也是不無意義的。

　　因此，在基於對作爲哲學、學術思想的陽明學的研究的基礎上，探討陽明學在文藝思想和美學上的追求就並非不必要。王陽明本人著述頗多，除了弟子記錄的《傳習錄》之外，留有大量的詩作、書信、序記、公文等，清朝朱彝尊說：「陽明子功烈氣節文章，皆居第一，時多講學一事，爲眾口所訾。善夫西坡先生之言也，曰：『陽明以講學故，毀譽迭見於當時，是非幾混於後世，至謂其得寧邸金，初通宸濠，策其不勝而背之，此讒謗之餘唾，不足拾取。』斯持平之論乎！龍江留別詩卷，乃將之官南、贛而作。是時宸濠反狀未露，而公已滋殷憂，故詩中節有『戎馬驅馳』、『風塵兵甲』等語。而又云『廟堂長策諸公在』，其後卒與喬莊簡犄角成功，蓋公審之於樽俎間久矣。詩律清婉，書亦通神，宜爲西坡先生所愛玩。」〔註1〕這段話中，不僅爲王陽明所謂的「功高蓋主」的冤名做了平反，更重要的是，可以看到，清代的學人們已經對王陽明作爲一個文人的意義給予了關注。因爲王學的心學思想在之後的影響太大，他的學生各自依據學術興趣點發展出了不同派支，並且都產生了不同程度的社會影響，因此在後來對王陽明的研究中，他作爲「心學」的集大成者和明清兩代心學學者的祖師，在學術方面的形象越來越爲世所推崇，而他的「功烈氣節文章」都被忽視了。本書無意考察他作爲官員的武功戰勳的歷史細節，而試圖考察作爲一個詩文創作頗豐的創作者、一個學者文人，他的文藝創作有怎樣的個人特色，與他的學術思想變化、個人的險峻境

遇如何互文，以及作爲對後世在各個方面都產生了何種的不可忽略的影響。可以說，他的文藝創作不僅代表了他個人的人生、思想，也是關於他所處的時代、戰事的史詩。

　　本書基於這個研究出發點，試圖考察王陽明的心學哲學與他的文藝美學之間的合理轉化關係，並結合他的文藝創作實踐，在哲學基礎之外，從文藝創作內部審視他的美學追求。

第二節　本課題研究的歷史與現狀

　　因爲王陽明在學術史上的重要影響和他在軍事方面的傑出成就，使得一直以來學人對王陽明的研究不在心學則在武功，而其文藝思想卻一直爲人所忽視。事實上，王陽明雖然不刻意用心在文藝，但是他留下的文學作品和書法作品卻並不爲少數，即使作爲詩人和書法家躋身文學史和書法史也毫無遜色，因此，近年來也逐漸有對王陽明文藝思想和實踐的研究，這類研究首要的著眼點更多在於對王陽明心學與明清兩朝的文學思潮、詩學思想等的影響研究。

　　目前對於王陽明的研究主要偏重於心學以及基於心學的美學方面。要討論王陽明的文藝美學，他的心學哲學和美學思想是必然要研究的基礎，同時，對於王陽明的文藝創作的研究，近年來也逐漸興起。本書的研究對象——王陽明文藝美學，正是在這二者的研究基礎上進行。對王陽明的心學思想的研究，從明代王陽明的弟子開始直至當代，幾乎一直沒有間斷過。除了王門後學作爲後繼者的著述外，清黃宗羲的《明儒學案》雖然有明顯的傾向性〔註2〕，但卻是少有的從學術角度梳理和評價明代儒學（理學）的著作，其中對當時學者不知「反身理會」，一味「述朱」的學術風氣提出批評，從而深推王陽明的心學爲「作聖之路」，更高度評價說「無姚江，則古來之學脈絕矣」〔註3〕。同時，對王門後學的被詬病，他認爲是後來者各以自己意見摻和，漸入玄妙，失卻了王陽明學說本意，後人以此攻訐心學爲妄，是沒有深入瞭解陽明心學

〔註2〕 《明儒學案》全書目錄編次以王陽明及其後學爲主要內容，《明儒學案序》開首寫道：「盈天地間皆心也，人與天地萬物爲一體，故窮天地萬物之理，即在吾心之中。後之學者，錯會前賢之意，以爲此理懸空於天地萬物之間，吾從而窮之，不幾於義外乎」，「萬物之理在乎心」和「在物上窮理是爲義外」的說法均顯示出黃宗羲對心學的學術傾向性。這種傾向性既源自他本人的學術傳承，也與當時的學術風氣有關。

〔註3〕 【清】黃宗羲，《明儒學案》，中華書局，2008年版，第178頁。

立學根本。《明儒學案》中總結了陽明學的發展,「其學凡三變而始得其門」,學成之後又有三變,方才形成「徹上徹下」的心學學說。黃宗羲以王陽明的語錄爲主要闡述材料,以陽明心學的主要學術論點爲中心,對其進行摘錄和逐條評點。

錢穆《陽明學述要》從宋明理學入手,認爲陽明心學的源頭在宋代。他把陽明學放在宋明六百年理學的大語境下,認爲整個理學以宋代開始,以明代結束。王陽明心學雖然脫理學窠臼,自闢蹊徑,但是總的來說還是脫胎於宋明理學。錢穆認爲,王陽明是明代理學的重鎮,理學到了他手裏,達到頂點。另一方面說,既是頂點,也是轉折。王陽明以後理學便逐漸衰落,心學作爲理學的代替,既宣告了理學之衰,也開啓了明清新的學術路徑。他提出,「評論王學的價值和地位,要看他解答問題的一面。那些問題,是從北宋時早已提出,積疊討論,遺傳下來的」〔註4〕。他把陽明學首先放到整個廣義理學的體系中考察,認爲王學首先是解決了宋學中的基本問題,而解決的結果就是陽明心學理論之核心。

近年關於王陽明心學的研究有陳來《有無之境》。他從王陽明哲學美學中的概念出發,通過梳理王陽明的中心詞「心」與儒學、理學中的眾多諸如「理」、「物」、「性」等概念的關係,將「心」的內涵進行了全面地擴展,並指出在王陽明的理論內部,「心」如何作用於其他。在對比過程中,既說明了王陽明心性之學的主體思想,也反過來明晰了陽明心學與宋明理學的分歧之處。在本體論之外,《有無之境》還從修養論和境界論幾個角度分別闡述了陽明哲學美學的不同層面。

本體論方面,他認爲,儒學傳統主張「有我」的境界,是儒家強調社會關懷和道德義務的必然結果,與之對立的是釋道的無我的境界。王陽明的心學美學的意義在於,他「高揚了道德的主體性,通過『心外無理』、『致極良知』、『仁者與物同體』,把儒學固有的『有』之境界推至至極,又從儒家的立場出發,充分吸收佛道的生存智慧,把有我之境與無我之境結合起來,以他自己的生命體驗,完成了儒學自北宋以來既堅持入世的價值理性,又吸收佛道精神境界與精神修養的努力」〔註5〕。

修養論方面,陳來主要討論了知行合一和誠意格物。王陽明致良知學說

〔註4〕錢穆,《陽明學述要》,九州出版社,2011年版,第1頁。
〔註5〕陳來,《有無之境》,三聯書店,2009年版,第9頁。

也正是從這兩個方面來。他認為王陽明並不是對朱學的調和，而主要正是反動。陳來認為，王陽明明確強調學術是「爲己之學」，借西方哲學的概念來闡釋，這種立場是從朱子學的理性主義轉向了存在主義。具體來說就是，朱子哲學中的「理」與「心」的疏離被彌合，主體性原則（「心」）替代了客體性原則（「理」），即王陽明提出的「心即理」、「心外無理」等理論。因此，王陽明的哲學美學直接指向「內聖」，所謂的良知恢復則人人皆可爲聖人，輕視朱子學所看重的見聞之知。

　　境界論方面，陳來認為，與程朱理學以「敬」爲工夫爲境界不同，王陽明是在敬畏之外求灑落。他提出整個宋明理學的一個基本主題是「如何在儒家『有我』之境的立場上消化吸收佛教（也包括道家文化）的『無我』之境」〔註6〕。王陽明的境界可以概括爲「以有爲體，以無爲用」。「其中『有』的境界也不僅僅是道德境界，也包含天地境界（仁者以天地萬物爲一體），『無』雖具有超道德性，但不是宗教式的外在超越，毋寧是面對人的生存的基本情態提出的超然自由之境」，「在這個境界的結構中，有無的體用聯結在一定程度上可以看做是內容（有）與形式（無）、本質與情態的統一。這個『有無合一之境』才是儒學從孔子到王陽明的終極境界」〔註7〕。

　　潘立勇《一體萬化》是第一部較爲系統探討王陽明心學美學的著作。他從王陽明心學哲學出發，推出王陽明的心學美學的四個層面，即「心物一體、良知爲本的『本體美學』，意在爲物、心物呈現的『現象美學』，緣機體認、直覺頓悟的『體驗美學』，及以行爲重、知行合一的『行動美學』。」〔註8〕這四個層面將王陽明的心學哲學納入了美學視域，針對這種哲學美學化，潘立勇提出了關於研究中國古代文藝理論和美學理論過於狹隘的問題。他認爲，「人們往往把中國古代的藝術理論直接等同於美學理論，或者把中國古代的美學理論局限於藝術理論」，「這種研究取向，使研究者的視野大都集中或流連於中國古代藝術領域，停留於藝術形態或藝術理論的層面，而忽視了對中國古典美學的更深層的探討」〔註9〕。因此，潘立勇在心學哲學和心學美學之間搭建了一座轉化的橋樑，他認爲中國古代美學本就具有形而上的特點，

〔註6〕陳來，《有無之境》，三聯書店，2009 年版，第 267 頁。
〔註7〕陳來，《有無之境》，三聯書店，2009 年版，第 312 頁。
〔註8〕潘立勇，《一體萬化》，北京大學出版社，2010 年版，第 7 頁。
〔註9〕潘立勇，《一體萬化》，北京大學出版社，2010 年版，第 74 頁。

古人的美學經驗是感性經驗，因此帶有強烈審美經驗特點的中國哲學正是古代美學乃至文藝美學的發源之處。在這個基礎上，他又提出，想要完整地研究中國古代美學，不能不結合哲學和文藝兩個方面，任何一方的偏廢，都會影響美學研究的視野和深度。

從這個立場出發，《一體萬化》這本著作以王陽明的心學哲學爲素材，從中提煉出上文所述的四個美學層面，最終得出王陽明美學的灑落境界，他歸結爲「實誠之境」、「至善之境」、「自得之境」，這三個境界就是王陽明常強調的「誠意」、「致良知」和「樂」。三者貫穿於陽明講學的始終，也貫徹於他的人生體驗之中。

趙士林在專著《心學與美學》導論中提出該書所討論的「心學」和「美學」的範疇，前者是陽明心學及其後學的總體思想，即包括泰州學派乃至李贄這樣深受心學影響但又有自身鮮明個性的「異端」思想家，後者則指以陽明心學爲思想基礎的明代市民文藝。作者從心學本論入手，將心學看作是「內聖之學」的極致，同時指向後者的終結，來鋪墊明代市民文學的哲學、思想基礎，他認爲，「內聖之學」發展到王陽明那裡，自然人性才逐漸發端，尤其以王門弟子王艮爲最倡導者。王陽明將道德與人性相關聯，提出人的本性之善即「良知」是人所共有的，代表內聖的道德觀念從理性逐漸走向了自然感性，因此才有了王門後學甚至是李贄這樣公然宣揚人欲這樣看似離經叛道的思想出現。

趙士林在這本著作中的重點在於從心學帶來的道德的感性趨向，即將人性、人欲賦予道德的合理性這樣的思想背景出發，闡述明代中後期的平民意識的興起以及相應產生的眾多推崇普通民眾的自然情感、自然人欲的文學作品和思想傾向。他提出，心學在這其中的作用是，將人的道德理性與人的自然感性融合起來，王陽明所推舉的心本體（即「良知」）作爲新的道德標準，既是理性的，又是感性的，既是心理的倫理化，也使倫理心理化的開端。這種開端發展到李贄等人那裡，就變成了現實。〔註10〕文人階層對這種思想潮流的接受，帶來了文學創作上情與欲的突出和雅到俗的轉變，這種轉變不僅表現在創作內容上更貼近於社會底層和大眾的普通生活，審美傾向從理性的冷峻轉向感性的眞誠，充滿眞率和樸素之美；同時也體現在文學題材和體裁上的民間化。唐詩、宋詞、元曲的文人化趣味，使得文學離民間甚遠，是士

〔註10〕趙士林，《心學與美學》，人民出版社，2013年版，第4頁。

大夫的專利。而明代小說、戲曲的興起和繁盛，使得「俗」文學不僅內容親切，形式上也更喜聞樂見。雖然幾乎仍然是由文人創作，但是無論是用於教化還是用於娛樂，都已經離人民大眾非常貼近。這種貼近不能歸結爲審美的向下走，而正是由心學興起所帶來的對普遍人性的尊重與宣揚。即使是愚夫愚婦，也有同聖人一樣的「良知」，因此普通大眾的價值和情感判斷、取向，也值得成爲被表現的對象。這雖然不能說是王陽明本人心學理論所直接闡述的理念，但是在發展過程中，又似乎是合理的走向。肯定人的本然屬性和本質力量，使之得到合理伸張，或者說使本然屬性和本質力量中的合理性得到伸張，是心學美學在明代中後期乃至延伸到清代的審美主題。作者在文章中圍繞這種審美主題，從作品、作家、風格等諸多方面進行考察，試圖勾勒出一個多方位的審美文化圖式。

　　左東嶺《明代心學與詩學》從心學在明代的興起入手，從社會政治思潮與士層階級的風氣探討心學在明代之所以逐漸佔據士人的思想領域的原因。從文學創作上來說，明初臺閣體從蔚然成風到逐漸破產，既是一種文體在文學創作史上的自然興衰，他提出這背後也有關於士人背負的「道與勢」的難以協調的矛盾，即官方意識形態與儒道原則的矛盾。因此，臺閣體詩風在這種搖擺和妥協的脆弱環境中，不可能具備詩文作品所需要的情感深度和深刻蘊含。而生氣與力度，則是心學最普遍的特徵。不管是陳白沙的心學還是王陽明的心學，所謂的萬物一體之仁是他們共有的認知，只有發自內心深處的誠意抒發，才是一體之仁的體現。王陽明提到良知之學，數次說到此良知是「活潑潑地」，是靜中有動。因此，對於王陽明的文學和美學思想，他總結爲是哲學家的思想加文學家的審美情趣。由此可見，對於王陽明的文藝美學方面的研究，是無法繞開他作爲心學家的身份的。他提出王陽明的審美境界，用王陽明的一句詩歌大致可以概括，即「不離日用常行內，直造先天未畫前。」他認爲，不管是豐富飽滿的情感、超然離俗的山水情趣還是對於美的捕捉能力，表現在詩文中時，都離不開他思想上對於這些審美認知的掌控。他從王陽明對「心」與「物」關係的理解上說明，作爲一個哲學家詩人的王陽明，是如何把這種掌控以文學的形式表現出來的。

　　關於陽明心學以及文學思想的研究，他從學術思想的影響出發，繼而延伸到明代文學思想以及創作的流變上去。關於學術思想的影響，他以王陽明以及王門後學爲出發點，以唐宋派的代表人物唐順之和獨樹一幟的李贄爲圓

心，論及童心說以及性靈文學的文學創作風格是如何在心學影響逐漸形成的。左東嶺認為，「儘管王陽明並沒有在文學理論上明確地提出性靈說，但在實際創作中則已顯示出鮮明的重主觀、重心靈、重自我的傾向」〔註11〕，因此，由王陽明的哲學思想和審美情趣所融合而形成的一種境界，正是構成王陽明的文藝美學的主體，而這種風格，也潛移默化地影響了明代中後期的諸多流行的文學思想。他由此提出，王陽明即使不直接輸出文學理論，但說他的思想是明代中後期的諸多文學思想的哲學思想則是毫不過分的。

許總的《宋明理學與中國文學》從理學這個大範疇考量對於中國文學發展的影響。在討論到明代理學部分時，他指出，「就理學與文學的關係而言，從程、朱到陸、王，理學與文學總是表現為一種間接的關係，而自左派王學開始，直到蔚為大觀的反理學思潮，卻與文學構成了一種直接的關係」〔註12〕，因此他認為，「明中葉以後出現的帶有近代化色彩的文學新思潮，特別是戲曲、小說的大發展，實際上正是左派王學以及反理學思潮的直接成果」。〔註13〕他提出，心學尤其是左派心學的興起，在客觀上產生「蕩軼禮法，蔑視倫常」的效果，與理學家對於社會倫理、文學創作中情感力量的壓制形成了對立的力量，促生了對後者的破壞力量，而隨著文學家們的普遍接受，這種本來形成於學術界的破壞力量，於是輻射為一場文學創作上的革命，這種革命正是以反理學的面目呈現出來的。因此，他從反理學的角度，考察了從前後七子開始的詩文復古運動以及明代的小說戲曲的民間創作形式。他認為，所有這些文學上的解放均來自於心學與理學的分化，從「性理」轉為「心理」，事實上鬆動了理學家所堅持的嚴格的封建倫理綱常，提倡「良知」的共通性、共有性，為人的主體作用打開了一個宣揚的窗口。而「人皆可以為堯舜」，更是為心性之學和心性文學的合理性提供了理論依據。

趙興勤《理學思潮與世情小說》以王學對市民文學的影響為研究對象，認為王學勃興帶來了話語權的下移。他提出，王陽明對於「人欲」的某種寬容，如承認七情也是天理所有這類的論述，對當時的明代思想路向產生了極重要的震盪，對自我意識、人的主觀能力的宣揚和強化，正是導致市民文學興起的重要原因。潘運告在《沖決名教的羈絡》中也指出，王陽明所提倡的

〔註11〕 左東嶺，《明代心學與詩學》，學苑出版社，2002 年版，第 52 頁。
〔註12〕 許總，《宋明理學與中國文學》，百花洲文藝出版社，1999 年版，第 366 頁。
〔註13〕 許總，《宋明理學與中國文學》，百花洲文藝出版社，1999 年版，第 366 頁。

「良知」之學，是一種自然人性論的思想。而正是這種思想，奠定了明清文藝思潮的思想理論基礎，從李贄、徐渭，到湯顯祖、曹雪芹，不管是學術上、思想上，還是文學創作上，都是基於闡發人的情慾感性需求，並以此為人的主體性的表現。因此，王陽明以良知來闡釋和框定情慾，雖然在王陽明那裡是以天理為主的，但是與理學家相比，這種思想上的鬆動一方面給情慾以合理性，另一方面，也對當時的理學籠罩下的學術、文學氛圍造成沖決。在王學的發展中，對人欲的闡釋逐漸從契合天理為主轉為對其中自然性的合理性的強調。而明清眾多偉大而具有極大影響力的文學創作，也在這種強調中應運而生。

相較於對陽明哲學、美學的研究，對王陽明文藝創作的研究並不能算是充分。如前所說，對陽明美學的研究以影響研究為主，明代中後期直至清代的文學創作等不可謂沒有站在心學美學所營造的思想基礎上，但是論陽明的文藝美學，卻不能不考察他本人的文藝創作。在他一生的學術生涯中，雖然並不十分看重文藝創作和文藝思想，認為文藝創作即使不必無，而思想內核（所謂的「立志」）才更重要，但是他卻創作了為數不少的文學作品，他的詩文與其他專事寫作的文人相比也不為遜色。對王陽明的詩文的研究有華建新的兩本專著《王陽明詩歌研究》和《王陽明散文研究》。

《王陽明詩歌研究》以王陽明一生的境遇和心路歷程為框架，分析了王陽明在不同時期的詩歌中的思想內涵，既對詩歌內容本身的考察、審美，也是對王陽明的個人思想境界的轉化、人生軌跡的梳理。作者在梳理過程中試圖揭示王陽明在詩歌中所釋放的關於生命若干主題的思考，比如王陽明對於生命意義的追求，包括文人常見的仕與隱的選擇；在思想發展過程中受到的佛道影響與吸收；『做聖人』的目標在政治環境的風雲變幻下的逐漸清晰等等，這些內容在王陽明的學術論述中，是以理論結果的形式出現的，而他的思考路徑、發展過程，卻在文學作品中被完整地保存下來了。華建新認為，雖然在不同的時期王陽明思想境界有所變化，這既跟他求學求道過程的發展階段有關，也與他個人際遇不無關係，但是以詩傳道是他一直堅持的方式，不管是深受佛道影響而求出世還是悟出「良知」之學的塵世中磨煉心志，對宇宙人生的體認這一主題在陽明詩歌中是一以貫之的。

《王陽明散文研究》以時間為軸，作者自述「是以王陽明散文創作與其心學思想探索之間的互動關係為研究重點，目的在於揭示兩者之間的規律性

問題」〔註 14〕。作者以王陽明「龍場悟道」爲時間分界，以「致良知」學說
的產生爲內容思想分界，分爲前後兩個時期。前一個時期以實務爲主要內容
主題，後一個時期雖然也大部分因事而發，但是因爲「心學」思想的誕生，
在陽明散文中更多地有「心學」的滲透，在題材、主題和語言方面都呈現了
不同於前期的鮮明特色。將學術融合進散文創作中，從具體的事、情入手，
最後落實到自己的學術思想上，是他後期散文的顯著特點。這既是以文載道，
也是印證「心學」思想的普適性。

除了詩歌散文之外，對王陽明的書法近年也逐漸有所研究。西泠印社出
版了計文淵編《王陽明法書集》，上海辭書出版社出版的國寶墨蹟系列有《王
陽明書銅陵觀鐵船錄寄》。王陽明的書法較其詩文更爲少有關注，不管是對他
本人的研究，還是作爲書法史上的一個個例研究，都不能算是充分的。這其
中的緣由前面也有提及。考察《法書集》，可以看到有一些書寫他自己所作文
章的手跡，比如《何陋軒記》、《象祠記》、《矯亭說》等。由此可見，王陽明
對於自己的思想與感情以文藝形式表現和流傳下來，並不是毫無主觀意識
的，甚至可以說，在某種程度上，他選擇性地主動留下了一些痕跡。將書法
作品和詩文對照看，對於研究他的思想、行爲甚至是個人生活都是兼具文獻
和藝術價值的。

第三節　本課題的研究方法

本文所論述的對象爲「王陽明文藝美學」，因爲王陽明的心學家身份以及
心學在他個人思想上的重要性，他的文藝美學不能不帶有心學色彩。在內容
邏輯關係上，本文則採取了從心學美學的探討出發，考察其在文藝創作上的
延展性；在結構編排上，分爲三個部分來闡釋：一、試圖梳理王陽明文藝美
學的理論來源；二、對王陽明本人的文藝實踐進行具體分析；三、考察王陽
明的文藝美學對於之後的文論、思想以及創作的影響。

具體寫作上，本書主要從以下諸方面展開論述：

（一）心學美學理論上與理學、儒學傳統的揚棄關係

程朱理學在明代是官方學術話語，與陽明心學的主要矛盾在於對本體的
認知上。前者以客觀外在的「天」爲道德本體，以「讀書明理」爲方式，強

〔註 14〕華建新，《王陽明散文研究》，安徽師範大學出版社，2012 年版，第 2 頁。

調萬物一體的基礎是天理流行，強調從體察物理而反觀自身。後者以主觀內在的「心」為道德本體，以「集義」、「致良知」為方式，認為「萬物皆備於我」，「心即理」、「心外無理」，強調物之理乃是心之理的外在表現方式，所謂「一體萬化」，強調通過恢復自體良知從而獲得物理世界的自然之理。打破了「心」、「性」、「理」在程朱理學那裡的區分，融合而成一個「良知」（即「本心」）概念，將這種具有本然良知的「心」上升到可以觀照宇宙普遍準則的高度，即把「心」本體上升到了宇宙本體。雖然追求道德本體，是二者的共同目標，但是對本體認知的差異，導致心學和理學在與對方相反的道路上越走越遠。心學在後來的發展中，更是將「心」從王陽明本人所倡導的「良知之心」擴展到包含自然人欲的「人心」，對人的私欲情感從節制發展到認可，進而又有對除了道德這個形而上主體之外，一己之身這個自然主體的強調，如王艮的「安身」、「愛身」之說。這類思想觀念則離程朱理學的「盡天理、滅人欲」更遠了。可以說，王陽明的「心本體」學說是一種由認識論推導出的本體論，因為他認為我們所認知到的「理」無一不是基於「心」的體認，他打破了以人為界限的內外世界之別。對於所謂的外在世界的認識，也無一不是建構在「心」的觀照體系之上，心如何觀照，理則如何產生，因此才說「心外無理」。程朱理學所認定的天理，在他那裡也無外乎是心理，他提出「心外無理」徹底否定了理學向外求的學術路數。

同時，心學就王陽明自己所述，是越過了理學的「支離」，直接來源於孟子的。在這部分，本文從兩方面闡述了與傳統的關係：一是心學對孔孟儒學的繼承和發展；二是心學美學與孔孟儒學所發展出的文藝傳統的異同之處。

（二）陽明心學美學的內在屬性和表現

陽明心學美學在哲學層面和文藝層面是一脈相承的。他的立足點在於建構一個以倫理主體為中心的世界。不管是學術還是文藝創作上，都可以看到他的這個原則。他從孟子那裡繼承了「以心體仁」的觀點，突出了人性論在宇宙人生中的絕對地位，建立了他自己的「內聖之學」，即追求人性的至善和心靈的絕對道德。這種道德不是理學家的道德，而是在儒、釋、道三家共同影響下的新的（王陽明則稱為是回歸孟子的）、發現人性中本來具備的「善端」的一種道德。因此，結合他的心學美學的理論和他的個人文藝創作二者共同來考察，可以看到，正因為他將道德本體界定在人的心靈上，就使得道德理性與自然感性、倫理與心理在一個主體身上難解難分。他既強調向內認取「良

知」本體，也強調要在事上磨煉；既強調時時「集義」，也強調「緣機體認」、「直覺頓悟」。

在具體的文藝創作中，在「以我觀物」的基本方式上，他所持有的思想感情也是不同的。在本文對這部分的寫作中，爲表現王陽明文藝美學的整體面貌，注意到了他在不同時期思想感情上的變化。

（三）對平民意識、情慾、雅俗等後世觀念的影響

這一部分的寫作主要拈取了三個對象進行三個方面的考察，一是王門後學在思想上的流變與發展，二是在人性問題上走得最極端的個案的考察，三是對明後期性靈文學的個案分析。

王陽明作爲明代甚至是整個明清兩代最爲重要的思想家，他個人的豐富性是遠遠超過了單純的心學哲學的。他一生文武兼才，又超然入聖，「立德、立功、立言」都達到了相當的高度。在最嚴峻的生存境遇下，他不僅發展出了影響廣泛深遠的學術思想理論，並且不輟寫作和講學。因此，爲了更全面地認識這樣一位即使以現代眼光看仍具有革命性意義的思想家、文人，對作爲他個人史詩的詩文等創作實踐，值得我們投入更多的關注和熱情。

第一章　儒學傳統下的王陽明文藝美學

第一節　陽明文藝美學與陽明心學

一、陽明心學的興起

　　對於心學，學術史上一向認爲發端於宋朝陸九淵，至王陽明則達到鼎盛。因此，提起心學，似乎講陽明心學的更爲多見。他在中國思想史和學術史上有著獨特地位，和朱熹一樣，是儒家學說的集大成者，是既傳承了儒家傳統又別具自己思想個性的一個特別的存在。

　　思想史上，他的大貢獻在於他的三個方面的理論，在他的學術內部解決了宋學以來一直糾纏不清的三大問題，即本體論、認識論和修養論三方面的問題。錢穆認爲，「宋代學者所熱烈討論的問題，不外兩部：一部是屬於本體論的，一部是屬於修養論的」，在這兩個大問題的統罩下，理學家門又在總的一致中分離出細微的分歧，形成了統一學風下的不同精神面貌，具體來說，「他們對於本體論的共同見解是『萬物一體』，他們對於修養論的見解是『變化氣質』」〔註 1〕，錢穆由此也提出，這個同中有異的學術氛圍造成了許多問題的發生。如萬物一體的「體」是在於「理」還是在於「氣」，孰先孰後，造成理學內部的「理氣之爭」。王陽明對這些問題的解決之道是加入了認識論，即爲：

〔註 1〕 錢穆，《陽明學述要》，九州出版社，2011 年版，第 1 頁。

心即理的本體論、知行合一的認識論和致良知的修養論。在後面會講到，心即理的本體論是基於他認識論上的本體論，王陽明所有的思想都圍繞這方面展開。在理學作爲官方學術和儒學顯學的宋明兩代，王陽明堅持心學理論，雖然前有陸九淵作爲奠基人，但是要與理學眞正分庭抗禮，並且使學者文人逐漸接受這樣的學說，最終影響明清的學術和社會思潮，可想而見，相對於其他儒家學者，王陽明的學術之路經歷多番曲折也幾乎是必然的了。

王陽明生在一個寬鬆有教養的知識分子家庭，從小隨著父親和祖父與一些名士甚至和尚道士談天說地吟詩作對。王陽明 11 歲隨祖父赴京與當時在京做官的父親團聚，途中投宿鎭江金山寺，在其他客人行酒吟詩一時做不出滿意詩句的時候，他吟出「金山一點大如拳，打破維揚水底天。醉倚妙高臺上月，玉簫吹徹洞龍眠」，語驚四座。又以月爲題，作詩一首：「山近月遠覺月小，便道此山大於月。若人有眼大如天，還見山小月更闊。」這首詩雖是吟月，其中的相對論思想，已經巧合地與其日後的心學思想有某種對照。

王陽明自小立志做「第一等事業」，不以科舉走仕途爲最終人生追求，一心要做聖人。他求索於程朱理學的格物窮理學說，後來在格物上受到挫折，「格」了七天竹子，一無所獲，大病一場。這就是著名的格竹事件。這是王陽明第一次認識到從宋代以來一直佔據絕對學說地位的程朱理學，在他這裡行不通，從此放棄了程朱理學格物、讀書、窮理的爲學路徑。對自己成聖的期待落空了，但是對於得「道」的追求並沒有放棄，於是他轉入道、佛二氏，試圖從這二者中找到洽和自己追求的某種答案。他自述在道釋二氏中浸淫多年，甚至發生了因爲太專心於與老道坐而論道而忘記了自己婚禮的戲劇性事件。然而佛道也並沒有解決他的終極問題，隨著個人境遇的轉變，以及爲學日深，他漸漸認識到這兩者的問題。弘治十五至十六年，王陽明因疾在浙江休養，正是在病中，他逐漸意識到求佛問道是「簸弄精神」，他看到，道家和佛家都要求人們要超脫出塵世之俗，甚至斬斷父母親情。而他在求道的過程中又發現，即使是所謂的得道高僧也難以完全斷絕親情。他說「此念生於孩提。此念可去，是斷滅種性矣。」〔註2〕年譜記錄了他喝醒閉關僧人的故事。有禪僧坐關三年，不語不視，王陽明對他呵斥道：「這和尚終日口巴巴說甚麼！終日眼睜睜看甚麼！」和尚驚起。王陽明問他可還有父母親人，又問道「起念否」，和尚回答道「不能不起」。王陽明則以愛親本性教諭他，「僧涕泣謝。明日問之，僧已去矣。」佛教公案中常

〔註2〕 【明】王守仁，《王陽明全集下·年譜一》，上海古籍出版社，2011，第 1351 頁。

有棒喝以叫人頓悟的，王陽明這段故事似乎正是心學版的棒喝頓悟。這既是他自我認知從摒棄雜念的佛道修養方法轉向遵從人性本來面目的過程，也是奠定了他後來龍場悟道，提出「致良知」這個總綱領的基礎。一方面，他認識到，「孝」乃是人之本，「此念生於孩提」，想要去除了這個「人之本心」，是不應該也是不可能的。另一方面，道家和佛家都主張不要過多地關注社會，以求得六根清淨。在他的內心，從宣稱要做「聖人」開始，就有濟世為民的種子，讓他只顧個人得道，而不顧民眾疾苦，是不能心安的。因此，他說「佛氏不著相，其實著相；吾儒著相，其實不著相」。他解釋道，「佛怕父子累，卻逃了父子；怕君臣累，卻逃了君臣；怕夫婦累，卻逃了夫婦；都是為個君臣、父子、夫婦著了相，便須逃避。如吾儒有個父子，還他以仁；有個君臣，還他以義；有個夫婦，還他以別。何曾著父子、君臣、夫婦的相？」〔註3〕就是說，直指本心，依心而行，這樣的儒家、儒者，比自稱看破紅塵的道家佛家，更接近道和佛所宣稱的教義，也更有普度眾生的實際意義。他指出，儒家和佛家道家的區別，「只有毫釐之間」，「吾儒養心，未嘗離卻事物，只順其天則自然，就是工夫。釋氏卻要盡絕事物，把心看做幻相，漸入虛寂去了。與世間若無些子交涉，所以不可治天下。」〔註4〕他於是復歸於儒，並且從程朱理學中跳脫出來，從他自己的親身體驗悟出「致良知」的心學。

雖然經過多年思索，他放棄了道家和佛家的空寂之學，找到了自己的體道之路，但是道和佛的某些思考方式卻對他影響極大。如他初期鼓勵澄心默坐，要求學生自己體認本心，就受到佛家「明心見性」的影響，佛家講究靜坐淨心、見性成佛，王陽明也講體認到本心，依心去做事，自然就能成了聖人。又講，體道是一個減的過程，這與老子的「為學日益，為道日損。損之又損，以至於無為，無為而無不為」也是不謀而合，去除那些會給「心」造成翳蔽的東西，最後只剩下「純乎天理之心」，就自然是未發之中，發而中節。所謂未發之中，發而中節，就是時時處處符合天理。

王陽明的心學傳統，雖然是他自身體認出來，卻也是其來有自。講「心」最早的源頭為孟子，王陽明也自稱上承孟子，就是孟子所提出的「本心」，「非獨賢者有是心也。人皆有之。賢者能勿喪耳。」〔註5〕這個「心」當然不是指

〔註3〕 【明】王守仁，《王陽明全集》，上海古籍出版社，2011，第112頁。
〔註4〕 【明】王守仁，《王陽明全集》，上海古籍出版社，2011，第121頁。
〔註5〕 《孟子・告子上》，《四書五經》，中華書局，2009，第105頁。

物理意義上的「心」，也不是指普通的意識行為，而是包含了孟子思想的道德意義上的「道德之心」。因此他以生死為參照物，本心就是「所欲有甚於生者，所惡有甚於死者」，他總結為「取義」，又曰「集義」。孟子說性善，是就這種道德之心而言說人之本性，就是說，孟子認為每個人的本性是那種能自然生發仁義之理的道德本心構成的，也可以說人的本性中天然包含有這種「道德性」。儒學常說的「內聖外王」，孟子在這裡確定的內聖之學，而到了王陽明才重又發出璀璨的光輝。這是陽明心學在學術史上的貢獻，雖不能說是大發現，卻也不得不說是大發揮。

　　孟子反對告子的「生之謂性」，反對告子將人的「仁善」界定為不確定的外因作用的結果。孟子認為，「仁善」是每個人的本性，反對將「仁善」依靠在外在的東西上。孟子認為，仁是內在，內在是「心」。他說：「仁，內也，非外也」，「惻隱之心，人皆有之。羞惡之心，人皆有之。恭敬之心，人皆有之。是非之心，人皆有之。惻隱之心，仁也。羞惡之心，義也。恭敬之心，禮也。是非之心，智也。仁、義、禮、智，非由外鑠我也，我固有之也，弗思耳矣。」〔註6〕因此，在孟子看來，不是把外在的仁義吸納於我，而是「我」之心與它們是合二為一的，此心就是仁義之心，仁義就是此心自發。王陽明在這個基礎上，提出「心即理」，就是說，這些仁義禮智作為對待人事物的理，擴充地講，也是對待整個宇宙人生的理，是天理，同時因為是人心固有的，因此人心就是天理。

　　王陽明的「良知」也本於孟子，孟子講：「人之所不學而能者，其良能也，所不慮而知者，其良知也。孩提之童，無不知愛其親也。及其長也，無不知敬其兄也。親親仁也。敬長義也。無他，達之天下也。」〔註7〕孟子雖然是從人的孝敬父母兄長說起，但是真實的意指是在說人天生具備知仁知義的本心。因為是自發地知仁知義，因此才說是良知。推而廣之，作為良知的本體的「仁義」，是其他善端的基礎，就是孟子所說的「達之天下」。這個達之天下，不僅在「孝悌」觀念上從他自己的「親親敬長」進到了孔子的「仁者愛人」上來，也將良知從「孝悌」一端擴充到惻隱、羞惡、辭讓、是非等諸多方面，即所謂的「四端」。王陽明正是順著孟子的「我固有之」的這個思考路徑，將「良知」與「本心」等同起來，良知從仁義之端可以擴充到宇宙天下，

〔註6〕《孟子‧告子上》，《四書五經》，中華書局，2009，第104頁。
〔註7〕《孟子‧盡心上》，《四書五經》，中華書局，2009，第112頁。

「本心」也同樣具備了這個本質。同時，王陽明將孟子的「良知」和「良能」合二爲一，提出「知行合一」的本然性，並將之統一包括在「良知」裏。因此，他雖然是心學學說，卻更愛講「良知」，一方面是更好地說明本心的本質，另一方面也避免了別人混淆了他這裡「本心」與普通「人心」這兩個概念。對於後者，因爲他不同意程朱理學中也常提及的「道心」「人心」二元論，而「本心」的確不同於平常的日常之心，對此他的確也做出了很多解釋，在後面行文中會說到，比如磨鏡的比喻等等。關於良知本心，他說道：「良知只是個是非之心。是非只是個好惡。只好惡就盡了是非，只是非就盡了萬事萬物。是非兩字是大規矩。巧處則存乎其人。」〔註 8〕又說：「良知只是一個天理自然明覺發見處，只是 一個眞誠惻怛，便是他本體。故致此良知之眞誠惻怛以事親便是孝，致此良知之眞誠惻怛以從兄便是悌，致此良知之眞誠惻怛以事君便是忠。只是一個良知，一個眞誠惻怛。」〔註 9〕這個「良知」作爲內在本性，遇到種種不同的具體情境，就自然而然表現爲各種不同的「事理」，因爲是自然呈現的，因此也可說是「天理」的表現。如在對父母長輩的事上就表現爲孝，對兄長的事上就表現爲悌，對君主的事上就表現爲忠。孝、悌、忠便是具體狀況下的「天理」，就是孟子那裡的一系列道德法則。這些天理不是外在強加的，而是良知本身所「自然明覺」的並且是自發的。這是陽明立論的核心，也是王陽明與之前的程朱理學，尤其是朱學最可爭辯處。

　　雖然王陽明自陳良知之學本自孟子，但是從直接的承繼關係上，不得不說他得益於陸九淵。心學起自陸九淵，但是到了王陽明那裡才臻於成熟。在「理」與「心」何爲本體這個問題上，王陽明無疑是堅定地繼承了陸九淵的「心本體」論，與程朱理學一派劃分得很清楚。但是在這個大前提下，陸王在具體的理論闡述上也有一些區別。如果說陸九淵還是在奮力擺脫程朱理學的影響，努力開闢出心學獨特蹊徑的話，那麼王陽明就已經在陸九淵的基礎上徹底發展和完善了帶有自身特點的心學理論。

　　首先是對於「心本體」的強調。這一點是心學的立學根本。陸王二人對「心本體」的理解都從孟子那裡來。孟子認爲，「理」是人心之所同然，在他那裡，「理」與「心」還是分爲兩物，重要的是「理」，而人們在認識「理」這個對象的時候，因爲某種心理結構的同一性，而對「理」的認識也相通。陸王二人在此基礎上，

〔註 8〕　【明】王守仁，《王陽明全集》，上海古籍出版社，2011，第 126 頁。
〔註 9〕　【明】王守仁，《王陽明全集》，上海古籍出版社，2011，第 95 頁。

認爲既然「理」是人心之所同然，那麼必然存在導致這個結果的「之所以同然」。對此，二人從理學中跳脫出來，借孟子的「不慮而知」「不慮而能」，著重強調心理結構的同一性，即把「心」這個概念突出出來。認爲理的同然只是我們能看到的結果，眞正應該著力的是這個結果背後的作用原理。這就是「心本體」論的前提。除了強調歸因和本質問題，陸王也對「所同然」的「理」的具體範疇上加以確定。孟子的「理」沒有宇宙規律和社會規範的意義，而陸王認爲，既然心是本體，那麼心之所發就是宇宙的原理，是天理，也是普世價值所在。對於心的本體是人所固有的良知良能這一理念，陸王並無二致。既然是良知良能，是人所固有不變的，爲什麼又要特意拈出心的本體地位，又爲什麼需要專門提出「立心」一說呢，豈不是多餘？陸王在這個問題上的回答也是相差無幾的，即良知會爲欲所蔽，因此要再反求本心。陸九淵沿用了孟子的「求放心」的說法，強調立心是首要，學問就是「求放心」。他說：「心之在人，是人之所以爲人，而與禽獸草木異焉者也，可放而不求哉？」〔註10〕首先說明心的本體地位，它是人之所以存在的基礎，是區別於其他宇宙萬物的根本，因此如何保住「心」，應該是首要的事情。陸九淵認爲，雖然良心是人所固有、通有，「吾心之良吾所固有也」〔註11〕，但是爲什麼不是人人都能保有良心，從而成爲一個眞正的人呢？他說，「吾所固有而不能以自保者，以其有以害之也。……夫所以害吾心者何也？欲也。」〔註12〕又說：「人之生也，不能皆上智不惑。氣質偏弱，則耳目之官，不思而蔽於物……當是時，其心之所主，無非物欲而已矣。」〔註13〕這兩句說的一方面是欲的客觀存在，它妨害了我們本來擁有的「心之良」；另一方面，從主觀方面看，我們作爲主體，因爲智慧不夠和心性不夠堅定，所以也容易爲物欲所蔽。由此可見，一方面良心是人所本有、固有，一方面人們又因爲物欲的蒙蔽而無法保住這個固有的良心，而在思想和行動上偏離了良心的指引，卻依循物欲而爲。因此，陸九淵認爲，爲學的目的就是要讓自己、讓他人認識到要保住良心，讓人們重新依照本心存在，這才符合了人之所以是人的意義。就是應承了孟子所說的「學問之道無他，求其放心而已矣」。他把「心」（良心）和「欲」對立起來，認爲「良心之在人，雖或有所陷溺，亦未始泯然而盡亡也。」〔註14〕但是「欲之多，則心之存者

〔註10〕 【宋】陸九淵，《陸九淵集》，中華書局，1980 年版，第 373 頁。
〔註11〕 【宋】陸九淵，《陸九淵集》，中華書局，1980 年版，第 380 頁。
〔註12〕 【宋】陸九淵，《陸九淵集》，中華書局，1980 年版，第 380 頁。
〔註13〕 【宋】陸九淵，《陸九淵集》，中華書局，1980 年版，第 374 頁。
〔註14〕 【宋】陸九淵，《陸九淵集》，中華書局，1980 年版，第 377 頁。

必寡，欲之寡，則心之存者必多……欲去則心自存矣。然則所以保吾心之良者，豈不在於去吾心之害乎？」〔註15〕這裡陸九淵提出，心作為本體，是不會完全泯滅的，但是良心會隨著物欲的增長而減少，隨著物欲的減少而增加。因此，人們應該以保有本心為貴，以迷於物欲為恥，他在詮釋孔子的「人不可以無恥」這句話時，就完全站在了心學立場上，提出「人惟知所貴，然後知所恥。……人之所當貴者，固天之所以與我者也，而或至於戕賊陷溺，顛迷於物欲，而不能以自反，則所可恥者亦孰甚於此哉？」〔註16〕他認為，人的良心是天然自有的，所以什麼是善什麼是不善，人們並不是不能認清。知道了什麼是作為人之可貴者，就知道了什麼是可恥者。良知是人天生就擁有的，應該值得人們珍貴。他批判了那種甘於為物欲所迷，而戕害本性不知悔改的人事，認為那就是「無恥」。這樣的人，不僅不可能成聖成賢，甚至不能稱為是一個真正的人。

在宇宙論上，陸九淵也堅持認為「宇宙便是吾心，吾心即是宇宙」，心的內在準則與宇宙的普遍之理是同一的，因此他提出宇宙萬物由於「心」而「皆備於我」。宇宙所代表的「四方上下」的空間的普遍性和「古往今來」的時間的恒常性，都與心體是一致的。陸九淵並不否認宇宙之理的客觀性，他說：「此理乃宇宙之所固有」〔註17〕，又說「此理在宇宙間，固不以人之明不明，行不行而加損」〔註18〕，天地之理並不是由心而產生，理既存在於人心，也普遍充塞於宇宙之中，而對於人來說，這個天地之理跟心之理是可以通感的，因此，把握住心，就是把握住了天地之理。在這個基礎上，他提出「心即是理」。可以看出，陸九淵的心學觀並不排斥程朱理學所說的「物理」，他說「塞宇宙一理耳，學者之所以學，欲明此理耳」〔註19〕，「宇宙間自有實理，所貴乎學者，為能明此理耳」〔註20〕，因此，在為學本旨上，他與程朱理學並不盡然相悖。只是他認為，程朱理學追求理的方法范然無著，是本末倒置了，他視之為「支離」。對人來說，追求理就是保存天然之良心。程朱強調讀書明理，陸九淵則認為，如果不先立心，那麼越是著力於學，越是南轅北轍。朱熹曾經對學人說「陸子靜專以尊德性誨人，故遊其門者多踐履之士，然於道

〔註15〕　【宋】陸九淵，《陸九淵集》，中華書局，1980年版，第380頁。
〔註16〕　【宋】陸九淵，《陸九淵集》，中華書局，1980年版，第376頁。
〔註17〕　【宋】陸九淵，《陸九淵集》，中華書局，1980年版，第28頁。
〔註18〕　【宋】陸九淵，《陸九淵集》，中華書局，1980年版，第26頁。
〔註19〕　【宋】陸九淵，《陸九淵集》，中華書局，1980年版，第161頁。
〔註20〕　【宋】陸九淵，《陸九淵集》，中華書局，1980年版，第182頁。

問學處欠了」，又說自己「某教人豈不是道問學處多了些子？故遊某之門者踐履多不及之。」朱熹看來，陸九淵太偏重強調尊德性，講究心性，在讀書窮理這方面太欠缺了，而自己對學問偏重讀書窮理，在對德性的踐履方面又有所不及，陸九淵對這種想要調和尊德性和道問學的觀點不以爲然，認爲「既不知尊德性，焉有所謂道問學？」〔註21〕所謂的讀書窮理，一定是要在德性的基礎上進行，道問學只是工夫，尊德性才是頭腦。他認爲「好學」學的是立心，他舉反例說「世蓋有人焉，氣庸質腐，溺於鄙陋之俗，習於庸猥之說，膠於卑淺零亂之見，而乃勉勉而學，孜孜而問，茫茫而思，汲汲而行，聞見愈雜，智識愈迷，東轅則恐背於西，南轅則恐背於北，執一則懼爲通者所笑，泛從則懼爲專者所非，進退無守，彷徨失據，是其好之愈篤，而自病癒深。」〔註22〕在陸九淵看來，如果不先立心，那麼憑著物欲影響下的庸腐的氣質去學、問、思、行，結果不是在錯誤的道路上越走越遠，就是毫無主見，進退失據。因此他認爲，「欲明夫理者，不可以無其本。本之不立，而能以明夫理者，吾未之見也。」〔註23〕這裡的「本」，就是陸九淵所說的本心。本心使人有所主，就是在思維行動上有了歸依，才不至於無所不爲，才能分辨是非善惡。陸九淵在運用「心」這個概念上因爲沒有嚴格區分一般知覺主體的「心」和道德性的「本心」，因此常常被誤認爲「心即理」就是將心的一切知覺活動都合理化，造成一種似乎走向了絕對唯心主義的印象。到了王陽明那裡，如上文所提及的，這個概念的模糊運用的問題得到了某種程度的解決。

王陽明講「心外無物」、「心外無理」，這裡的「心」是等同於「本心」的。王陽明幾乎不講本心，他用「心」直接代替本心，而用「意」、「人心」等概念命名作爲知覺主體的「心」。他的後期理論中更注重實踐，在表達「心即是理」的內涵時使用了「致良知」的概念，避免了核心問題的模糊性。王陽明主張的「心外無理」的「心」不是指一般知覺活動的意識主體，而是承載符合天理的道德準則的道德主體。在這個意義上來說，心外不止無理，「心」甚至也包含了宇宙中的一切可感可思的存在。因此他說，「心外無物，心外無事，心外無理，心外無義，心外無善」。相對於陸九淵把「本心」等同於天理來說，王陽明對「心」的本體意義強調得更爲徹底。心和理不再是一對平行概念，

〔註21〕 【宋】陸九淵，《陸九淵集》，中華書局，1980年版，第400頁。
〔註22〕 【宋】陸九淵，《陸九淵集》，中華書局，1980年版，第373頁。
〔註23〕 【宋】陸九淵，《陸九淵集》，中華書局，1980年版，第378頁。

在他這裡，理是依存於心而存在的，不止是理，一切的道德準則和社會規範，都是依賴於心而存在，這種依賴不是指從「心」產生出這些理念，而是說，如果沒有本然之心的道德實踐，這些東西就無從附著，也就無從談起。

其次，在具體的修養實踐上，王陽明在「立本心」的基礎上提出知行合一。陸九淵的「發明本心」的學問，更多時候首先是一種內在修養方法，他強調「先立乎其大」，就是要保存、養護本心，認為這是學問的根本，並且「理」自然就會隨之而得，反對讀書窮理。他講到，「今之論學者只務添人底，自家只是減他底，此所以不同」〔註24〕，所謂學者的增添，陸九淵針對的是經典傳注，他認為人情物理皆備於本心，去讀傳注是捨近求遠，學者疲於研究經典傳注，反倒擔子越來越重，不如訴諸踐履，才是簡捷又直接的為學方法。因此，他教育弟子也是這樣，「人品在宇宙間迴然不同。諸處方曉曉然談學問時，吾在此多與後生說人品」〔註25〕。所謂的人品，不是單指品性上的好壞，就陸九淵而言，是指本心是否完善地得以保存持有，他所考究的不是外在事物的規律，他說：

> 復齋家兄一日見問云：「吾弟今在何處做工夫？」某答云：「在人情、事勢、物理上做些工夫。」復齋應而已。若知物價之低昂與夫辨物之美惡真偽，則吾不可不謂之能，然吾之所謂做工夫，非此之謂也。〔註26〕

陸九淵說在人情事勢物理上做工夫，並不是去考察物價的高低，去辨別事物的真偽美醜，而是在這些具體的方面考察依循本心應該如何正確地去行事。這種理念在王陽明那裡得到了更大的繼承和發展。陸九淵有時又將體悟本心進行過分強調，而看起來似乎對具體的實施方法多有省略：

> 先生居象山，多告學者云：「汝耳自聰，目自明，事父自能孝，事兄自能弟，本無少缺，不必他求，在乎自立而已。」〔註27〕

陸九淵認識到人因為有資稟的高低、氣質的美惡，質弱者就容易受到物欲的遮蔽。但是在具體的修養實踐上，他卻一概而論，只強調「自立」。雖然把捉本心是徹底的方法，但是在教人方面，卻有失粗糙。他只強調本心的本來完善，卻沒有提出具體如何操作，對不同資質的人也沒有提出不同的修養方法。

〔註24〕【宋】陸九淵，《陸九淵集》，中華書局，1980年版，第401頁。
〔註25〕【宋】陸九淵，《陸九淵集》，中華書局，1980年版，第400頁。
〔註26〕【宋】陸九淵，《陸九淵集》，中華書局，1980年版，第400頁。
〔註27〕【宋】陸九淵，《陸九淵集》，中華書局，1980年版，第408頁。

這樣的統一而論，事實上是王陽明所說的接上根之人的方法。陸九淵提倡靜坐內觀的存心工夫，認為靜坐可以發明本心。除了靜坐，他也提倡「思」，他說「積思勉之功，舊習自除」，「知非則本心即復」，「既知自立，此心無事時，須要涵養，不可便去理會事」〔註28〕，由此可見，陸九淵很強調「知之」的重要性，他的靜坐涵養等理念也不能說沒有二程的影響。他說此心無事時，不能立即去理會事，須要涵養，而這在王陽明那裡正是需要再下工夫的地方。這是王陽明心學與陸氏心學的一大不同之處。

王陽明早期也教人靜坐，後來發現靜坐並不是根本之法，於是提出知行合一，提出在事上磨練。他說：「初學時心猿意馬，拴縛不定，其所思慮多是人欲一邊，故且教之靜坐、息思慮。久之，俟其心意稍定，只懸空靜守，如槁木死灰，亦無用，須教他省察克治」〔註29〕，這就是說，靜坐並不能像陸九淵所期待的那樣，是一種最接近保存本心的方法，只是對於心猿意馬之人的一種最基礎的工夫，然而這種工夫又有弊端。如果一味靜坐，一方面容易有喜靜厭動的傾向，結果就是如「槁木死灰」，另一方面，遭遇切實的事務又不能處理，就是他說的「遇事便傾倒」。因此他提出，「省察是有事時存養，存養是無事時省察」，就是說，不管有事無事，知行都是合一的，區別只在於表現形式是省察還是存養而已。知行合一是王陽明的大發明，摒棄了之前的理學也包括陸九淵的心學理論中把知和行分為兩件事說的慣例，也是王陽明在具體的學術方法上對陸九淵的極大發展，他的學生說：

> 象山論學與晦庵大有同異，先生嘗稱象山「於學問頭腦處見得直截分明」。今觀象山之論，卻有謂學有講明，有踐履，及以致知格物為講明之事，乃與晦庵之說無異，而與先生知行合一之說，反有不同。〔註30〕

由此可見，陸九淵在本體問題上脫離了程朱理學，但是在一些為學方法上，仍然受到程朱的影響。王陽明認為陸九淵沒有跨出學術沿襲對知行二分的影響：

> 曰：致知格物，自來儒者皆相沿如此說，故象山亦遂相沿得來，不復致疑耳。然此畢竟亦是象山見得未精一處，不可掩也。〔註31〕

〔註28〕 【宋】陸九淵，《陸九淵集》，中華書局，1980年版，第454頁。
〔註29〕 【明】王守仁，《王陽明全集》，上海古籍出版社，2011，第1版，第18頁。
〔註30〕 【明】王守仁，《王陽明全集》，上海古籍出版社，2011，第1版，第233頁。
〔註31〕 【明】王守仁，《王陽明全集》，上海古籍出版社，2011，第1版，第234頁。

王陽明認為，真正的知和切實的行是不可分開的，他多次提到心體得到恢復時，知和行就是同一件事的兩面。他不贊成一味思索靜坐而不去切實踐行，認為不踐行的「知」不是真知，不省察的「行」不是篤行。與普通的知行觀念相比，這是一種非常理想化和絕對化的知行觀，因為他排除了非從良知出發而形成的所有「知行」的合法性。而這恰恰與他的良知本體論是互為印證的。他提出的「致良知」理論，就是恢復心的本體的具體工夫，孟子和告子辨「不動心」，認為告子是把捉住心不讓動，而真正的「不動心」不是拒絕一切的外來影響，不去看不去聽，而是堅守住心之本體，而堅守心本體的方法就在於「集義」。王陽明繼承了這樣的理念，他的致良知就是要達到這樣的境界。在本體和工夫上，他找到了完美的理論支持。他解釋陸九淵的在人情事變上做工夫之說時，認為正是要在這些「人情事變」上省察，因為「除了人情事變，則無事矣」。陸九淵已經提出這個隨時隨事做工夫的觀念，只是沒有繼續深入下去，而在王陽明這裡，被格外地重視和強調了。但是他也一再提醒，在與俗務接洽、在事上磨練的同時，又要警惕被私欲遮蔽。對於知與行的相互關係，他有如下說法：

> 未有知而不行者。知而不行，只是未知。聖賢教人知行，正是要復那本體……某嘗說知是行的主意，行是知的工夫；知是行之始，行是知之成。〔註32〕

他認為，知行在本體上只是同一個，古人分成兩件說，是因為有一種人迷茫地去做，而全然不思索省察，又有一種人，整日懸空思索，卻不肯著實切身去實踐，因此對第一種人提出知，對第二種人又提出行，是為了治他們的偏病，是不得已。如果認識不清這個同一的本體，一心研究討論要「知」，認為等到徹底「知」了才去實行，就會終身無法「行」，事實上也就終身不能獲得「真知」。對於受教育的學人來說，這種偏病則更為常見。王陽明認為，如果明白這個本體，就是把知行說成兩件事也不要緊，做的時候自然會知行合一，如果不明白這個本體，就是說成一件也是徒勞。在他的學生問他陸九淵為什麼在學問頭腦上立得住，卻在知行問題上和程朱一樣時，王陽明也作出了類似的回答，他認為，雖然陸九淵受到格物致知的傳統概念的影響，但是跟程朱的知行二分在本質上還是有區別的，因為陸九淵在心體問題上與程朱是截然不同的，也就是王陽明認為的「頭腦處見得分明」，因此即使一開始沒有融

〔註32〕　【明】王守仁，《王陽明全集》，上海古籍出版社，2011，第 1 版，第 4 頁。

會知行合一的本體，但是在爲學的過程中，慢慢就會達到一致。

最後，對於一些重要概念的理解，王陽明也更進一步。陸九淵開創心學，本身的理論就如王陽明所說，「於學問頭腦處見得直截分明」。但是一種理論的初創往往是這樣，在具體的問題上，並不能完善。陸九淵一生不事著述，他的「發明本心」的學問也都是在前人經典的基礎上進行心學角度的重新解讀：

　　　　或問先生何不著書？對曰：「六經注我，我注六經。」韓退之
　　是倒做，蓋欲因學文而學道。〔註33〕

他認爲，只要有了主體思想，經典都是可以拿來做自己學問的注腳的，又何必專門著書。他批評韓愈，認爲他文以載道的說法是想通過學經典而得到理，跟程朱一樣是本末倒置了。所謂的本末倒置的內容，就是他與朱熹最根本的區別，關於「理」和「心」何者爲本體的問題。

從程朱開始，格物致知就成爲學術討論中重要的理論範疇。二程認爲，格物就是窮理，陸九淵說：

　　　　格，至也，與窮字、究字同義，皆研磨考索以求其至耳。〔註34〕

陸九淵對格物的理解並沒有完全跳出二程的影響。《語錄》記載：

　　　　先生云：「……致知在格物，格物是下手處。」伯敏云：「如何
　　樣格物？」先生云：「研究物理。」伯敏云：「天下萬物不勝其繁，
　　如何盡研究得？」先生云：「萬物皆備於我，只要明理。」〔註35〕

可以看到，陸九淵也贊成以「格物」爲「致知」的工夫。但是陸九淵的格物說與程朱又不盡相同。程朱格物論在於窮物之理，是將物理作爲格的目標，之所謂要讀書窮理的工夫，也在於爲了在就物而格之時可以有效地去接近和得到物理。而陸九淵也說研究物理，但他的研究物理並不是指程朱就物而窮其所以然之理的工夫，也不是指讀書窮理的工夫，而是把就物而格作爲手段和方式，目的在於格的過程中發明心的作用。所以當弟子提出天下萬物之繁，怎麼才能格盡的問題時，他才能給出完全不同於程朱的解答，所謂「萬物皆備於我，只要明理」，說的正是《中庸》所謂「自誠明」。也是這一個中心點，將他與程朱理學分離開來。在具體事實上，他不贊成去尋求物理的「理」本身，而是在於「明」這個動作，「物理」只是「明理」這個動作的自然結果。

〔註33〕 【宋】陸九淵，《陸九淵集》，中華書局，1980年版，第399頁。
〔註34〕 【宋】陸九淵，《陸九淵集》，中華書局，1980年版，第253頁。
〔註35〕 【宋】陸九淵，《陸九淵集》，中華書局，1980年版，第440頁。

把茫然的對於浩瀚物理的索求歸攏到自我身上來，導致他的格物說與程朱在本質上的不同。

這種不同主要在於「格」的對象的不同。程朱是面向物理世界，而陸九淵向內面對的是「我」，他說「萬物皆備於我」，這個「我」不是別的，正是「心」。他說：

格物者，格此者也。伏羲仰象俯法，亦先於此盡力焉耳。〔註36〕

所謂的「格此者也」，指的就是「格此心」。總而言之，陸九淵認爲一切爲學工夫所指的對象，都是「本心」，一切爲學工夫，也就都是圍繞發明本心而進行的。

格物致知論到了王陽明手裏有了極大的變化，他不僅不同意程朱，也不認爲陸九淵的「格心」論已經盡善。王陽明對《大學》裏「格致誠正」的四個對象做了他自己的注解：

身之主宰便是心，心之所發便是意，意之本體便是知，意之所在便是物。

前兩句並非王陽明所發明，朱熹即提出過這個觀點，朱熹反覆指出心是身之主宰，又說意是心之運用。王陽明在此基礎上，又賦予了新的理解。《傳習錄》載他與弟子徐愛的對話：

愛曰：昨聞先生之教，亦影影見得工夫須是如此，今聞此說，益無可疑。愛昨曉思格物的物字即是事字，皆從心上說。先生曰：然。身之主宰便是心，心之所發便是意，意之本體便是知，意之所在便是物。如意在於事親即事親便是一物，意在於事君即事君便爲一物，意在於仁民愛物即仁民愛物便是一物，意在於視聽言動即視聽言動便是一物，所以某說無心外之理，無心外之物。〔註37〕

在關於心、意、知、物四句話的解說中，「意之所在便是物」具有重要的地位。「意之所在便是物」是給物下了一個定義，或者說給物界定了一個範圍，具體說就是「物即是事」。王陽明的「物」並不狹隘地指客觀的可見對象物，而是指心所要作用於其中的所有「物」和「事」。可以看出，「心外無物」顯示了王陽明對於心本體所觀照對象的一種新認識，即傾向於把固定的有邊界的對象（狹義的「物」）放到一個有機的關係中（「事」）去考察。這也是前面所提到的他的心學思想是一種基於認識論的本質論哲學。

〔註36〕　【宋】陸九淵，《陸九淵集》，中華書局，1980 年版，第 478 頁。
〔註37〕　【明】王守仁，《王陽明全集》，上海古籍出版社，2011，第 1 版，第 6 頁。

在這個定義中，王陽明把意識所投射的現實活動，作為一個「物」來格，就是說，他只強調格的行為本身，而對對象的實在性並不要求。換句話說，王陽明的格「物」，可以是格一個非物質性的對象和內容，比如「事親」、「事君」、「仁民愛物」。對他來說，「物」主要不是指現實的東西，而是指意向之物，即意識內容。他的「意之所在便是物」的命題是要把物歸結為意念，這樣才能說心外無物就是要人在心上做格物工夫。

儘管王陽明把「物」解釋為「事」，但他也並沒有完全把實在的客觀物體排除在外。《傳習錄》記載：

> 先生遊南鎮，一友指岩中花樹問曰：天下無心外之物，如此花樹在深山中自開自落，於我心亦何相關？先生曰：你未看此花時，此花與汝心同歸於寂，你來看此花時，則此花顏色一時明白起來，便知此花不在你的心外。〔註38〕

由此可見，對王陽明來說，「心外無物」並不是為了回答關於外界事物獨立於人的意識的客觀存在性問題，他的學術核心也不是面對這一問題的。他的「心外無物」的概念中，心體與客觀對象的關係不在於生成，而在於構成，就是說，討論心所觀照的對象是否客觀存在是沒有意義的，在觀照那一刻的存在才有意義，即「我心」與對象建立起了關聯時，這個世界才有言說的意義。王陽明把「格物」轉向了一種完全內向性的立場。也可以看到，他的心外無物與那種純粹地認為個體之外什麼都不存在的唯心主義是不一樣的，因此簡單地將他歸結為唯心主義也是不完全合理的。

不僅是「物」字，王陽明對「格」字也做了新解：

> 格物如孟子「大人格君心」之格，是去其心之不正以全其本體之正。但意念所在，即要去其不正也全其正，即無時無處不是存天理，即是窮理。天理即是明德，窮理即是明明德。〔註39〕

王陽明把「格」解釋為「正」，把「物」定義為「意之所在」，「格物」就是糾正意之所在。照他的理論，「心之體」是無善無惡的，而「有善有惡」是因為有「意之動」，因此心之不正在於意之所在，格物就是糾正人心中意念所在之處，以恢復本體的正。

在此基礎上，王陽明對「致知」也提出了完全不同於以往的闡釋。他認為，

〔註38〕 【明】王守仁，《王陽明全集》，上海古籍出版社，2011，第1版，第122頁。

〔註39〕 【明】王守仁，《王陽明全集》，上海古籍出版社，2011，第1版，第7頁。

致知的「知」不是知識，也不是理學家們所講的物理，而是孟子所講的良知。前面講到，孟子的良知是指不依賴於後天習得而是自然具有的不學而能、不慮而知的道德。王陽明繼承了這種思想，並把致知發揮爲「致良知」。他說：

　　心自然會知，見父自然知孝，見兄自然知弟，見孺子入井自然

知惻隱，此便是良知，不假外求。〔註40〕

他用一連串的「自然」二字說明了良知的天然性，同時也證明良知具有道德與情感的統一性。對於「致」一字，他有如下闡釋：

　　致者，至也，如云「喪致乎哀」之「致」。《易》言「知至至之」，

「知至」者知也，「至之」者致也。「致知」云者，非若後儒所謂充

廣其知識之謂也，致吾心之良知焉耳。〔註41〕

王陽明用「至」解釋「致」，即擴充良知而達到極致。同時，他強調「致知」中實踐的不可或缺：「知如何而爲溫凊之節，知如何而爲奉養之宜者，所謂知也，而未可謂之致知，必致其知如何爲溫凊之節者之知，而實以之溫凊，致其知如何爲奉養之宜者之知，而實以之奉養，然後謂之致知。」〔註42〕就是說，致知是一個必須知行合一的過程，也可以說，致知就等於知行合一。這種合一的立論基礎，事實上就是他早年所說的「頭腦處認得清楚」，只是說成兩樣。在致良知中，他反覆強調良知人人本有，只是不能致其良知而已，爲學的目的和工夫就是要致其良知。在堅持知行本體一致的大前提下，如果說早年的他強調的是知是體認，那麼晚年就更強調行即實踐，也就是他常說的「事上磨練」。

二、在心學思想上展開的文藝美學

　　如果說王陽明作爲心學的集大成者，他的思想成就在立德方面，作爲一名領兵作戰的將領，他的成就在立功方面，那麼，在文藝創作方面，他也可說是「立言」了。陽明心學在文藝美學上的表現主要在兩個方面：一個是陽明在其哲學言說之中對文藝方面的提領；第二個就是陽明自己在不斷的思想變化的過程中伴隨著的文藝創作。

　　王陽明對於文藝方面談之甚少，都是包含在哲學思想中。他一生不離「良知」二字，自然他的那些文藝創作也都蘊含了他的哲學思想，是他哲學思想

〔註40〕　【明】王守仁，《王陽明全集》，上海古籍出版社，2011，第 1 版，第 7 頁。
〔註41〕　【明】王守仁，《王陽明全集》，上海古籍出版社，2011，第 1 版，第 1070 頁。
〔註42〕　【明】王守仁，《王陽明全集》，上海古籍出版社，2011，第 1 版，第 55 頁。

的文學性表達。在王陽明哲學中，作爲本體的良知，就是「心」，上文已經闡述過，心本是無善無惡，但是並不是沒有情緒，只是這些情感都是符合「本性」的，是天理。良知本身具有豐富的內涵，在一個特定主體上，會有它的能動性、獨立性和情感性。同時，主體意識又有情，這樣，情與理就統一於良知，達到道德與審美的圓融統一。

王陽明在談到「藝」、「理」與「心」的關係時說到：

> 藝者，義也，理之所宜者也。如誦詩、讀書、彈琴、習射之類，皆所以調習此心，使之熟於道也。〔註43〕

陽明雖然不是專門針對文學創作而言，但是就整個文藝來說，是相通的。他把「藝」解釋爲義，是把二者的審美功能和道德功能相融合了，雖然在主次上是指向道德功能一端，但是這也是符合陽明的哲學理路的。陽明首先是心學家，他的思維都在於哲學和倫理學思考，通過把藝術哲學化、道德化，來爲審美製造一條上升的道路。因此，在陽明自身的詩文創作中，也常常能看到這樣一種藝術的審美境界和道德的純粹境界融爲一體的景象。他將一體之仁，灌注到自己的詩文之上，陽明的哲學思想是「自誠明」，因此在詩文中看到圓融也就是自然而然的事了。

作爲心學思想的藝術化展開，陽明在其美學思想和文學創作方面追求三個境界，即仁的境界、誠的境界、樂的境界。〔註44〕

具體來說，仁的境界就是哲學性的境界。簡單地說就是要體現「致良知」這一思想，並且由主體的一體之仁擴充到天人合一的整體性。陽明自己對仁的理解分爲兩個層次，一個是對心的，「心，一而已。以其全體惻怛而言謂之仁」，「道心精一之謂仁」；一個是對理的，「仁是造化生生不息之理」，「仁者以天地萬物爲一體，使有一物失所，便是吾仁有未盡處」。陽明做兩個講，實則也是一個，因爲在他那裡，「心」即「理」。所以文藝的哲學性境界，在於不僅要體現主體的中和之理性，還要體現萬物之理，消除物我、內外，達到至善與美的和諧。

誠的境界是道德性的境界。陽明認爲「誠意」工夫是格物致知的前提。其實說的就是志要立得定、立得准，並且能警惕各種人欲紛擾不動搖。《中庸》有：「自誠明，謂之性；自明誠，謂之教。誠則明矣，明則誠矣。惟天下之至誠，

〔註43〕 【明】王守仁，《王陽明全集》，上海古籍出版社，2011，第1版，第113頁。
〔註44〕 參考文章《良知思想與審美境界》，《陽明學刊》第五輯，2011，第1版。

爲能盡其性。」因此，誠的境界就體現在不欺良知，將天理之誠自然呈現出來。同時，主體的情感之誠、人性之誠，也同樣不能忽略，「誠」的人自然顯露一種德性之美，因爲所謂「誠」就是依良知而行。反映在文藝之中，就是既不能浸淫於小我的圈子裏出不來，也不能有「鄉愿」的意思來迎合外人的關注。如果說仁的境界是至善與美的和諧的話，誠的境界即是至眞與美的和諧。

　　樂的境界是則是融合前二者的一種更爲渾然的境界。《論語·述而》有言：「依於仁，游於藝」。孔子說「七十而從心所欲不逾矩」。「游」加上「從心所欲不逾矩」幾乎可以說明這一境界。這是一種至高的境界。它完滿自足，既不排斥個人的情感體驗，又符合仁和誠所追求的道德內涵，並且擺脫了主觀努力的刻意性，呈現一種隨意自適的狀態。在這個意義上，它拋棄了一切私欲的遮蔽，也跨越了一切倫理的限制，融合了天理和人心所具備的一切本眞內容，呈現出一種自然的審美至境。

　　這三種境界不是王陽明獨有的，但是這三種境界的關係確值得注意。尤其對於「樂」，在王陽明的論述中，經常會看到對一味追逐才名的風氣的不贊同，甚至有「無用之虛文」的歎語。他一生文學創作頗豐，可見他不是反對文學藝術本身，而是反對「爲藝術的藝術」，他追求的「樂」是建立在他的整體心學思想之上的哲學境界，而不是情感境界。他說「樂是心之本體」，又說「良知即是樂之本體」〔註45〕，是把「樂」作爲良知的另一個表現方式。對於所有的學術和藝術創作，他的觀念是一以貫之的，即「因用以求其體」。如果文藝創作不以「誠意」（誠的境界）爲出發點，不以「良知」（仁的境界）爲準繩，則不是他追求的創作之樂。因此可以說，這三個境界中，「樂」既是最超然的境界，也是有條件的境界。

第二節　陽明文藝美學與理學美學

　　心學和理學常常被對舉，似乎二者勢如冰炭。事實上，作爲宋明之後的兩大學術陣營，心學和理學不僅是同源，而且在很多理念上也是互有借鑒，甚至是契合的地方。只是發展到王陽明那裡，心學達到了大成，在一些關鍵論點上，與傳統的程朱理學有了迥異之趣。從王陽明開始，心學就一直被一些理學家斥爲唯心或流於禪。發展到後來的王學後人，更有把心學中容易偏

〔註45〕【明】王守仁，《王陽明全集》，上海古籍出版社，2011，第1版，第217頁。

向唯心的那部分堅守太過的,更是爲人所詬病。而心學學者們也秉持自己的
「從心出發」的整一性而認理學爲支離。從學術史上看,心學並不是獨立產
生的一個流派,而是從北宋開始的理學中逐漸分離出來的,它的本質還是基
於儒學的理學〔註46〕。之所以後來剝離於理學,似乎走向理學的對立面而成
爲一派獨立的學術力量,正是因爲在「心」的問題上,產生了本體論意義上
的分歧。也正是因爲這個根本的分歧,才使心學得以命名。而理學也因爲有
了這個「對立面」,逐漸成爲主要指二程與朱熹爲代表的以「理」爲最高哲學
範疇的思想體系。

心學與理學的主要分歧在於對「心」和「理」二者何爲本體的認知上,
從這個根本分歧展開去,又使二者在實踐論的格物、致知,修養論的敬、靜、
涵養等等範疇上有了不同的闡釋。

心學立學第一大宗旨就是把心作爲最重要和最核心的概念。陸九淵與朱
熹的學術活動幾乎同時,二人也多有來往。造成二人理念上分道揚鑣的是學
術史上所稱的「鵝湖之會」。1175年在信州(今江西上饒)鵝湖寺舉行了一場
學術交流會,事實上也是一場哲學辯論會。由呂祖謙主持,本意是要通過面
對面的交流辯論,來調和當時朱熹一派的「理學」和陸氏兄弟(陸九齡、陸
九淵)一派的「心學」的爭執。關於這次辯論會,陸九淵門人朱亨道有一段
較爲詳盡的記載:「鵝湖之會,論及教人。元晦之意,欲令人泛觀博覽,而後
歸之約。二陸之意,欲先發明人之本心,而後使之博覽。朱以陸之教人爲太
簡,陸以朱之教人爲支離,此頗不合。先生更欲與元晦辯,以爲堯舜之前何
書可讀?復齋止之」〔註47〕。朱陸的分歧的根本性在此,後人時常簡化爲朱
是通過道問學而後可以尊德性,陸是尊德性而後道問學,雖然並不能如此簡
單化地歸納朱陸的學術差異,但是也大致可見二者的重點所別。朱熹繼承二
程,認爲「理」是最根本的核心概念,是事物的本質和規則。陸九淵則認爲
「本心」是最重要的概念。任何人都具有一種先驗的道德理性,他稱之爲「本
心」。人的一切不道德行爲都是因爲失了這個「本心」導致的,因此,陸九淵
認爲,一切的爲學工夫都應該圍繞著保持本心不讓其喪失而進行。在他看來,

〔註46〕 關於理學和心學的傳承關係,陳來認爲,理學這個名稱的運用始於南宋,而
明代之後,「理學成爲專指宋代以來形成的學術體系的概念,包括周程張朱的
道學,也包括陸九淵等人的心學」。因此,他認爲,理學應指「宋明(包括元
及清)時代占主導地位的學術體系」。參見《宋明理學》第10~11頁。
〔註47〕 【宋】陸九淵,《陸九淵集》,中華書局,1980年版,第491頁。

本心或者仁心是自有的，失其本心的或者是「愚不肖者」，因爲被物欲所蒙蔽而失；或者是「賢者智者」（這裡的賢者智者又非眞賢智），因爲自我意識的過大而失。這二者就是過與不及。

王陽明繼承了這種觀點，提出「良知」是人所固有、古今一般：「自聖人以至於愚人，自一人之心，以達於四海之遠，自千古之前以至於萬代之後，無有不同。是良知也者，是所謂『天下之大本』也。」〔註48〕。對於「心」在認知宇宙的過程中處於什麼地位，是區分理學心學的重要標尺。理學（包括心學）在宇宙論上討論的最多的概念包括理、氣、心、性，每個理學家都是將某個概念認知爲核心之後，來建議自己的學術體系或者學術志趣的。

後代所謂「理學」、「道學」，事實上可說是從北宋周敦頤開始，到後來的二程（程顥、程頤），及至理學集大成者朱熹，在個人求學證道和社會政治思想教育方面影響巨大，成爲當時的一代顯學。

二程之前，有「周、邵、張」三家（周敦頤、邵雍、張載），雖然也都講心性講理，講萬物同體，但是三人幾乎都善講宇宙論，講氣講太和太虛，講有形無形，講動靜虛實，很少直接從人本身出發，講人生。如周敦頤說：「君子愼動。聖人之道，仁義中正而已矣。守之貴，行之利，廓之配天地。……一爲要。一者無欲也。無欲則靜虛動直。靜虛則明，明則通。動直則公，公則溥。明通公溥，庶矣乎！」他也講要此心無欲，但是他的角度，與其說是心，毋寧說是氣。周敦頤是理學開創者，他本人卻是出道入佛，無所不及，因此他的思想也是非常博雜的，他的《太極圖說》高深透徹，二程都曾求學於他門下，但是日後卻都不提周敦頤。或許是因爲認爲他的思想沾染了太多佛道思想的緣故，事實上他雖沒有直接指出認知本體，乃至程顥說天理乃是他自家體貼出來，但是在陽明看來，周敦頤卻是有著精微之處。王陽明在和學生對話中，就提到「茂叔窗前草爲何不除」這樣的反問，可見在陽明看來，周敦頤的不除草，是與他的心學有惺惺之意的。

邵雍是理學家，也是易學家。他認爲：「君子之學，以潤身爲本，其治人應物皆餘事也。」這裡的「潤身爲本」不是道家和佛家的超凡脫俗，而是如《大學》所言的「修身」。就是說，把個人修養的重要性提高到「本」的地位，如《大學》所說：「一是皆以修身爲本」。這已經把目光投注到我們個人身上了。但是在如何去格物致知，去參透事物之理的問題上，他又回到了易學家

〔註48〕【明】王守仁，《王陽明全集》，上海古籍出版社，2011，第1版，第311頁。

的身份:「物理之學,或有所不通,則不可以強通。強通則有我,有我則失理而入於術矣。」

張載勤於著述,相比於周敦頤、邵雍,張載更爲二程所推崇,甚至用他的《西銘》作爲程門教導和啓示學生的書籍。他提出「爲天地立心,爲生民立命,爲往聖繼絕學,爲萬世開太平」作爲自己爲學的宗旨。他的學問也大都從外部出發講萬物一體。他認爲:「氣之聚散於太虛,猶冰凝釋於水」。這個「太虛」是他認爲的宇宙的本體,「由太虛有天之名,由氣化有道之名,合虛與氣有『性』之名,合性與知覺有『心』之名。」由此可知,在他那裡,「心」和「性」是宇宙中的「太虛」本體在某時某刻的具體狀態,性是在人的知覺之的。

從二程開始,逐漸開始從人的具體人生經驗出發,來建立一切的理論,也就是程顥所說的「鞭辟近裡」。他也開始把「天理」二字作爲一個重要的概念確定下來,成爲後來者不可不辨析一番的一個詞。他自述求學之路說:「十五六時,與弟正叔聞汝南周茂叔論學,遂厭科舉之習,慨然有志道之志。氾濫於諸家,出入於老、釋者幾十年,返求諸六經而後得之。」他少年從學於周敦頤,也受到周的影響,廣泛涉獵道家和佛家,但是這是他爲學的經歷,卻不是爲學的終止,他早已懂得從自身經驗出發去證道和實悟。他自己說:「吾學雖有所授受,天理二字,卻是自家體貼出來。」這句話傳達出兩層意思,一個是他的學問,是從親身經驗而來,而不是從書本文字上來。第二個,「天理」是作爲他自家的經驗,不再是周、邵、張的宇宙之理,而是人生之理。因此,程顥講學,一脫前人的口不離經典,而是從生活實際出發,去引導人啓發人。他的學問道理也就更真切,更切中人心。值得一提的是,他也講到「心」,他說:「聖人千言萬語,只是欲人將已放之心約之使反覆入身來,自能尋向上去,下學而上達也。」因此,他認爲,要時時修養自己的心。他雖講到心,事實上還是講修養。他的「收放心」也不是真的要怎麼著力去「收」,只是一個話頭,最終要落到怎麼去修養上去。他的解答是「敬」。他舉例說:「某寫字時甚敬,非是要字好,即此是學。」他所說的「敬」是專注在某事上,而不帶任何與此事無關的得失義利等私念。他認爲,「敬」時則得天理。「學者須敬守此心,不可急迫,當栽培深厚,涵泳於其間,然後可以自得。但急迫求之,終是私己,終不足以達道。」他認爲,自得就是此心得天理,方法是「敬」。他注重存養、涵泳,敬就是存養的工夫。這樣看來,他是把天理當成是「敬」時心能體悟到的對象。但是他又說:「人心莫不有知,惟蔽於

人欲，則亡天德」、「天人本無二，不必言和」，「學者今日無可添，只有可減，減盡便沒事」，這些與陽明又近。無怪乎陽明在著述裏也常覺得明道（程顥）可親。禪宗也講心中無事，但是程顥與禪宗的區別在於，程顥的「無事」是建立在心中「識得一個仁」的基礎上，只有心中識仁識天理，事事物物才自有他們的恰到好處。

程顥講人生切實怎麼做，程頤在此基礎上，又加上了「知」，也就有了後來陽明的知行之辨。程頤認爲，「若只守一個敬，不知集義，卻是都無事也。且如欲爲孝，不成只守一個孝字，須是知所以爲孝之道」，「人只是要一個知見難。人既能知見，豈有不能行？一切事皆所當爲，不待著意做。才著意做，便有個私心。只一點義氣，能得幾時了」，「聞見之知，非德性之知。物交物，則知之，非內也。今之所謂博物多能者是也。德性之知，不假見聞。」這裡看到程頤的兩個意思，一，他推崇德性之知。這就可知爲什麼二程從學於周敦頤，深受其影響，卻只說自己的學問是自己體貼出來，對張載也是評價說「考索」過多，而不是「明睿所照」。大概正是因爲周敦頤和張載，在二程尤其程頤看來，仍然是「見聞之知」，而非「德性之知」。二，「不假見聞」，說的是內心自己覺悟。但是他覺悟是靠「格物」，因此他是先知再行。

朱熹是順著二程這個思路進一步提出如何格物致知，具體而言就是如何去讀書。至於心性之學，他的觀點是「性者心之理，情者性之動，心者性情之主」，又說「合如此是性，動處是情，主宰是心」，在他這裡心是性和情的主宰，而天理有待於格物致知。他一段著名的闡釋格物致知的論述說：「所謂致知在格物者，言欲致吾之知，在即物而窮其理也。蓋人心之靈，莫不有知，而天下之物，莫不有理。惟於理有未窮，故其知有不盡也。是以《大學》始教，必使學者即凡天下之物，莫不因其已知之理而益窮之，以求至乎其極。至於用力之久，而一旦豁然貫通焉，則萬物之表裏精粗無不到，而吾心之全體大用無不明矣。此謂物格，此謂知之至也。」可見，他的窮理是要往外部去伸展，窮到萬物上去，然後再可以反觀人自身。理是本體，理作用到人身上就是心表現出的性和情，因此他也注重修養心。但是他不認可心即是本體，因此就有了陸九淵以及後來的陽明心學與之分辯的由頭，具體說來，就是前面所說的陽明的三個方面的理論。

朱熹是理學的集大成者，既吸收融合了他之前的理學家特別是二程的學說，也發展了自己新的理論，最終形成了他完整的理論體系，在之後的儒學體

統中成爲標杆。對理學中的諸多概念，他進行了非常清晰詳盡的剖析。理學與心學眞正形成對立的陣營也自朱熹開始。因此，討論理學心學之異，不妨從朱熹入手。朱熹的理論體系非常龐大，這裡主要討論與心學有關的幾個範疇：

一、「理」是宇宙的本體和法則。這是分析朱學最要緊的基礎。朱熹認爲，「理」先於事物產生之時而存在。就是說，即使事物本身還沒有出現，它們的內在規律、法則、原理等已經存在了。因此，「理」作爲一切事物的法則，也是不會隨著事物的存在與消亡而變化的，它永恆存在，不會改變。因此他認爲，不管是事還是物，都是先有理，不存在先有事與物，才將理放入裏面。對於宇宙的構成，朱熹之前基本上分爲二程的「理」論與張載的「氣」論兩派。朱熹繼承了二程的觀點，同時融合了「氣」論的部分觀點，認爲宇宙和萬物都是由理與氣共同構成，但是氣是構成事物的材料，理才是事物的本質和規則：「天地之間，有理有氣。理也者，形而上之道也，生物之本也。氣也者，形而下之器也，生物之具也。是以人物之生，必稟此理然後有性，必稟此氣然後有形。」（《答黃道夫》）他認爲，現實世界中理與氣是不能分割的，但是就本源上來說，理卻是先於氣而存在的。

陸九淵提出「心即是理」。陸九淵堅守「本心」二字，在他的論述中，本心常常被簡稱爲心，他認爲，「人皆有是心」、「心即理」都是說的本心。在孟子看來，理是人心之所同然，但是孟子並沒有規定理具有宇宙規律和社會規範的意義。陸九淵明確認爲本心就是道德原則的根源。所謂本心即是理，一方面確定了心的本體性意義，另一方面也表明，本心之理與宇宙之理是同一的。因此，在實際的倫理生活中，一個合格的人所具有的良心與社會公認的道德準則應是一致的。陸九淵的「宇宙便是吾心，吾心即是宇宙」並不是認爲天地之理是人心所生。他強調的是內心的道德準則和宇宙之理的同一性，而不是一般唯心主義論地認爲宇宙之理是人心的產物。程朱理學所認爲的理的客觀性、普遍性和可知性，在陸九淵這裡並沒有被否定。只是在獲得這種理的途徑方面，陸九淵認爲，不是讀書窮理，見一物格一物，而是圍繞「本心」去體認，才是根本性的做法。這一點到了王陽明被強調到極致，王陽明不僅認爲「心即理」，更提出「心外無理」。這就進一步否定了除了體認心體之外的一切獲取天理的可能性。

王陽明反對朱熹的格物窮理說，認爲所謂「理」或曰道德法則，並不存在於心外的事物或道德行爲的對象上，「理」應是內在的。如孝的法則並不存

在於被行孝的父母身上，忠的法則也不存在於君主身上，這些忠孝之理只是人的意識通過實踐賦予事物的。除了道德法則，實踐活動本身（常常表現為倫理社會中的禮儀、規範）也涉及「理」。而這些禮儀不能說是心的產物，更多是後天習得。如果把這些禮儀本身作為目的，那就本末倒置了。比如對父母的孝，具體的行孝的舉動應該是發自真實的道德意識和情感，而不能為了追求孝名而做出一番行孝的樣子來，那就不是真孝。人們只要保有真實的道德意識，就自然會選擇對應具體情況的適宜的行為方式，因此所謂「溫凊之節」、「奉養之宜」，並不是死板的社會教條，而是良心所至自然會做出的行為。所以從根源上說，禮儀也是來自人心的。另一方面，禮儀的外在表現形式的實施也不能等同於「至善」的完成，「心」的善才是真正的善。

王陽明指出心即是理，在具體的物象上展開具體的自然之理，也就是人的行為的道德準則。比如侍奉父母自然會孝，面對君主自然會忠，對待朋友自然會信。他進一步提出「心外無物」：「心外無物，心外無事，心外無理，心外無義，心外無善。吾心之處事物，純乎理而無人偽之雜，謂之善，非在事物有定所之可求也。處物為義，是吾心之得其宜也，義非在外可襲而取也。格者，格此也；致者，致此也。」〔註49〕這一段話包含兩個層次：1、天理來自「心之處事物」時自然生發的善；2、「非在事物有定所之可求也」，「義非在外可襲而取也」，這兩句話表明了王陽明否認所謂事物必有其定理的觀點。程朱理學立學根據就在於事事物物都具有一定之天理，為學工夫就是去就事事物物體認它們所具的理，從而融會貫通，達到萬物與我同體。王陽明認為，所謂萬物與我同體，正是應該從我出發，這個「我」就是心體，只有心體明瞭，才能通天理，同萬物。事事物物的理是從我心體認出來的，是在體認中呈現的。

二、心統性情。在「理」中心論的基礎上，朱熹提出了心統性情：「心主於身，其所以為體者，性也；所以為用者，情也，是以貫乎動靜而無不在焉」（《朱子語類・答何叔京》），「仁義禮智，性也；惻隱羞惡辭讓是非，情也；以仁愛，以義惡，以禮讓，以智知者，心也；性者心之理也，情者心之用也，心者性情之主也」（《朱子語類・元亨利貞說》）。這裡，朱熹是討論了理在人身上的作用和表現。具體來說，心的活動準則是性，心的外在表現是情，心是承載了從不可見的「性」到可見可感的「情」的完整的作用過程，即內在屬性與外在表現的有機結

〔註49〕　【明】王守仁，《王陽明全集》，上海古籍出版社，2011，第1版，第175頁。

合。某種程度上說，心的修養如何影響了這個作用的實施和發揮，但是並不能說心就有能動性。因此，心的作用在於是否能完善地將性表達出來，呈現爲情。朱熹認爲性與情本是一物。未發爲性，已發爲情。性爲體，情爲用。他說：「性情一物，其所以分，只爲未發已發之不同耳。若不以未發已發分之，則何者爲性，何者爲情耶？」（《答何叔京》）。他認爲，情是性的表現，性是情的根據和根源。既然是未發與已發的關係，那麼性與情自然也就有未發之中和已發之和的區別，性的未發之中是自明的，而情之已發是否和還要看是不是中節，這個是否中節就在於心的作用了。因此他有道心人心的區分。道心人心是理學中常常討論的一對概念，語出《尚書》「人心惟危，道心惟微，惟精惟一，允執厥中」。朱熹認爲，人心的知覺活動可以大體分爲兩種：一種是覺於理者的道心，一種是覺於欲者的人心。從耳目之欲上去，便是人心；從義理上去，便是道心。朱熹正是在此基礎上理解「人心惟危，道心惟微」的。如果以人心去統管性情，那必然就不能發而中節，因此他提出存天理去人欲。所謂存天理去人欲，就是讓心時刻保持是道心，盡可能地避免人心，這樣才能靜處是未發之中的性，動處是發而中節的情，只有性情都合乎理，才能達到「吾心之全體大用無不明矣」，從而臻於至善。雖然在心的根本範疇上不同道，但是存天理去人欲事實上在理學和心學兩派中都是被贊同的，只是側重點不同。在朱熹這裡，存天理和去人欲是完全並行的，並且因爲去人欲更有可操作性，因此後來被具體化爲對個體情慾的壓抑。而陸九淵和王陽明都強調本心，事實上常常更偏重存天理，認爲如果本心不失，人欲自然去除，去人欲是存天理的必然結果，水到渠成。理論上講，這是治本之法，但是不可控並且屬於緩緩而治。從這一點上來看，封建統治者選擇去人欲而不是立本心來作爲意識統治的手段，也是可以理解的了。

相對於朱熹的通過壓抑個體欲望來服從社會道德的要求的觀點，陸九淵則強調「辨志」和「自作主宰」。陸學教人先要「辨志」。陸九淵認爲，意識和行爲是否符合道德準則，具有道德價值，是由意識活動的動機決定的。如果是出於道德動機而不是利己的動機，那麼這樣的意識活動和行爲活動就是自然的，是合「理」的。他沒有一味地排斥人欲，把人欲放在理的對立面，而是用動機來做評價標準。所謂辨志，事實上與他提倡保持「本心」是一致的。志（動機）如果是出自良知良能的本心，就是符合道德準則的：「苟此心之存，則此理自明，當惻隱處自惻隱，當羞惡，當辭遜，是非在前，自能辨

之。」〔註50〕因此，只要守住了這一點，就可以「自作主宰」：「明得此理，即是主宰，真能為主，則外物不能移，邪說不能惑。」〔註51〕如果說陸九淵抓住的中心詞是「本心」，那麼王陽明就抓住了「致知」，並且將其發揮為「致良知」。良知是先驗的，是主體自有的內在特徵。因此在具體的道德實踐中，道德意識不需要向外部尋求，只需要依照自己先驗的道德知識去意識去行動，就不會錯了，也就符合天理。這與陸九淵是一脈相承的。

　　三、格物致知。朱熹繼承了二程「格物窮理」的觀點。從他對格物窮理的注解可以看出，在朱熹看來，致知是格物的結果，格物是致知的前提和必要準備，致知並不是與格物並行的一種為學方法。他強調首先要即物。所謂即物，就是要切實對對象進行考察。並且要對考察到「已知之理」推進到極致，才算格物的完成，這樣才能切實得到關於對象（物）的知（理）。在整個格物的過程中，「理」是窮的對象，「窮」的格的要求，「致知」是結果。值得一提的是，對於「物」的理解，朱熹有著與王陽明近似的觀點：「物，猶事也」〔註52〕，朱熹認為，只有通過面對每個物每件事都如此去格，逐漸積累，最終才能做到「一旦豁然貫通」，是一個需要從量變到質變的過程。而一旦貫通之後，再去面對眾物，則可以達到對它們的理無所不到。對於個體來講，就是要通過讀書來具備格物的內在能力。陸九淵也贊成格物，並且贊同「格」就是要窮究至極。但是他認為格物既不是在考究外部事物的規律，也不是指讀書窮理的工夫，而是一種提倡踐行的實際易簡但卻更直接根本的方法。在陸九淵這裡，格物的對象（理）主要是道德法則，他又主張「心即是理」，因此他實際上所格的是「心」，就是所謂萬物皆備於我的「我」。具體來說，陸九淵的格物是指先立乎其大，修身正心，他認為這是學問的大本，而陸學所有的為學工夫都是圍繞發明本心展開的，目的就是要保存養護這個本心。讀書窮理是末而不是本，發明本心才是根本，義理的精微都要在本心的基礎上體認出來。他說重視讀書窮理是「只務添人底」，他的本心學問則「只是減他底」，注重經典和考索是「支離」，他的主張是「易簡」。王陽明的格物論在陸九淵的基礎上繼承發展。王陽明早年依循朱熹格物之學格竹失敗，後來龍場悟道，使他意識到格物不應向外求理，心即是理，意念所在即是所格之地，於是格物變成格心，是去其心之不正以全其本體之正。

〔註50〕　【宋】陸九淵，《陸九淵集》，中華書局，1980年版，第396頁。
〔註51〕　【宋】陸九淵，《陸九淵集》，中華書局，1980年版，第4頁。
〔註52〕　【宋】朱熹，《四書章句集注》，中華書局，2012年版，第4頁。

但意念所在，即要去其不正以全其正，即無時無處不是存天理，即是窮理。天理即是明德，窮理即是明明德。」〔註53〕「問格物，先生曰：格者，正也。正其不正以歸於正也。」〔註54〕王陽明把「格」解釋爲「正」，把「物」解釋爲「意之所在」。因此，格物就是糾正意之所在，就是糾正人心的不正，以恢復心體的正。另外，王陽明對格物之「物」也作出了界定，在他這裡，意之所在便是物：「如意在於事親即事親便是一物，意在於事君即事君便是一物，意在於仁民愛物即仁民愛物便是一物，意在於試聽言動即試聽言動便是一物」，所以在王陽明那裡，「物」就是「事」，主要不是指現實的東西，或是不單指現實之物，而是指意向之物。著名的「此花與汝心同歸於寂」的對話說明王陽明主要要解決的不是外界事物是否獨立於人的意識而客觀存在的本體論問題，而是要強調心的意向性作用與意向對象之間的不可分離的認識論問題。就是說，他的著力點不在揭示世界是什麼，而是揭示對個體來說，世界如何在「我」這裡「存在」。因此在這個意義上，說王陽明是純粹的唯心主義並不十分準確，他的心學觀念並不是說宇宙由我的「心」產生，而是說宇宙由我的「心」呈現它自身。所以，王陽明是認識論上的唯心主義。

四、工夫論。前面提到朱熹主張「心主性情」，這就要結合朱熹關於主敬的工夫論思想一起看。因爲心的修養一定程度上決定了「性」對「情」的支配作用是否得到正確發揮，因此，要保持未發時心境的澄澈清明（即未發之中），就要主敬。他繼承了程頤的「涵養須用敬，進學則在致知」的觀點，之所以不說靜而說敬，是因爲靜往往偏於在未發之時涵養，對於已發就難於解決。只有敬可以貫通未發已發，貫通動靜內外。所以他提出「主敬涵養」，最基本的要求就是要做到內無妄思，外無妄動。陸九淵重視靜坐發明本心，把靜坐澄心作爲他重要的存心工夫。陸九淵的這種工夫論事實上是從「涵養」而來，並沒有大的創見。王陽明早期教人也重視默坐澄心，後來發現一心求靜，容易助、忘，反倒對心體之正沒有裨益。因此他提出重視實踐的「事上磨煉」：

> 問：「靜時亦覺意思好，才遇事便不同，如何？」先生曰：「是徒知靜養而不用克己工夫也。如此，臨事便要傾倒。人須在事上磨，方立得住，方能『靜亦定，動亦定』。」

他的學生這一問，正是王陽明改變靜坐的修養方式的原因。他看到靜坐只是在

〔註53〕 【明】王守仁，《王陽明全集》，上海古籍出版社，2011，第1版，第7頁。
〔註54〕 【明】王守仁，《王陽明全集》，上海古籍出版社，2011，第1版，第28頁。

未遇事時的涵養，如果只靠靜，很多心體上的不正只是暫時潛伏了，而不是去除了，遇到事情又會重新滋長。從這個觀念出發，發展出「知行合一」之論。

第三節　陽明文藝美學與詩學傳統

此處所講「詩學」，是以「詩」代替泛文學概念。就像心學從儒學傳統中既有傳承也有開創一樣，陽明美學雖然從心學開出來，但是與傳統的文藝美學相比，並非完全一套標新立異的美學觀，它既有後者的歷史影響，也因為心學哲學思想的影響，表現出自己獨特的一面。「言志」和「緣情」是文藝美學觀念史上兩大主要觀念，後來者幾乎都是從偏重其中一方的角度闡發觀念的，同時，任何一種美學觀都不能完全只取其一，摒棄另一方。事實上，在後來的文藝美學的種種理論中，對「情」與「志」的闡釋並不是涇渭分明的。孔穎達說：「此六志，《禮記》謂之六情。在己為情，情動為志，情志一也。」（《左傳正義》，見昭公二十五年）因此，在文學文藝作品中，「情」與「志」往往是密不可分的，既有偏重「情味」的作品，也有偏重「志意」的作品，而情志的結合不僅是作者本人在創作之時的必然心理構成，也是作品中必然會反映的整體效果。陽明的文藝美學觀在「情」「志」問題上，與他在思想上的發展是密不可分的。

傳統美學觀念中有「詩言志」，而「言志」的範圍和內容也隨著時代不斷變化。孔子刪減詩歌，編成《詩經》，他自己歸納為「思無邪」。「思無邪」既是他對於編《詩經》所要入選的詩歌內容的選擇標準，也是他認為文學、文藝的創作所應該採取的準則。泛觀《詩經》，既有普通勞動人民的呼聲，也有只為郊廟之樂的雅頌之辭，這裡反映的「志」沒有一定之標準，如果非要規定，那就是「無邪」。如何理解「邪」，看他刪去的是什麼即可一目了然，「放鄭聲」是因為「鄭聲淫」，「惡鄭聲之亂雅樂」，而孔子稱讚《關雎》是「樂而不淫」。「淫」並不是現代漢語意義上的男女關係之氾濫，朱熹釋「淫」為「樂之過而失其正者」（《四書章句集注‧論語》，衛靈公第十五）。由此可見，只要是樂過其正，就是在追求個人情感釋放的過程中過度了，即為「淫」、「邪」。由《關雎》與「鄭聲」的對比，我們也能看出，程朱理學中過度強調「男女大防」的一面，事實上在孔子那裡是得不到印證的。回過頭來說，什麼是「言志」，「志」是心之所之，並不絕對地與「情」相對，可以說與「情」並不具有必然的相對或相容關係。「志」是在表達自身理想、理念、情感等等的同時，

一種克制的、提煉的、不任由私情擺佈而隨意鋪灑的「言外之意」。

從孔子的「興觀群怨」說開始，文藝美學的著眼點就一直在「有所指」。司馬遷在《太史公自序》中對文學創作從緣由到意義都作出了「欲遂其志」的解釋：「夫《詩》《書》隱約者，欲遂其志之思也。昔西伯拘羑里，演《周易》；孔子厄陳、蔡，作《春秋》；屈原放逐，著《離騷》；左丘失明，厥有《國語》；孫子臏腳，而論兵法；不韋遷蜀，世傳《呂覽》；韓非囚秦，《說難》《孤憤》；《詩》三百篇，大抵聖賢發憤之所為作也。」與孔子說的「有德者必有言」相比，司馬遷將「德」換作「志」，自此將文學創作的個人創作動機和表現內容兩方面都確定下來。韓愈的「物不平則鳴」說也正是這種「發憤」說的迴響。因此，在文藝美學的發展過程中，「志」這一範疇，既可以是一種具體的個人或社會理想，也可以是某種狀況下的心理和意趣。或者說，「志」既可以是文學藝術的直接闡釋對象，也可以是產生文學創作的背後推動力。直接「言志」的作品很好分辨，而在「情」「志」兩個概念並非對立的情況下，以什麼標準來界定文學作品是否符合這種出於「志」的推動力的創作，而不是「文勝質」呢？劉勰在《文心雕龍》中提出「要約而寫眞」，反對「為文造情」：

> 昔人篇什，為情而造文，辭人賦頌，為文而造情。……為情者
> 要約而寫眞，為文者淫麗而煩濫。而後之作者，採濫忽眞，遠棄風
> 雅，近師辭賦，故體情之製日疎，逐文之篇愈盛。故有志深軒冕，
> 而泛詠皋壤，心纏幾務，而虛述人外：眞宰弗存，翩其反矣。〔註55〕

劉勰站在反對當時的綺靡文風的立場上，提出了撥亂反正的意見。所謂「為情而造文」，是先有了內心的可抒發的主體對象，就是他說的「眞」，不可不發而敷之於文辭的結果。而「為文而造情」，則是建立在淫麗煩濫的辭藻之上的「為賦新詞強說愁」，所以「寫眞」是最根本的寫作要求。他在風格上傾向於古人的要約之製，《詩經》的風雅則是文學寫作的典範。「為情造文」的提法，前與陸機相合，後有釋皎然的「詩情緣境發」與之呼應。這是陸機「緣情」說一脈發展下來的理論，而對於情怎麼與志結合，白居易在《與元九書》中說：「事物牽於外，情理動於內，隨感遇而形於歎詠。」這就將人的情和志統一在一起了。人有所感，所動先有情，而人之所以能形於歎詠，是在情之外，還有「理」的思考，這種思考，與作者本人所秉持的「志」是密不可分的。

所謂「言志」，並不是天然與社會理想捆綁在一起的。有理論認為，「中國古

〔註55〕 【梁】劉勰著，《文心雕龍‧情采》，人民文學出版社，1958年第1版，第538頁。

代的詩論，由中唐至兩宋開始分化爲界限分明的兩股潮流，以理學家爲代表的儒家政教中心說和以司空圖、嚴羽等爲代表的審美中心論。〔註56〕儒家政教最典型的代表是韓愈「文以載道」說。「道」的概念，在中國文藝美學歷史上運用相當廣泛，而內涵也有著相當靈活的可闡釋性。韓愈的「文以載道」之「道」，絕非道家的宇宙自然之道，他強調的是儒家道德規範，他在《答李翊書》中說：「道德之歸也有日矣，況其外之文乎？」在他看來，文章是道德的表徵，是上承聖人之志下取我之本心的行爲。他推崇古之立言者，認爲如果想要像古之立言者，就要「無望其速成，無誘於勢利，養其根而竢其實，加其膏而希其光。」古之立言者，是孔子所說的「有德者」，他說「有德者必有言」，韓愈這段話裏所說的「養其根」、「加其膏」就是培育這個「德」，具體說來就是「仁之木體」，而文章言辭要在這個基礎非常紮實的情況下，才能生發出來。反過來說，這個「根」紮實了，言辭的文采也就自然體現出來了：「根之茂者其實遂，膏之沃者其光曄，仁義之人，其言藹如也。」因此，他的觀點是「行之乎仁義之途，遊之乎詩書之源，無迷其途，無絕其源」，這個提法幾乎就是「依仁遊藝」的翻版了，以儒家的倫理道德爲文藝創作的旨歸，以儒家經典爲文藝創作的典範，先做仁人君子然後有詩書文章，寫作者「處心有道」，而他的創作是「垂諸文而爲後世法」，文學創作不僅僅是文藝本身範疇內，玩弄文字甚至是個人情趣抒發都不足以爲訓，所謂「爲後世法」，可想而知不在情味，而在志義。如果說劉勰所反對的是「無情之文」，那麼韓愈所反對的則是「無德之文」。孔子言：「有德者必有言，有言者不必有德」，他說的是現象，而劉勰和韓愈則是從各自的角度抨擊了後一種文學創作的風氣和格調。

宋代經歷了短暫的五代文風的遺留，從理學興起開始，詩文方面往前承繼了韓愈強調道在文先的觀念，同時發展出另一種完全不同於詩文創作風格的文學形式——詞。詞又叫詩餘，從這個稱謂即可看出，對於詩文大道來說，詞是小道，是遊戲之作。至於後來詞在發展過程中，逐漸獲得了重要地位，則是另一個需要探討的問題了。總的來說，宋代的詩文創作經歷了理學思想的發酵之後，呈現出一種非常鮮明和自覺的體道姿態，在詩文中體現「道」和「理」的風尚與宋代理學的興起互爲表裏，形成了宋代詩歌獨特的面貌，即理學詩的盛行。歐陽修在《答吳充秀才書》中說：「聖人之文，雖不可及，然大抵道勝者文不難而自至也。……若道之充焉，雖行乎天地入於淵泉，無不之也。」與前面韓愈的說法接近的是，

〔註56〕皮朝綱著，《中國古代文藝美學概要》，四川省社會科學院出版社，1986年版，第209頁。

歐陽修認爲聖人之所以有至文，是因爲體道之深之專，因此文章是自然的顯現。而比韓愈走得更遠的是對於學「道」的推崇。如果說之前是強調道先於文，道先文後，隨著理學的深入，則逐漸變成了道重文輕，或者說理重文輕。這在很多理學家的文藝美學觀中都有體現。關於道與文的分野，事實上同樣在韓愈那裡已經有了先聲。他在《送陳秀才彤序》中有這樣的話：「蓋學所以爲道，文所以爲理也。」結合「文以載道」的說法，可見在韓愈這裡，「理」還不到「道」的程度，而理學的盛行，將道與理合一爲「理」，淡化了難以把捉和闡釋的「道」，代之以「理」，又舉一「欲」與之相對，因此不僅是思想觀念上有此分疏，在文學創作上，詩文與詞的分隔也不能不說是受到了某種程度的影響。

　　宋人對於文章的本源問題，王安石在《上人書》中有言：「孟子曰：『君子欲其自得之也，自得之則居之安，居之安則資之深，資之深則取諸左右逢其原。』孟子之云爾，非直施於文而已，然亦可託以爲作文之本意。」〔註57〕此說出《孟子·離婁》，首句有「君子深造之以道」，孟子推舉仁義之說，因此自得而居之的是心中的仁道、義端，王安石借用孟子的話是佐證他的文章政教之說。因此他又說：「所謂文者，務爲有補於世而已矣；所謂辭者，猶器之有刻鏤繪畫也。誠使巧且華，不必適用，誠使適用，亦不必巧且華。要之以適用爲本，以刻鏤繪畫爲之容而已。不適用，非所以爲器也，不爲之容，其亦若是乎？否也。然容亦未可已也，勿先之其可也。」明確肯定了作文內容的重要性，即以有補於世的實用性爲首要訴求，文辭的精緻是錦上添花，可以說是道不可無，辭不必無。雖然一定程度上爲文章的文學性爭取了一點位置，但是文章的載道明理治世的功能仍然是不可動搖的。文章是「儒者末事」這樣的觀點，仍然根深蒂固，往往就有調和之累，黃庭堅在《答洪駒父書》中說：「文章最爲儒者末事，然索學之，又不可不知其曲折，幸熟思之。至於推之使高，如泰山之崇崛，如垂天之雲；作之使雄壯，如滄江八月之濤，海運吞舟之魚，又不可守繩墨令儉陋也。」〔註58〕宋人對於文章中理趣和文學性的調和，代表了「質」和「文」在新的文學觀念下的再次碰撞。

　　由於詩文創作中存在某些嚴重的說理傾向，理過其辭，因此也遭遇了反對的聲音。嚴羽《滄浪詩話》提出了「妙悟」的審美論點，反對宋代理學影響下的詩風，不贊成以議論入詩，強調詩歌本身的美感和藝術特性，強調主觀體驗，

〔註57〕　《中國歷代文論選》，郭紹虞主編，上海古籍出版社，2001年版，第179頁。
〔註58〕　《中國歷代文論選》，郭紹虞主編，上海古籍出版社，2001年版，第186頁。

對後代的詩歌創作和審美取向有著廣泛深遠的影響。他借用了諸多禪學用語，來闡釋文學創作中的特有規律，其中最重要的概念當屬「識」與「悟」。《滄浪詩話·詩辨》開篇即提出「學詩者以識爲主」，他的「識」強調的是對前人詩歌的學習和體會。這看似是文學範圍內的討論，因爲他反對的正是江西詩派的議論之詩，但他並沒有否定明理的合理性：「詩有別材，非關書也；詩有別趣，非關理也。而古人未嘗不讀書，不窮理。所謂不涉理路、不落言筌者，上也。」可以看出，嚴羽所反對的不是說理，而是形式上的以論爲詩，他推崇詩歌的文學性，認爲詩歌有自己的藝術美感，古人未嘗不讀書、不窮理，而今人在創作的時候生搬硬套、刻板說理，是違背了詩歌的文學特性，也與古人的創作範式相去甚遠。他極力推崇盛唐詩人，認爲盛唐詩歌代表了詩歌創作的「正路」：「盛唐詩人惟在興趣，羚羊掛角，無跡可求。故其妙處瑩徹玲瓏，不可湊泊，如空中之音，相中之色，水中之月，鏡中之象，言有盡而意無窮。」因此，他認爲詩歌的評判標準不應以學養爲準，而是看詩人的悟性。他以禪道爲喻，說：「大抵禪道惟在妙悟，詩道亦在妙悟。且孟襄陽學力下韓退之遠甚，而其詩獨出退之之上者，一味妙悟故也。惟悟乃爲當行，乃爲本色。」這個論斷明確把詩道與爲學區分開來，用一個文學評論家的標準評判了孟浩然和韓愈作爲詩人的高下，這就樹立了詩歌作爲文藝形式的獨立性，而「妙悟」也代替了「學力」，成爲後世詩歌和詩人的重要評判準繩。「識」與「悟」的結合點在於對前代尤其是盛唐詩歌的學習，「博取盛唐名家，醞釀胸中，久之自然悟入」。嚴羽的禪語借用，在工夫論上強調「入門須正，立志須高」，必須「從上做下，不可從下做上」，「謂之向上一路，謂之直截根源，謂之頓門，謂之單刀直入」，他所推舉的正路、頓門，完全撇開了宋代詩歌中「以文字爲詩，以議論爲詩，以才學爲詩」的風氣，從唐代詩歌的氣象、風神、興致中吸取養分，確定詩歌的創作格調和審美趣味。嚴羽的理論注重形式化的探討，將詩歌的文學性面目強調到極致，是與當時普遍的理趣詩歌氛圍有關的，他最終的訴求是「詩者，吟詠情性也」，之所以推崇盛唐詩人盛唐詩歌，就是認爲其中包蘊了詩人最飽滿最眞實的情性。謝榛在《四溟詩話》中說「宋人必先命意，涉於理路，殊無思致」，「宋人謂作詩貴先立意。李白斗酒百篇，豈先立許多意思而後措詞哉？蓋意隨筆生，不假布置」〔註59〕，與嚴羽在審美認識上是一致的。

　　王陽明的文藝美學觀似乎融合了言志與興味，發展出特立的文學觀。

〔註59〕 丁福保輯，《歷代詩話續編》下，中華書局，2006 第 2 版，第 1149 頁。

從文學的表現內容看，他認為「《詩》、《書》、六藝皆是天理之發見，文字都包在其中。考之《詩》《書》、六藝，皆所以學存此天理也。不特發見於事為者方為文耳。『餘力學文』，亦只『博學於文』中事。」〔註60〕王陽明的心學思想中，體用一源的思想隨處可見，就像他把「事」、「物」統一歸到「格物」的「物」的範疇下一樣，「行孝」為一物、「忠君」為一物，因此「餘力學文」也是一物，是「博學於文」所籠蓋下的一個對象。同時，聖人之作既不是一己之志，也絲毫不關涉一己之情，而是反映天理的文字，後來者讀聖賢之作，一方面是瞭解聖人如何反映這天理，一方面自己學「存此天理」。這與他的心學思想是完全一致的。因此，他認為古人的以意逆志是文學創作和欣賞的準則，後來者不必拘泥於文字，而是要看文字背後的深層含義：「凡觀古人言語，在以意逆志而得其大旨，若必拘滯於文意，則『靡有孑遺』者，是周果無遺民也。」〔註61〕這不是什麼創見，但是王陽明對這深層含義的闡釋卻是從他自己的理論出發的。相對比「詩言志」，他更進一步想要探索「志」後面的「心」。這就把言志從興觀群怨的社會道德屬性統歸到人本身的自有屬性上來，言志就是自我心性的必然需求，這不僅解決了言志是什麼，也解決了為什麼要言志，為什麼古人創作的本質在言志的問題。將合理性轉化成必然性，是王陽明在心學理論基礎上創建出的文藝美學思想的特別之處。

從這個基本觀點出發，文學創作就與本心息息相關，與「載道」等等大義比顯得隨意了很多，但正因為此，也解決了很多前人所探討的問題。比如宋儒以來學術與文藝創作的對立問題。王陽明認為，「琴、瑟、簡編，學者不可無。蓋有業以居之，心就不放」〔註62〕。雖然說的主要不是文學創作，但是以這句話的言外之旨看，放到文學創作上也未為不可。孔子說「志於道，據於德，依於仁，游於藝」，又說「君子博學於文，約之以禮」，又有「詩、書、執禮，皆雅言也」，「興於詩，立於禮，成於樂」，詩文作為個人表達的基礎，與至道並不相違背。然而對於一味追求文字雕琢的詩文創作，王陽明也還是抱有警惕之心的：「詩文之習，儒者雖亦不廢，孔子所謂『有德者必有言』也。若著意安排組織，未有不起於勝心者，先輩號為有志斯道，而亦復如是，亦只是習心未除耳。」〔註63〕因為他認為文字出自本心，如果刻意講究字斟句酌，那就是出

〔註60〕　【明】王守仁，《王陽明全集》，上海古籍出版社，2011，第1版，第134頁。
〔註61〕　【明】王守仁，《王陽明全集》，上海古籍出版社，2011，第1版，第72頁。
〔註62〕　【明】王守仁，《王陽明全集》，上海古籍出版社，2011，第1版，第129頁。
〔註63〕　【明】王守仁，《王陽明全集》，上海古籍出版社，2011，第1版，第206頁。

於「勝心」、「習心」，用他心學理論來說，就是出於「私欲」。他沒有專門把「理」和「辭」對起來，反對文辭的必要性，而是主要著意於寫作者的創作心理機制。他在解釋儒家經典的時候認為，「孔子述《六經》，懼繁文之亂天下，惟簡之而不得，使天下務去其文以求其實，非以文教之也。……天下所以不治，只因文盛實衰，人出己見，新奇相高，以眩俗取譽，徒以亂天下之聰明，塗天下之耳目，使天下靡然爭務修飾文詞，以求知於世，而不復知有敦本尚實、反樸還淳之行，是皆著述者有以啓之。」〔註64〕前面講到宋儒強調詩文的政教作用，王陽明認為，僅僅看到詩文的內容性還不夠，既然古人有典範在那裡，就應該考察那些典範之所以成為典範的內因。他認為，孔子述《六經》，並不是為了作出文字來教育世人，而是出於去粗取精去偽存真的本意，保留詩文中的「質」、「實」，因此，即使如《詩經》這樣純粹的文學文本，審美標準也是「樂而不淫，哀而不傷」，依照的也是「致中和」和「中庸」的選擇標準。從這個觀點出發，對於很多文學傳統中的問題，王陽明都找到了解釋的立足點，所以，當他的學生徐愛問他為什麼《詩經》中仍然有鄭衛之聲時他回答：

> 先生曰：「《詩》非孔門之舊本矣。孔子云：『放鄭聲，鄭聲淫。』又曰：『惡鄭聲之亂雅樂也。鄭、衛之音，亡國之音也。』此是孔門家法。孔子所定三百篇，皆所謂雅樂，皆可奏之郊廟，奏之鄉黨，皆所以宣暢和平，涵詠德性，移風易俗，安得有此？是長淫導奸矣。此必秦火之後，世儒附會，以足三百篇之數。蓋淫泆之詞，世俗多所喜傳，如今閭巷皆然。『惡者可以懲創人之逸志』，是求其說而不得，從而為之辭。」〔註65〕

可以看出，在「致良知」思想的原則下，王陽明對於文學的評判標準既不在言志上，也不在緣情上，而是在「仁」上。因此，孔子的「興於詩，立於禮，成於樂」是他的度量衡：

> 孔子云：「人而不仁，如禮何？人而不仁，如樂何？」制禮作樂，必具中和之德，聲為律而身為度者，然後可以語此。……蓋欺天罔人，無恥之大者，君子之所不道，司馬相如之所以見譏於天下後世也。〔註66〕

〔註64〕　【明】王守仁，《王陽明全集》，上海古籍出版社，2011，第1版，第9頁。
〔註65〕　【明】王守仁，《王陽明全集》，上海古籍出版社，2011，第1版，第12頁。
〔註66〕　【明】王守仁，《王陽明全集》，上海古籍出版社，2011，第1版，第59～60頁。

既然制禮作樂都要符合中和之道,那麼作為禮樂的承載者、基本構成——言語,進而言之所形成的文字,也必然是要符合中和之道的,《詩經》就是孔子為這種中和文字所挑選出來的典範,因此他說「不學《詩》,無以言」。反過來說,人如果不仁,那麼所有這些詩禮樂也就像無本之木一樣,難以為繼。即使如司馬相如文采斐然,也終究不免被天下後世所譏笑。基於此,他強調要一心求仁,在他的理論框架下,就是求其不為私欲遮蔽之心,就是無功利之心:

> 使在我果無功利之心,雖錢穀兵甲,搬柴運水,何往而非實學?何事而非天理?況子、史、詩、文之類乎?使在我尚存功利之心,則雖日談道德仁義,亦只是功利之事,況子、史、詩、文之類乎?〔註67〕

他把詩文包括在內的所有行為,都籠罩在「心」下,心無絲毫功利私欲,那麼不管是形而下的搬柴運水還是形而上的詩書禮樂,則都是天理的發散流行。反過來,如果「心」還是摻雜了功利私欲的心,那麼所有的道德和文學都不過是方便去追名逐利的工具罷了。因此,他對於文學採取了非常不精英的標準。詩文不必定代表高雅,而流行於市井的戲曲,也未必不是更接近古聖先賢所認可的文學本質的創作:

> 先生曰:「古樂不作久矣。今之戲子,尚與古樂意思相近。」未達,請問。先生曰:「《韶》之九成,便是舜的一本戲子。《武》之九變,便是武王的一本戲子。聖人一生實事,俱播在樂中。所以有德者聞之,便知他盡善盡美與盡美未盡善處。若後世作樂,只是做些調調,於民俗風化絕無關涉,何以化民善俗?今要民俗反樸還淳,取今之戲子,將妖淫詞調俱去了,只取忠臣孝子故事,使愚俗百姓人人易曉,無意中感激他良知起來,卻於風化有益。然後古樂漸次可復矣。」〔註68〕

考察王陽明的思想路徑,可以看出「詩言志」這一文藝美學傳統在他身上的轉化:在他看來,「志」就是聖人所說的「仁」,「仁」就是「天理」,「天理」就是「本心」,因此,本心存,則天理存,則仁義詩書皆一一為鋪陳顯現。而人之本心本來相通,如果人人求其本心,致其良知,則人人皆是聖人,則詩書又為人人所能盡知盡解。考量其時的文學創作,他提出文學創作的真正價

〔註67〕 【明】王守仁,《王陽明全集》,上海古籍出版社,2011,第1版,第186頁。
〔註68〕 【明】王守仁,《王陽明全集》,上海古籍出版社,2011,第1版,第128頁。

值在於喚起人們心中的良知，移風化俗，因此普通百姓喜聞樂見的戲曲，如果能去除其中的淫聲豔曲，突出忠孝的「良知」內容，人人得以恢復自體的良知，詩禮復正了，那麼古樂也自然可以恢復。這種思路，是王陽明所謂的徹上徹下理論的運用。

孔子說「一以貫之」，王陽明也有一以貫之，即用「心」的良知本體串起儒家的倫理道德範疇與所有的表現形式，不分內外，只說均為一事，流佈不同。他將眾多的概念糅合在這樣的精一關係中：

> 是文也者，禮之見於外者也；禮也者，文之存於中者也。……
> 文散於事而萬殊者也，故曰博；禮根於心而一本者也，故曰約。博
> 文而非約之以禮，則其文為虛文，而後世功利辭章之學矣；約禮而
> 非博學於文，則其禮為虛禮，而佛、老空寂之學矣。〔註69〕

> 德，猶根也，言，猶枝葉也。根之不植，而徒以枝葉為者，吾
> 未見其能生也。〔註70〕

這是典型的王陽明式闡釋。他在講學時多次講到精一博約的關係，對他來說，雖然都是心之本體的表現，體用一源，但是如果本體不明，運用也是無法談起的，就像他說的：「藝者，義也，理之所宜者也，如誦詩、讀書、彈琴、習射之類，皆所以調習此心，使之熟於道也。苟不『志道』而『遊藝』，卻如無狀小子，不先去置造區宅，只管要去買畫掛做門面，不知將掛在何處？」〔註71〕所以他不贊成搜索文字，一切從心出發，良知恢復到什麼程度，就做什麼樣文字，這就是他一直強調的「誠意」，從文學創作的角度說，就是「修辭立誠」。

〔註69〕 【明】王守仁，《王陽明全集》，上海古籍出版社，2011，第1版，第297頁。
〔註70〕 【明】王守仁，《王陽明全集》，上海古籍出版社，2011，第1版，第305頁。
〔註71〕 【明】王守仁，《王陽明全集》，上海古籍出版社，2011，第1版，第113頁。

第二章　王陽明藝術觀的美學範疇

第一節　內觀

一、心外無物

陽明心學美學是以良知爲本體的美學。本心即爲良知，良知作爲世界的「一點靈明」，天地萬物無不因有良知的觀照而存在。本心良知無所不在無所不該。

陸九淵把心提到突出地位，由王陽明大爲發明，並徹底確立了心本論的立場。他在格竹無果之後，反思到這世界之理，不管是物理還是事理，都不在「我心」之外，而就在「吾心」之中。針對程朱的格物窮理學說，他提出「在物爲理，在字上當添一心字，此心在物則爲理」〔註1〕，表明了心在明理一事上的主體性。主張「心物一體」，「良知即是天理」，「心」即是「天理之昭明靈覺處」，「心」或「良知」不僅作爲意識主體存在，同時也被提到了作爲宇宙本體的高度。

王陽明的心本論的重要命題，用他的話來概括，即爲「心外無物，心外無事，心外無理，心外無義，心外無善」〔註2〕。對此他是這麼解釋的：「夫在物爲理，處物爲義，在性爲善，因所指而異其名，實皆吾之心也。……吾心之處事物，純乎理而無人僞之雜，謂之善，非在事物有定所之可求也。處物爲義，是吾心之得其宜也，義非在外可襲而取也。」〔註3〕這是王陽明在論

〔註1〕　【明】王守仁，《王陽明全集》，上海古籍出版社，2011 年版，第 137 頁。
〔註2〕　【明】王守仁，《王陽明全集》，上海古籍出版社，2011 年版，第 175 頁。
〔註3〕　【明】王守仁，《王陽明全集》，上海古籍出版社，2011 年版，第 175 頁。

學時典型的一體萬化的思想，在這其中，最重要的也是王陽明闡述最多的，就是「心外無物」、「心外無理」。

心物關係從基本上體現了陽明的心本論立場，他認為，「物」是「意之所在」、「意之所用」，就把物和事化同了，而意又是「心之所發」，因此，心外無物，「心」是「物」的精神主宰和本源。需要注意的是，在王陽明這裡，心物的這種關係，著重的不是作為物質存在的「心」和外界的「物」的關係，而是更偏重於精神和價值層面。舉例說，王陽明和友人著名的一段關於「山中花樹」的問答。這段問答常常被認為是王陽明唯心主義的證據，但陽明事實上說的是另一層意思。

> 先生遊南鎮，一友指岩中花樹問曰：「天下無心外植物，如此花樹，在深山中自開自落，於我心亦何相關？」先生曰：「你未看此花時，此花與汝心同歸於寂。你來看此花時，則此花顏色一時明白起來。便知此花不在你的心外。」〔註4〕

友人問他在我們看到山中花樹之前，它為何物，作何解。這是對「心中無物」的疑問。王陽明的解釋是，山中的花作為物質存在，在你來看之前，並不是不存在的，只是「同歸於寂」。就是說，沒有人的參與，或者說沒有「人心」的參與，它的開落榮敗是無所謂意義的。而沒有了意義，也就無所謂存在了。他不關注花樹對於物質世界的存在意義，而是強調花樹與意識主體的「我」之間的觀照與被觀照關係。後者才是物之為物的意義所在。

在王陽明的觀念中，「心外無物」，並非指物離開心便失去了自然屬性的「存在」，而是指相對於主體而言，離開心，物便失去了現實意義。只有意識的參與，才能產生物的意義。所有這些，都是建立在一個基礎上，就是王陽明對「存在」的界定，不是物質性的，而是意義性的。不僅山中之花是這樣，天地萬物的存在都是如此，都是在與人的關聯中才存在，才產生意義，如果不與人產生關聯，那那些自然存在的物也就沒有意義，因此也可以講，對具體的「我」來說，它們不存在。所以說心外無物。馬克思說「本質力量的對象化」，在王陽明這裡，也可以說天地萬物的存在即是心的本質力量的對象化。

因此，陽明說「人心是天、淵。心之本體無所不該，原是一個天，只為私欲障礙，則天之本體失了。」〔註5〕這裡所說的「天」，與其說是物質的天，不如說是物質之所以存在的本體意義上的「天」，是一種價值和意義存在的源

〔註4〕 【明】王守仁，《王陽明全集》，上海古籍出版社，2011年版，第122頁。
〔註5〕 【明】王守仁，《王陽明全集》，上海古籍出版社，2011年版，第109頁。

頭。基於此，陽明繼而闡發這樣的言論：「人的良知，就是草、木、瓦、石的良知。若草、木、瓦、石無人的良知，不可為草、木、瓦、石矣。豈惟草、木、瓦、石為然，天地無人的良知，亦不可為天地矣。蓋天地萬物與人原是一體，其發竅之最精處，是人心一點靈明。風、雨、露、雷、日、月、星、辰，禽、獸、草、木、山、川、土、石，與人原只一體。」〔註6〕上至日月星辰，下至草木瓦石，都因為人的本心良知而呈現其存在的意義，也因為良知的觀照而具有審美價值。而如果沒有人的靈明，「今看死的人，他這些精靈遊散了，他的天地萬物尚在何處？」〔註7〕因此，陽明得出結論，「人者，天地之心；心者，萬物之主。」在王陽明這裡，世界縮為屬於人的良知所能感知的世界，世界存在的意義縮為人在其中與之發生關係的意義。因此，離開主體的良知，世界就不復存在。良知既是個普遍的存在，同時又需要個體去澄明。人們只有去發覺這種普遍存在的良知，才能尋找到自己個體的意義世界。

二、以心為鏡

　　王陽明在講學中多次提到鏡了的比喻，以明鏡喻良知本體，以鏡上塵垢喻私欲遮蔽：「聖人致知之功至誠無息，其良知之體皎如明鏡，略無纖翳。妍媸之來，隨物見形，而明鏡曾無留染，所謂『情順萬事而無情』也。『無所住而生其心』，佛氏曾有是言，未為非也。明鏡之應物，妍者妍，媸者媸，一照而皆真，即是生其心處。妍者妍，媸者媸，一過而不留，即是無所住處。」〔註8〕前面說到，王陽明論學多受佛道影響，從上述這段話中他以佛經裡的經文來作說明也可看到影跡。對照他自己的「四句教」（「無善無惡心之體，有善有惡意之動，知善知惡是良知，為善去惡是格物」），大致可以作如下對應：聖人的良知之體潔淨無瑕，隨物現形，一過不留，說的是「無善無惡心之體」；明鏡照物一照而真，妍媸必現，說的是「知善知惡是良知」。這個明鏡之喻主要闡明王陽明心學美學的兩個主題，一是良知，二是致其良知。自古以來，以鏡作喻的有很多。老子有：「滌除玄覽，能無疵乎」〔註9〕（《十章》），莊子也說：「鑒明則塵垢不止，止則不明也。久與賢人處則無過」〔註10〕（《德充符》），禪宗裏六祖慧能和

〔註6〕 【明】王守仁，《王陽明全集》，上海古籍出版社，2011年版，第122頁。
〔註7〕 【明】王守仁，《王陽明全集》，上海古籍出版社，2011年版，第141頁。
〔註8〕 【明】王守仁，《王陽明全集》，上海古籍出版社，2011年版，第79頁。
〔註9〕 陳鼓應，《老子注釋及評介》，中華書局，1984年版，第93頁。
〔註10〕 陳鼓應 注譯，《莊子今注今譯》，中華書局，1983年版，第166頁。

神秀就有一段關於「心如明鏡臺」的公案，在陽明這裡，如上所說，良知就是心，就是觀照天地萬物的一面鏡子。「聖人之心，纖翳自無所容，自不消磨刮。若常人之心，如斑垢駁雜之鏡，須痛加刮磨一番，盡去其駁蝕，然後纖塵即見，才拂便去，亦自不消費力。到此已是識得仁體矣。若駁雜未去，其間固自有一點明處，塵埃之落，固亦見得，亦才拂便去。至於堆積於駁蝕之上，終弗之能見也。此學利困勉之所由異，幸弗以爲煩難而疑之也。」〔註11〕心作爲鏡子，「只是一個明，則隨感而應，無物不照；未有已往之形尚在，未照之形先具者。」上述兩段話包含了以下幾層意思。

一‧照了才有物。上文說到「意之所在便是物」，這裡便是與它的照應。陽明認爲：「良知不由見聞而有，而見聞莫非良知之用，故良知不滯於見聞，而亦不離於見聞。」〔註12〕良知不是懸空的抽象理念，因此不外於見聞，同時良知又不是日常意識和理性，因此也不滯於見聞。說到底，良知作爲本體，是與審美對象同時互爲印證的。他說，「良知只在感應之機上看」，「良知只是一個，隨他發見流行處，當下具足，更無去求，不須假借。……此良知之妙用，所以無方體，無窮盡，『語大天下莫能載，語小天下莫能破』者也」。〔註13〕就是說，良知體用一源，隨處發見，良知在感應之機中妙用，萬物在感應之機時呈現。

陽明說「身之主宰便是心，心之所發便是意，意之本體便是知，意之所在便是物」，又說「心者身之主也，而心之虛明靈覺，則所謂本然之良知也。其虛明靈覺之良知，應感而動者謂之意。有知而後有意，無知則無意矣。知非意之體乎？意之所用，必有其物，物即事也。如意用於事親，即事親爲一物；意用於治民，即治民爲一物；意用於讀書，即讀書爲一物；意用於聽訟，即聽訟爲一物：凡意之所用無有無物者，有是意即有是物，無是意即無是物矣。物非意之用乎？」〔註14〕這一點與西方現象學的「意向性客體」頗爲相似。以上文山中之花的例子來說，陽明所說的「你未看此花時，此花與汝心同歸於寂。你來看此花時，則此花顏色一時明白起來。」一方面說的是物我關係，一方面也是將審美對象看成了一種意向性審美客體。

〔註11〕 【明】王守仁，《王陽明全集》，上海古籍出版社，2011 年版，第 164 頁。
〔註12〕 【明】王守仁，《王陽明全集》，上海古籍出版社，2011 年版，第 80 頁。
〔註13〕 【明】王守仁，《王陽明全集》，上海古籍出版社，2011 年版，第 96 頁。
〔註14〕 【明】王守仁，《王陽明全集》，上海古籍出版社，2011 年版，第 53 頁。

二‧良知之鏡照見事物本來面目。王陽明把良知作爲天地萬物之本，就是讓事物去除遮蔽，還原爲本眞狀態，自然呈露。天地萬物有不明，都是緣於良知被遮蔽，「良知本來自明。氣質不美者，渣滓多，障蔽厚，不易開明。質美者渣滓原少，無多障蔽，略加致知之功，此良知便自瑩徹，些少渣滓如湯中浮雪，如何能作障蔽？」〔註15〕陽明認爲，只要靈昭不昧，自然物來順應。這種類似的思想在儒釋道中都有先見，孔子有「毋意、毋必、毋固、毋我」觀念，道家也有「虛靜」、「靜觀」之說，佛家也有「無執」之教，陽明出入三教，有這樣的思想也是自然。傳習錄記載：

> 後有人問九川曰：「今何不疑『物』字？」曰：「《中庸》曰『不誠無物。』程子曰『物來順應』，又如『物各付物』、『胸中無物』之類，皆古人常用字也。」他日先生亦云然。〔註16〕

又：

> 曰：「天理何以謂之中？」曰：「無所偏倚。」曰：「無所偏倚是何等氣象？」曰：「如明鏡然，全體瑩徹，略無纖塵染着。」〔註17〕

由此可見，陽明的心物關係是讓物在良知面前呈現它們自身。陽明借用明鏡的去塵，來比喻良知的「去蔽」。在陽明看來，正是「聞見」和「私欲」，阻礙了事物本眞的呈現。因此，減的是私欲障蔽，爲的是恢復本性良知。

三‧常人之鏡須磨刮。前面說到，聖人之鏡常明，而常人之鏡常昏。陽明的「致良知」之「致」，「必有事」，說的都是常人之鏡需要時時擦拭，使之恢復明亮。

王陽明分辨了二種情形：聖人之心，纖翳自無所容，不消磨刮；賢人之心，駁蝕未去，其間固有一點明處，固亦見得；凡人或者愚人，堆積於駁蝕之上，終不能見。因此，在陽明那裡，「磨鏡」是一項非常重要的工夫，因爲聖人不常有，而更多的普通人總是被各種私欲所蒙蔽，因此需要時常磨一磨良知之鏡。王陽明的高徒徐愛在比較世儒的「格物」和陽明的「格物」時如此說：「心猶鏡也。聖人心如明鏡，常人心如昏鏡。近世格物之說，如以鏡照物，照上用功，不知鏡尚昏在，何能照？先生之格物，如磨鏡而使之明，磨

〔註15〕　【明】王守仁，《王陽明全集》，上海古籍出版社，2011 年版，第 77 頁。

〔註16〕　【明】王守仁，《王陽明全集》，上海古籍出版社，2011 年版，第 103 頁。

〔註17〕　【明】王守仁，《王陽明全集》，上海古籍出版社，2011 年版，第 27 頁。

上用功，明瞭後亦未嘗廢照。」〔註18〕在他看來，只有先磨光良知這面鏡子，才能獲得天地萬物的道理。這樣的方法和思路才是釜底抽薪的辦法，世儒昏昏然只顧盲目格物，而不管心上的蔽翳，是格不出什麼天地萬物之理來的。王陽明推崇時時提點自己，首先要廓清心體，使之纖翳不留，然後才談得上去操持涵養，去格物。

三、鄉愿意思與狂者胸次

王陽明自述在體認良知過程中，經歷了從「鄉愿意思」到「狂者胸次」的轉變。「狂者胸次」正是「真己」的自覺自信的境界。在宋明理學家中，常常用「氣象」來說精神境界，陽明則提出「狂者胸次」，是對自己學術路徑的自信與肯定，也徹底擺脫之前試圖調和世俗之學和自家學問的態度。他問學生為什麼對他非議的人越來越多，學生說法不一，他的體悟卻是：

> 我在南都已前，尚有些子鄉愿的意思在。我今信得這良知真是真非，信手行去，更不着些覆藏。我今纔做得個狂者的胸次，使天下之人都說我行不揜言也罷。〔註19〕

「狂者」一語出自《論語・子路》：「不得中行而與之，必也狂狷乎！狂者進取，狷者有所不為也。」鄉愿，又叫鄉原，語出《論語・陽貨》：「子曰：『鄉原，德之賊也。」王陽明將「狂狷」與「鄉愿」對比，表達寧可做狂者而背負世人的非議，也不願做鄉愿而違背本心的良知。陽明對此二者有如下的解釋：

> 鄉愿以忠信廉潔見取於君子，以同流合污無忤於小人，故非之無舉，刺之無刺。然究其心，乃知忠信廉潔所以媚君子也，同流合污所以媚小人也。其心已破壞矣，故不可與入堯舜之道。狂者志存古人，一切紛囂俗染不足以累其心，真有鳳凰千千仞之意，一克念，即聖人矣。〔註20〕

與其說這是討論非議之由，不如說是陽明自得之言。因為他的狂者胸次是擺脫了鄉愿的意思，是真正能按良知而行，因為按良知而行了，因此離其他人的私欲利蔽更遠，才會惹得「謗議益眾」，這種謗議反倒增加了陽明對自身體悟和良知學說的自信，也是他「在事上磨練」的印證。

〔註18〕 【明】王守仁，《王陽明全集》，上海古籍出版社，2011 年版，第 23 頁。
〔註19〕 【明】王守仁，《王陽明全集》，上海古籍出版社，2011 年版，第 132 頁。
〔註20〕 【明】王守仁，《王陽明全集》，上海古籍出版社，2011 年版，第 1287 頁。

第二節　工夫

一、緣機體認與直覺頓悟

陽明早年曾出入佛道，與禪宗更有不解之緣。雖然在倫理立場上，陽明選擇了回歸儒門，並指出佛道並非爲人爲學之至道，但在思辨方面，他卻靈活地運用了禪道智慧。在講學時常用禪語點化後學，借話頭說明他的「良知」學說。他的龍場悟道，也非常像「頓悟」式的神秘體驗：

> 日夜端居澄默，以求靜一；久之，胸中灑灑。……因念：『聖
> 人處此，更有何道？』忽中夜大悟格物致知之旨，寤寐中若有人語
> 之者，不覺呼躍，從者皆驚。始知聖人之道，吾性自足，向之求理
> 於事物者誤也。〔註21〕

禪宗的心性修煉和生命智慧，被陽明巧妙地融合於「致良知」的學說中。「致良知」的過程也就是通過絲毫不摻雜理性思考和個人私欲的心靈直覺去體認本體的過程。這與禪宗的頓悟頗爲相似。陽明與學生之間也常舉佛家的例子來分辨學問：

> 先生起行征思、田，德洪與汝中追送嚴灘，汝中舉佛家實相幻
> 相之說。先生曰：「有心俱是實，無心俱是幻；無心俱是實，有心俱
> 是幻。」汝中曰：「有心俱是實，無心俱是幻，是本體上說工夫。無
> 心俱是實，有心俱是幻，是工夫上說本體。」先生然其言。洪於是
> 時尚未了達，數年用功，始信本體工夫合一。〔註22〕

這是以禪理入學理，看似玄妙，好像佛家空空色色的學說，事實上用這種方式闡明了陽明自己的兩段學問。

陽明雖看重頓悟，但是在爲學上，首先強調「緣機體認」，也就是前面說的隨「感應之機」而去觀照去體悟。物不是現成的物，心也不是一成不變的心，心隨物感，相生相發，相互感應。在靜處體悟，在心上體驗，在直覺中領會「未發之中」、「已發之和」，讓本心良知在具體情境中得以本眞體現。這樣，「自然『感而遂通』，自然『發而中節』，自然『物來順應』」〔註23〕。

之所以要緣機體認，原因在於「性無定體」：

> 性無定體，論亦無定體，有自本體上說者，有自發用上說者，

〔註21〕【明】王守仁，《王陽明全集》，上海古籍出版社，2011年版，第1354頁。

〔註22〕【明】王守仁，《王陽明全集》，上海古籍出版社，2011年版，第141頁。

〔註23〕【明】王守仁，《王陽明全集》，上海古籍出版社，2011年版，第25頁。

有自源頭上說者，有自流弊處說者。總而言之，只是一個性，但所
見有淺深爾。若執定一邊，便不是了。……皆是執定，就知是錯。

〔註24〕

「性無定體，論亦無定體」，因此就必須要「緣機體認」，目的是要讓「物各付物」，這樣才能在變化著的情境中體認不差。有了良知明覺，有了隨感而應的能力，自然就能在萬事萬變中游刃有餘，發而中節。他強調「義理無定在，無窮盡」，因此在不同的事上，「聖人論學，多是隨時就事」，對資質不同的人，又要有「與人論學，亦須隨人分限所及」〔註25〕。「聖人教人，不是個束縛他通做一般：只如狂者便從狂處成就他，狷者便從狷處成就他。人之才氣如何同得？」〔註26〕總而言之，因為心體義理都不是一個定體，因此不管是教人還是為學，也不應該統一化，而是要在活的語境中隨機成就和體認，才能有所得。

這種體認，不可傳達，不可教育，除了自己切身去識得，別無他法，他說：

聖人氣象自是聖人的，我從何處識認？若不就自己良知上真切體認，如以無星之稱而權輕重，未開之鏡而照妍媸，真所謂以小人之腹而度君子之心矣。聖人氣象何由認得？自己良知原與聖人一般，若體認得自己良知明白，即聖人氣象不在聖人而在我矣〔註27〕

另一方面，為學之人又常常會被文辭所累，「凡觀古人言語，在以意逆志而得其大旨，若必拘滯於文義，則『靡有孑遺』者，是周果無遺民也」〔註28〕，因此，「學者讀書，只要歸在自己身心上。若泥文著句，拘拘解釋，定要求個執定道理，恐多不通。蓋古人之言，惟示人以所向往而已」〔註29〕。由此可見，王陽明的這種體認，既不是言語可及的知解工夫，也不是刻意為之的技巧，而是一種隨機靈動的澄徹的工夫。只有把身心都浸潤其中，既不執著於功利得失，又不拘泥於文辭知解，才能領悟其中的真滋味。

緣機體認是陽明心學美學的基本態度，而具體的體認方式則是直觀領悟。所謂直觀領悟，就是不帶任何私欲、機心、理智的直覺體驗。《傳習錄》記載：

〔註24〕　【明】王守仁，《王陽明全集》，上海古籍出版社，2011年版，第130頁。
〔註25〕　【明】王守仁，《王陽明全集》，上海古籍出版社，2011年版，第109頁。
〔註26〕　【明】王守仁，《王陽明全集》，上海古籍出版社，2011年版，第118頁。
〔註27〕　【明】王守仁，《王陽明全集》，上海古籍出版社，2011年版，第66頁。
〔註28〕　【明】王守仁，《王陽明全集》，上海古籍出版社，2011年版，第72頁。
〔註29〕　【明】王守仁，《王陽明全集》，上海古籍出版社，2011年版，第1296頁。

　　問：「近來工夫雖若稍知頭腦，然難尋個穩當快樂處。」先生
曰：「爾卻去心上尋個天理，此正所謂理障。此間有個訣竅。」曰：
「請問如何？」曰：「只是致知。」曰：「如何致？」曰：「爾那一點
良知，是爾自家底準則。爾意念著處，他是便知是，非便知非，更
瞞他一些不得。爾只不要欺他，實實落落依著他做去，善便存，惡
便去。他這裡何等穩當快樂。此便是格物的眞訣，致知的實功。」
〔註30〕

　　「理障」是佛家用語，意思是執著於理而阻礙了正知的發覺。陽明此處用理
障來表明他對於「去心上尋天理」的批判態度。事實上他批判的不是心，也
不是「天理」，而是「尋」。一旦著意於尋找，那離天理就遠了。王陽明所思
索的「理」，是「良知」，是一個「是非之心」，只有靠著這個一點靈明，才能
得到所謂「天理」。並且這種得到，是一個自然而然的過程，而非人爲去把捉。
他強調「良知」對這種生命本體的感悟和把握，具有一種當下性和直覺性。
世界的存在意義和自我的瞬間領悟在「直覺」那一刹那同時發生，人與天地
萬物成爲一體。另一方面，「理障」又在於識見太多而阻礙了直覺體認：

　　于中、國裳輩同侍食。先生曰：「凡飲食只是要養我身，食了
要消化；若徒蓄積在肚裏，便成痞了，如何長得肌膚？後世學者博
聞多識，留滯胸中，皆傷食之病也。」〔註31〕

所謂「留滯胸中」，事實上是批評學者沒有知行合一，沒有讓識見在具體的社
會人生中進行實踐和審視。這樣的識見是空洞沒有營養的，蓄積越多反而對
精神有害，這就引出了陽明的實踐美學。

二、事上磨練

　　如果說「心上工夫」側重緣機體認、直覺頓悟的話，那麼陽明的「事上
工夫」則主要強調知行合一、事上磨練。

　　陽明初期強調靜坐，後來認識到靜坐不足以徹底根除私欲，並且會落得刻
意求靜，精神枯槁，遇到事也還是立不定。因此，他提出要在事上磨練。所謂
「事上磨練」，就是要在平日的社會生活中鍛鍊自己，最終做到靜亦定，動亦定，
自己的心體不動搖。他說：「人須在事上磨，方立得住，方能靜亦定，動亦定」。

〔註30〕　【明】王守仁，《王陽明全集》，上海古籍出版社，2011年版，第105頁。
〔註31〕　【明】王守仁，《王陽明全集》，上海古籍出版社，2011年版，第108頁。

　　「事上工夫」即「行」的工夫，這就涉及到陽明的「知行合一」學說。陽明不滿宋儒把知行二分的學說，也不同意「先知後行」的觀念，提出「知行合一」。需要說明的是，「知行合一」不是把一個知和一個行合二為一，而是說這二者表示的是同一件事。《傳習錄》載：

　　　　未有知而不行者。知而不行，只是未知。聖賢教人知行，正是要復那本體，不是著你只恁的便罷。故《大學》指個真知行與人看，說「如好好色，如惡惡臭」。見好色屬知，好好色屬行。只見那好色時已自好了，不是見了後又立個心去好。聞惡臭屬知，惡惡臭屬行。只聞那惡臭時已自惡了，不是聞了後別立個心去惡。如鼻塞人雖見惡臭在前，鼻中不曾聞得，便亦不甚惡，亦只是不曾知臭。就如稱某人知孝、某人知弟，必是其人已曾行孝行弟，方可稱他知孝知弟，不成只是曉得說些孝弟的話，便可稱為知孝弟？又如知痛，必已自痛了方知痛；知寒，必已自寒了；知饑，必已自饑了：知行如何分得開？此便是知行的本體，不曾有私意隔斷的。〔註32〕

陽明認為，知與行本是一體，說知就意味著行，說行就意味著知。正如說一個人知道孝順長輩友愛弟兄，必然是那個人已經做了孝順友愛的行為，才能說他知道孝順友愛。而不可能只憑一些口頭言語，就說這個人非常孝順友愛。陽明所說的「行」，不僅僅指可見的行為動作，也包括真切的內心情感。比如在孝順這件事上，他舉例說如果只是追求一些外在的儀節，就可以說是孝了，是至善了，那臺上的戲子，扮演了許多溫清奉養的儀節，也可以稱之為至善孝道了，這不是可笑嗎。戲子扮得再像，因為心中沒有真實情感，所以也不能說戲子真的「知孝」。事親時如果沒有一顆真切的心，也不叫「知孝」。

　　他指出，《大學》所說的「如好好色，如惡惡臭」，正是說明了知與行的這種關係。「見好色」是「知」，「好好色」是「行」，二者是同時發生的，不能分開。「聞惡臭」和「惡惡臭」、「知痛」、「知寒」、「知饑」也都是如此。在《答顧東橋書》中，陽明也說道：「食味之美惡，必待入口而後知，豈有不待入口而已先知食味之美惡者邪？……路歧之險夷，必待身親履歷而後知，豈有不待身親履歷而已先知路歧之險夷者邪？」〔註33〕只有親口嘗了，才能知道食物的味道是好是惡，只有親自走了，才能知道路途是平坦是崎嶇。

〔註32〕【明】王守仁，《王陽明全集》，上海古籍出版社，2011年版，第4頁。
〔註33〕【明】王守仁，《王陽明全集》，上海古籍出版社，2011年版，第47頁。

在這個意義上來說，「行」不僅是「知」存在方式，也是「知」的結果。「知」應當落實於「行」，惟有切實地去「行」了，方是「真知」。知行的本體就存在於這分不開的互相實現中。他舉例說：「若著實做學問思辨的工夫，則學問思辨亦便是行矣。學是學做這件事，問是問做這件事，思辨是思辨做這件事，則行亦便是學問思辨矣。若謂學問思辨之，然後去行，卻如何懸空先去學問思辨得？行時又如何去得做學問思辨的事？」就是說，即使是學問思辨這樣，傳統認為是「知」的事情，如果為之付出了努力，下了工夫，也可以視為「行」。而「行」的過程也必然帶著思考，因此又是「知」，二者須臾不可剝離。他認為，真正的「知行合一」必然是「知之真切篤實處即是行，行之明覺精察處即是知」〔註34〕。

「知行合一」是把認識轉化為行動，或者說是「良知」使主客觀相互作用的過程。而「事上磨練」，就是為「知行合一」的實踐活動提供了舞臺，通過人格的修養，使「良知」在「知行合一」的過程中得到充分體現。

在為學上，陽明強調「必有事焉」，是說在做學問的過程中，磨練的同時時時不忘「集義」。他說：

> 我此間講學，卻只說個「必有事焉」，不說「勿忘勿助」。「必有事焉」者，只是時時去「集義」。若時時去用「必有事」的工夫，而或有時間斷，此便是忘了，即須「勿忘」。時時去用「必有事」的工夫，而或有時欲速求效，此便是助了，即須「勿助」。其工夫全在「必有事焉」上用，『勿忘勿助』只就其間提撕警覺而已。若是工夫原不間斷，即不須更說「勿忘」；原不欲速求效，即不須更說「勿助」。〔註35〕

這裡所說的「必有事焉」、「集義」、「勿忘勿助」，都是出自《孟子》。陽明認為，在為學這件事上的磨練，「必有事焉」就是不忘時時「集義」，也就是不忘時時「致良知」，而「勿忘勿助」是讓人掌握分寸，既不要懶惰懈怠，也不要急於求成。但是這兩者中，最根本的還是「集義」，就是「致良知」：「在孟子言『必有事焉』，則君子之學終身只是『集義』一事。義者宜也。心得其宜之謂義。能致良知，則心得其宜矣，故『集義』亦只是致良知。」〔註36〕沒

〔註34〕【明】王守仁，《王陽明全集》，上海古籍出版社，2011年版，第47頁。
〔註35〕【明】王守仁，《王陽明全集》，上海古籍出版社，2011年版，第93～94頁。
〔註36〕【明】王守仁，《王陽明全集》，上海古籍出版社，2011年版，第82頁。

有這個，所謂的「勿忘勿助」也都是空中樓閣而已。所謂的依仁遊藝，也要從這個基礎上才能展開：

> 譬如做此屋，「志於道」是念念要去擇地鳩材，經營成個區宅。「據德」卻是經畫已成，有可據矣；「依仁」卻是常常住在區宅內，更不離去。「遊藝」卻是加些畫采，美此區宅。藝者，義也，理之所宜也，如誦詩、讀書、彈琴、習射之類，皆所以調習此心，使之熟於道也。苟不「志道」而「遊藝」，卻如無狀小子；不先去置造區宅，只管要去買畫掛做門面，不知將掛在何處？〔註37〕

誦詩、讀書、彈琴、習射，是為了調習此心；游於藝，是為了志於道。所有種種，都不是耳目之娛，而是通過日常生活中的審美實踐，來完成道德人格的完善。

又有：

> 吾始學書，對模古帖，止得字形。後舉筆不輕落紙，凝思靜慮，擬形於心，久之始通其法。……古人隨時隨事只在心上學，此心精明，字好亦在其中矣。〔註38〕

> 君子之於射也，內志正，外體直，持弓矢審固，而後可以言中。故古者射以觀德。德也者，得之於其心也。君子之學，求以得之於其心，故君子之於射，以存其心也。是故憍於其心者其動妄，蕩於其心者其視浮，歉於其心者其氣餒，忽於其心者其貌惰，傲於其心者其色矜，五者，心之不存也。不存也者，不學也。君子之學於射，以存其心也。是故心端則體正，心敬則容肅，心平則氣舒，心專則視審，心通故時而理，心純故讓而恪；心宏故勝而不張、負而不弛。
> 七者備而君子之德成。君子無所不用其學也，於射見之矣。〔註39〕

學書法能給人以審美感受，而陽明將這種審美感受轉向了德性的體現，因此還需在心上學，在寫字的過程中時時磨練，最終成就的是此心的精明。習射更是對身心的一種磨練，不僅在體力上有要求，而且更重要是內心。要想射中靶心，就需要去除「燥心」、「蕩心」、「歉心」等等私欲意念，實地磨練，才能射而中的。這雖然是射箭，但是在內心修煉上和道德品德的修煉是毫無

〔註37〕 【明】王守仁，《王陽明全集》，上海古籍出版社，2011 年版，第 113 頁。
〔註38〕 【明】王守仁，《王陽明全集》，上海古籍出版社，2011 年版，第 1347～1348 頁。
〔註39〕 【明】王守仁，《王陽明全集》，上海古籍出版社，2011 年版，第 274 頁。

二致的，所以說習射也可以中德，因此古人往往在習射的過程中考察德性，人性品德在這種相通的審美實踐中得到落實。

「事上磨練」，不僅體現在主動的行爲實踐中，也體現在如何應對日常生活突如其來的各種狀況，比如如何對待親人的生離死別。在陽明看來，即使是人倫之情，也應該有所節制，即使是居喪，也不應該過分哀痛，喜怒哀樂的節度在於和，和就是發而中節，在和中體認人倫之美。事上磨練，不僅是說要在事事物物上致吾心良知，也指吾心良知無所不遍無所不包無處不體現。

第三章 王陽明的詩歌創作與美學追求

　　王陽明作為一代心學大師，在思想和學術史上的地位和影響不須贅述。而從文學角度看，他也可以算是一位極為高產並且達到一定高度的詩人。在他曲折的人生旅程中，從幼年跟隨祖父在鎮江金山寺賦詩一首，技驚四座，到歷盡宦海沉浮、生死考驗，儘管他認為文學創作不是達道的正途，但詩歌創作一直貫穿了他並不算漫長的一生。可以說，雖然王陽明的主要影響是在思想和學術方面，但是對他本人來講，詩歌卻是完整地記錄了他一生的歷史，是他跌宕起伏的人生經歷的真實寫照。另一方面，正因為他一生顛沛，因此他的詩作不僅反映他個人，某種程度上也反映了他當時所處的明朝社會的歷史現實。王陽明的詩歌在文學價值和審美價值上，無愧於明代詩壇的任何詩人。因此，考察王陽明的文藝美學思想，不僅要從他形而上的思想觀念出發，也要考察他具體的文學創作實踐。

　　王陽明以心學家聞名於世，他的詩歌中也展示出了其心學思想的發展，以及某種程度上對古代「詩言志」傳統思想的體現。但是陽明心學作為儒學的新脈絡，在詩歌創作中也必然體現出並不是「詩言志」就可以籠統概括的新的面貌，王陽明的詩歌創作與其他文人相比，有他鮮明的個性特徵。讀他的詩歌作品，不僅得到語言的文學性欣賞，也可以一窺其「致良知」學說誕生的心路歷程。

　　與一般學者的創作不同，王陽明詩歌題材廣泛，內容包括涉獵心性的求道詩、哲理詩，涉及生活審美的山水詩，也有記錄反映個人遭際的罹難詩等等，他的詩歌既反映了他作為詩人的美學追求，也向我們展示了陽明所處年代、他的心路歷程和思想發展軌跡。

第一節　釋道融合的精神追求

一、以釋道入詩的山水詩歌

　　王陽明一生所作詩歌，其中和寺、僧、道有關的不在少數。無論是爲官期間的客途，還是歸鄉講學，都喜歡去寺廟有所交遊。他自己有詩（《午憩香社寺》）云：

> 修程動百里，往往飼僧居。佛鼓迎官急，禪床爲客虛。桃花成
> 井落，雲水接郊墟。不覺泥塵澀，看山興有餘。〔註1〕

他自述在客中，往往都住在寺廟裏。在寺裏看到的風景是，桃花自然掉落在井裏，一眼望去，野外的廢墟和天相接。這種看似蕭索冷清的景象，卻給詩人一種遠離凡塵俗世的超脫感，寺廟、山林，讓詩人心生遊興，「興有餘」說的又不止是遊興，而是古代文人常說的「興味」。這種興味難以界定，在古代的文學作品以及文論中，這種興味往往都是以描述性的語言闡釋，與其說是某種特定的心理感受，不如說是一種精神上的通感，雖然詩人們在各自的所處環境下所感所悟不盡相同，但是興味一理相通。鍾嶸在《詩品》中提倡「滋味說」，他認爲詩歌創作與詩人對外部世界或者精神世界的情感性把握直接相關。他認爲：「若乃春風春鳥、秋月秋蟬，夏雲暑雨、冬月祁寒，斯四候之感諸詩者也。凡斯種種，感蕩心靈，非陳詩何以展其義？非長歌何以騁其情？」可見，文學創作不僅是辭藻的堆疊，更重要的是文藝創作與個人情感上的相通之處。正是這種相通之處，才引發了詩人的創作。因此，可以說，面對能引起自己的情感振動的景物、人事，詩人在精神上達到了淨化或者提升，而體會到一種審美的或者哲學的快感，才是文學創作的眞正意義所在，也就是興味。

　　王陽明早期浸淫於禪與道，這不僅體現在哲學思想上直接受到二氏的影響，並且也體現在詩歌中。如果說作爲儒者的王陽明在融合揚棄之後與二氏保持了一定的思想距離，那麼作爲詩人的王陽明相比之下與二氏則更爲親近，這種親近不在於兩教的本質觀念上，而在於生活和審美趣味上。遍觀他的詩歌，與僧道的交流比比皆是，與此同時，他詩歌中的禪與道往往與山水也須臾不可分。山水遊覽與僧道交遊構成了王陽明詩歌中非常重要的一部分內容。如《夜宿無相寺》：

〔註1〕 【明】王守仁，《王陽明全集》，上海古籍出版社，2011年版，第796頁。

春宵臥無相，月照五溪花。掬水洗雙眼，披雲看九華。岩頭金

佛國，樹杪謫仙家。彷彿聞笙鶴，青天落絳霞。〔註2〕

詩人在春天借宿在九華山無相寺，洗淨塵眼放下塵心，面對九華山亦仙亦佛
的自然環境，引起對仙界的想像。這首詩雖然沒有什麼描述性的語言，但是
卻營造了一種超凡脫俗的境界。相比起來，《公館午飯偶書》就具象多了：

行臺依獨寺，僧屋自成鄰。殿古凝殘雪，牆低入早春。巷泥晴

淖馬，簷日暖堪人。雪散小岩壁，松梢掛月新。〔註3〕

這首詩描繪了一幅非常有畫面感的景象。同樣是春天，這首詩描繪了早春時
分，獨寺、僧屋、殘雪、淖馬、晴日、岩壁、松梢、新月，這些非同時性的
意象，組成了一幅有時空變動感的畫面。這種詠物詠景的詩歌本是詩歌創作
的常見題材，但是從詩歌題目中的「公館」和詩中的一些詞句對比來看，就
可以感受到詩人對出世的景物的偏好。詩人身處公館，但是寫的景物無一是
與公館有關，詩人的視角是想像性視角，依的是「獨寺」，因此與僧屋自然而
然就成為了鄰居，而詩人所看所感一下子跨越了這道牆，走到了古殿低牆泥
巷之中，繼而又到了岩壁和松梢。我們不得而知，這組景物有多少是詩人確
實所見，多少是詩人的想像，但是對於這首詩歌的組象所傳達出來的詩人對
於這種遠離塵世的自然的嚮往，是顯而易見的。從「晴」、「暖」、「小」、「新」
等用詞上，又可以看出詩人對於自己所「看到」的整幅景象的欣喜之情。

陽明一生輾轉各地，因此也得以遍遊山水。比如他的詩歌中數次寫到的
九華山。九華山對陽明來說，既是一片寧靜的佛教聖地，也是一片絕佳的遊
賞佳境，徜徉於其中，神思飄逸，胸襟為之開闊，精神為之爽快。陽明登臨
九華山，創作出一系列組詩。他的詩歌避開了一般的描山摹水的山水詩套路，
而是著意捕捉九華山標誌性的審美形象，即把景物的實寫與氛圍的虛寫結
合，描繪出一幅幅既有景物美也有精神美感的畫面。例如以下四首〔註4〕：

凌崖望雙峰，蒼茫竟何在？載拜西北風，為我掃浮靄。(《雙峰》)

夜靜涼飆發，輕雲散碧空。玉鉤掛新月，露出青芙蓉。(《蓮花峰》)

靈峭九萬丈，參差生曉寒。仙人招我去，揮手青雲端。(《列仙峰》)

雲門出孤月，秋色坐蒼濤。夜久群籟絕，獨照宮錦袍。(《雲門峰》)

〔註2〕【明】王守仁，《王陽明全集》，上海古籍出版社，2011年版，第737頁。

〔註3〕【明】王守仁，《王陽明全集》，上海古籍出版社，2011年版，第796頁。

〔註4〕【明】王守仁，《王陽明全集》，上海古籍出版社，2011年版，第739〜740頁。

前兩首在內容上構成了呼應的關係。上一首寫九華山的一片氤氳蒼茫,雙峰竟在這蒼茫之中隱而不現,詩人面對的是朦朧之美。下一首剛好相反。在月涼如水的晚上,夜空裏雲清霧薄,一輪新月如玉鉤一般掛在天上,照出月色皎潔下的九華山峰頂,在夜與月的光影作用下,如同水墨的芙蓉花苞。無論是蒼茫包裹中的九華山,還是夜色籠罩下的九華山,都讓詩人興起一種宇宙之思,彷彿只有他與這靜謐的自然在默默對望,此時的詩人,內在的心靈與外在的自然造化融為了一體。後兩首在思想感情上又形成了對比。詩人用誇張的手法極寫九華山的峻峭挺拔,因為山峰之高,造成的清冷的環境彷彿是仙境一般。仙人兩句,既寫出了九華山空靈的自然風貌,也寫出了詩人渴望遠離塵俗的心境。如果說前三首都寫出了詩人面對九華山而忘卻了塵俗之念,沉浸在九華山的朦朧境界而有仙界之想,以「物」的描摹為主的話,那麼最後一首就是詩人在這飽滿的情思之後,逐漸回到自身,反思作為一個身著錦袍的世俗中人,如何去追尋自己的理想境界。九華山的靜,正是詩人心境的反照。

　　在上述的九華山組詩中,除了上述對九華諸峰的吟詠外,也勾出了詩人求仙問道的情思。王陽明一生愛好優游,仙道與自然的結合一直存在於他的詩歌的審美趣味之中。如他的《登泰山五首》〔註5〕,就體現出強烈的道教情結:

　　　　曉登泰山道,行行入煙霏。陽光散岩壑,秋容淡相輝。雲梯掛青壁,仰見蛛絲微。長風吹海色,飄颻送天衣。峰頂動笙樂,青童兩相依。振衣將往從,凌雲忽高飛。揮手若相待,丹霞閃餘暉。凡軀無健羽,悵望未能歸。(其一)

　　　　天門何崔嵬,下見青雲浮。泱漭絕人世,迥豁高天秋。暝色從地起,夜宿天上樓。天雞鳴半夜,日出東海頭。隱約蓬壺樹,縹緲扶桑洲。浩歌落青冥,遺響入滄流。唐虞變楚漢,滅沒如風漚。藐矣鶴山仙,秦皇豈堪求?金砂費日月,頹顏竟難留。吾意在厖古,泠然馭涼飆。相期廣成子,太虛顯遨遊。枯槁向岩谷,黃綺不足儔。
　　　　(其二)

泰山自古多入詩,杜甫「一覽眾山小」句一出,激起多少詩人的豪情壯志。李白也寫過泰山的遊歷詩,王陽明這兩首泰山詩的前一首被沈德潛評為「太白」,是盛讚他在氣度神韻上類似於李白,可見王陽明的瀟灑飄逸處。詩人曉

〔註5〕 【明】王守仁,《王陽明全集》,上海古籍出版社,2011年版,第740頁。

登泰山，看到泰山勝景雄奇開闊，與詩人自己心中的豪情壯志恰有契合之處，而泰山濃烈的仙道氣氛，更引出了詩人的神仙之想。整首詩把泰山的天然之景與詩人腦中天馬行空的想像自然地融合在了一起，描繪出一幅仙人行樂圖。從山道到岩壁再到峰頂，詩人的視角逐漸往上走，語句的安排非常有合理性，使人讀來似乎與詩人一同見證到仙境逐漸展現在眼前。最後兩句詩人更是將想像與現實糅合無間，在如此神秘美妙的景色中，峰頂彷彿有仙人在「揮手相待」，只可惜自身是一介凡夫，不能振羽相從，只能悵然而歸，整首詩中恣肆的想像透露出陽明對仙道的生活境界的嚮往。

　　和其他寫景詩一樣，第二首泰山詩也是從寫景開始。詩人夜晚極目遠眺，看到發青色的雲霧在自己腳下，恍如絕世。次日在山頂等待日出，在氤氳的霧氣中又彷彿看到了傳說中的蓬萊仙境和遙遠的扶桑國。詩人由這種景致的變幻，想到在這變幻的恒常中，千年不過走馬，只有宇宙才是永恆，秦始皇的求仙之舉又是多麼渺小，仙家又豈是凡夫俗子可求而致的。他感歎古人煉丹求長生，不過荒廢日月罷了，又有誰真的可以抵抗歲月對於容顏的侵蝕呢。既然長生久視不過是人們虛妄的渴求，不如回歸自然，以精神的極大自由代替肉身的長保不壞，這才是詩人所向往的道家的「自然」境界。末句「黃綺不足儔」可以看出詩人的這種道家境界追求與他不戀仕途的隱逸意識是結合在一起的。這種結合在《登泰山詩》的第四五兩首中抒發得更為明顯：

　　　　塵網苦羈縻，富貴真露草！不如騎白鹿，東遊入蓬島。朝登太
　　山望，洪濤隔縹緲。陽輝出海雲，來作天門曉。遙見碧霞君，翩翩
　　起員嶠。玉女紫鸞笙，雙吹入晴昊。舉首望不及，下拜風浩浩。擲
　　我玉虛篇，讀之殊未了。傍有長眉翁，一一能指道。從此煉金砂，
　　人間跡如掃。（其四）

　　　　我才不救時，匡扶志空大。置我有無間，緩急非所賴。孤坐萬
　　峰顛，嗒然遺下塊。已矣復何求？至精諒斯在。淡泊非虛杳，灑脫
　　無蒂芥。世人聞予言，不笑即吁怪。吾亦不強語，惟復笑相待。魯
　　叟不可作，此意聊自快。（其五）

李白有《夢遊天姥吟留別》詩，其中以楚辭漢賦般浪漫文辭描寫天姥山仙境一般的景色，詩末云「且放白鹿青崖間，須行即騎訪名山」，詩人希望像李太白一樣在山間騎鹿漫遊，對塵世生活的羈絆表現出強烈的解脫欲望，富貴對他來說也只是像朝露一般，不值得留戀。這樣看破紅塵的感歎態度與泰山的道教氛圍融為一

體，詩人在其中覺得物我合一又物我兩忘，飄飄然如入仙境。結尾幾句看似是寫詩人對求道煉丹生活的嚮往，事實上從他當時所處的社會環境考察，這只是陽明想要擺脫理想幻滅的思想苦悶的一種措辭罷了。此詩寫在弘治甲子年王陽明主試山東時期，在此之前他已經「漸悟二氏之非」，甚至在策問中也多有「佛老害道，由於聖學不明」之論，由此可見，此時的王陽明，正在逐漸脫離早期由於求聖道路的受挫而想要求道出世的心態。詩中所想像的道教的生活方式，是他給予自己的一種精神解脫的方便境界。與其說是求仙訪道，不如說是一種歸隱心態。但是他的這種求解脫是有矛盾存在的，第五首就明顯表達了他萌發歸隱思想是和現實中的苦悶有著極大的關係的。王陽明有濟世之志，邊寇猖獗時痛陳邊務，以為「綱紀不振，由於名器太濫，用人太急，求效太速」，空有匡扶社稷之心，卻並沒有受到重視。主持山東鄉試是在他首次告病歸越之後被起用，面對泰山的巍峨，憧憬仙家逍遙灑脫的自由境界，可以使他暫時忘懷現世的苦悶。首四句就直抒胸臆，看似自謙，事實上是有懷才不遇的無奈，詩人壯志難酬，自身已然窘困，又兼之整個社會的精神空虛導致的世人對這種追求崇高志向的人也只會「不笑即籲怪」，讓他感到雙重的憤懣。詩人無奈之餘，只能窮則獨善其身。他自嘲道做不到像孔聖人那樣以匡扶社稷匡救人心為己任，自己也只是抒發情志聊以自慰罷了。即使不能有所建樹，也要保有自己獨立的人格和志向。泰山詩在審美情趣和詩歌意境上表現出詩人的個人氣質與自然靈性之間的融合無間，整組詩傳達出陽明恣肆的情感表達方式，個性非常鮮明。

對王陽明來說，吟詠山水的詩歌中還有另一項重要內容，即這齣塵之景與出世之心的天然融合，即他的禪佛美學取向。就如前面已經提到的九華山系列詩歌。九華山佛寺林立，因此，在令人歎為觀止的自然風景之外，也是適合清修的所在。王陽明有《無相寺三首》〔註6〕：

老僧岩下屋，繞屋皆松竹。朝聞春鳥啼，夜伴岩虎宿。（其一）

坐望九華碧，浮雲生曉寒。山靈應秘惜，不許俗人看。（其二）

靜夜聞林雨，山靈似欲留。只愁梯石滑，不得到峰頭。（其三）

詩人留宿無相寺，看到老僧居住的生活環境如此清幽，傍岩而居，有松竹繞屋，鳥啼虎嘯，十分愜意。二三兩首取拂曉和雨夜兩個時間點，賦予九華山變幻莫測的景致以神秘的氣息，似乎有山靈居其間。拂曉時分，詩人坐望九

〔註6〕 【明】王守仁，《王陽明全集》，上海古籍出版社，2011 年版，第 737 頁。

華山，浮雲籠罩在群峰之上，氤氳出初曉的寒意，好像有山靈有意不讓俗人
看到九華的真容。到了夜晚，詩人聽著山林夜雨，感覺到一種靈趣，彷彿山
靈又要挽留有緣之人靜享這天地造化之美。整組詩除了第一首偏於寫景，後
兩首主要寫詩人的主觀感受，寫景無景語，毫無文辭的堆疊修飾，營造出一
種清冷的氛圍，以「情語」代「景語」。「不許俗人看」，「山靈似欲留」，陽明
用簡練明白的語言，表達出這種將山寺生活區別於俗世的意識和對這種出世
生活的留戀，將自己的心境與實景與意境融合一體，呈現了一幅高士山水圖。
　　又有九華山化城寺組詩〔註7〕：

　　　　化城高住萬山深，樓閣憑空上界侵。天外清秋度明月，人間微
　　雨結浮陰。赫龍降處雲生座，岩虎歸時風滿林。最愛山僧能好事，
　　夜堂燈火伴孤鳴。

　　　　雲裏軒窗半上鉤，望中千里見江流。高林日出三更曉，幽谷風
　　多六月秋。仙骨自憐何日化，塵緣翻覺此生浮。夜深忽起蓬萊興，
　　飛上青天十二樓。

　　　　雲端鼓角落星斗，松頂袈裟散雨花。一百六峰開碧漢，八十四
　　梯踏紫霞。山空仙骨葬金槨，春暖石芝抽玉芽。獨揮談塵拂煙霧，
　　一笑天地真無涯。

　　　　化城天上寺，石磴八星躔。雲外開丹井，峰頭耕石田。月明猿
　　聽偈，風靜鶴參禪。今日揩雙眼，幽懷二十年。

　　　　僧屋煙霏外，山深絕世嘩。茶分龍井水，飯帶石田沙。香細雲
　　嵐雜，窗高峰影遮。林棲無一事，終日弄丹霞。

　　　　突兀開穹閣，氤氳散曉鐘。飯遺黃稻粒，花發五釵松。金骨藏
　　靈塔，神光照遠峰。微茫竟何是，老衲話遺宗。

詩人遊覽九華山水期間，遍訪化城、無相等名寺，看到化城寺遠離人世的靜
謐的環境，詩人不免對這種朦朧迷離的佛道世界生出無限想像。「化城高住萬
山深，樓閣憑空上界侵」，用誇張的手法描繪了化城寺的神秘形象，一方面是
萬山之深的縹緲，另一方面卻又有直干雲霄的雄偉。寺廟是如此超凡脫塵，
寺僧卻與詩人結成人世的情誼，「最愛山僧能好事，夜堂燈火伴孤鳴」，「微茫
竟何是，老衲話遺宗」，詩人與山僧在這樣的環境中交往，在這樣的環境中，

〔註7〕　【明】王守仁，《王陽明全集》，上海古籍出版社，2011年版，第738頁。

詩人反觀現實世界的蠅營狗苟，不由得產生了強烈的厭倦情緒，「仙骨自憐何日化，塵緣翻覺此生浮」，警醒自己不如擺脫人間煩惱，去追尋心靈的棲息之地。詩人對純樸的隱逸生活充滿了嚮往，在他的想像中，「林棲無一事，終日弄丹霞」、「獨揮談塵拂煙霧，一笑天地真無涯」這樣的生活場景，才是他所追求的真正的生活境界。這種生活的精緻與粗糲，在詩人看來都是一種極致的美感。「茶分龍井水，飯帶石田沙」、「飯遺黃稻粒，花發五釵松」，詩人將山僧絕於塵俗的生活視為自己的理想狀態，而把這種思想情感都化在對化城寺的描寫之中，用詩句中對開闊景物的描繪來寄託自己的恬淡審美趣味。

劉勰在《文心雕龍·明詩》中提出，「宋初文詠，體有因革，莊老告退，而山水方滋」。謝靈運有千古名句「池塘生春草，園柳變鳴禽」，元好問評價「池塘青草謝家春，萬古千秋五字新」。而山水詩與禪道情味的結合，卻是到了王維與孟浩然才開創局面的。清代王士禎在論及山水詩派諸家創作時，常常以「入禪」的獨特情境來形容詩的微妙意境。如他說：「唐人五言絕句，往往入禪，有得意忘言之妙，與淨名默然，達磨得髓，同一關捩。觀王（維）裴（迪）《輞川集》及祖詠《終南殘雪》詩，雖鈍根初機，亦能頓悟。」（《香祖筆記》）嚴羽《滄浪詩話》有「論詩如論禪」的提法，又說「大抵禪道惟在妙悟，詩道亦在妙悟」，可見在詩歌尤其是山水詩中，禪道思想或者至少說禪道的審美情趣是詩人們普遍的創作追求。王陽明一生耽溺山水，詩歌內容不少和遊覽山水有關，不管是他主觀上的對於佛道思想的部分親近，還是作為詩人在創作山水詩歌時自然受到山水詩創作傳統的影響，總的來說，王陽明的山水遊覽詩呈現出濃厚的「道」味，這種「道」，更多不是儒者所謂文以載道的修齊治平的「道」，而是一種呈現與宇宙天地和諧的出世的精神追求。

王陽明的這些求道詩歌反映了他青少年時代的探索，同樣是期於成聖成賢，與後來的致良知不同，初期的王陽明熱衷於求道問佛。陽明從小就對人生有深刻的思考，而不只是讀死書考科舉，關於人生價值的追尋在他心裏似乎更為重要。他向老師提問道：「何為第一等事？」他的老師回答道：「惟讀書登第耳。」陽明對這樣的回答是有疑問的。他對父親說：「登第恐未為第一等事，或讀書學聖賢耳。」由此可見，少年的王陽明就已經對讀書科舉與成聖賢之間的區別和聯繫認識得很清楚。與此同時，他對世界的認知又不局限於讀書而已，他把觸角廣泛地伸到各個領域，不停探索，他紛繁複雜的精神世界得到了最真切的抒發，充滿了返璞歸真的生活熱情和渴望。因此，才有湛若水在《陽明先

生墓誌銘》中提到的陽明初期的學習狀態：「初溺於任俠之習；再溺於騎射之習；三溺於詞章之習；四溺於神仙之習；五溺於佛氏之習。」〔註8〕陽明在《別湛甘泉序》中自己也說：「某幼不問學，陷溺於邪偏者二十年，而始究心於老、釋。賴天之靈，因有所覺，始乃沿周、程之說求之，而若有得焉。顧一二同志之外，莫予翼也，岌岌乎僕而後興。晚得友於甘泉湛子，而後吾之志益堅，毅然若不可遏，則予之資於甘泉多矣。」〔註9〕這類求道詩同樣出現在陽明初入仕途的過程中，這一時期他既有濟世之志，又被腐敗的政治社會環境所約束，思想苦悶，因此一方面抒發報國壯志，一方面又體現出濃烈的追求佛道的傾向。可以說，范仲淹所說的廟堂與江湖，在王陽明的一生中，是兩個無法取捨的牽掛。他的本性逍遙灑脫，對仕途本不十分上心，但是他一生說親民，說孝，因此擴而言之，他不可能真的像佛道中人一樣，只需要獨善其身，他還有兼濟天下的責任感和使命感。同時，對回歸自然，得到自我精神解脫的渴望也讓他無法輕易放棄，這表現在他自始至終對山林的流連忘返。

可以看出，在王陽明涉及佛道的山水詩歌中，佛道題材是與山水同時出現的。他幾乎沒有專門談佛論道的詩歌，因此，在討論他詩歌中的佛道內容時，不能不結合山水詩一同考量。另一方面也可以說，與其說王陽明詩歌中存在佛道思想，不如說是一種以留戀山水為呈現方式，以歸隱情懷為詩歌旨歸的審美趣味。

二、陽明詩歌中的隱逸思想

王陽明的詩歌中，不管是探訪古寺還是借宿故交，他對山林的嚮往卻不是消極的躲避世事，其門人在祭文中稱陽明「風月為朋，山水成癖，點瑟回琴，歌詠其側」〔註10〕。「風月為朋，山水成癖」，是說他對自然山水的親融和濃厚興趣，而「點瑟回琴」，又表現了他對曾點式的超然自得的人生境界的親身體驗。陽明本人也曾自述自己的這種貫穿一生的性情，他將之名為「野性」、「野情」，他自述「性僻而野，嘗思鹿豕木石之群」〔註11〕，又有詩句「野情從來山水癖，直躬更覺世途難」（《四明觀白水二首》），「風塵漸覺初心負，丘壑真與野性宜」（《遊清涼寺三首》），「混世亦能隨地得，野情終是愛邱園」

〔註8〕　【明】王守仁，《王陽明全集》，上海古籍出版社，2011年版，第1538頁。
〔註9〕　【明】王守仁，《王陽明全集》，上海古籍出版社，2011年版，第257頁。
〔註10〕　【明】王守仁，《王陽明全集》，上海古籍出版社，2011年版，第1591頁。
〔註11〕　【明】王守仁，《王陽明全集》，上海古籍出版社，2011年版，第1147頁。

（《林間睡起》）。可以說，山水情懷的寄託是他在仕途和世情的輾轉無常中聊以自慰的方式。

陽明對山水的留戀，表現在詩歌中常常與佛老、與歸隱相交疊。可以說，即使是他仕途順利的時候，這種返璞歸眞的衝動也一直存在於其內心之中。在科舉的道路上，王陽明並不是一帆風順，但他不以爲意，當時就表現出了思想上的與眾不同。當有人因爲落第而深感羞愧時，他回應道，落第不是恥，以落第爲恥才是眞的恥，已經初露他的心學鋒芒。落第之後，在家鄉餘姚龍泉山南麓的龍泉寺集結詩社。他與詩友登龍泉山吟詩屬文以唱和，用這種方式尋求生命的「樂境」。如《雨霽遊龍山次五松韻二首》〔註12〕：

> 晴日須登獨秀臺，碧山重疊畫圖開。閒心自與澄江老，逸興誰還白髮來。潮人海門舟亂髮，風臨松頂鶴雙回。夜憑虛閣窺星漢，殊覺諸峰近斗魁。

> 嚴光亭子勝雲臺，雨後高憑遠目開。鄉里正須吾輩在，湖山不負此公來。江邊秋思丹楓盡，霜外緘書白雁回。幽朔會傳戈甲散，已聞南檄授渠魁。

詩人登高遠望，並沒有因爲科舉的一時不利而有頹唐之意。他以嚴子陵爲典範，不事王侯，做一個鄉里賢人，也是人生的理想境界。在王陽明曲折的人生經歷中，一直保有這樣一種不因一時一地之得失的精神力量，在日後困厄不斷的境遇中，也依然保有這份力量，這也是他經歷坎坷不被擊倒反倒成就更高境界的前提。在《次魏五松荷亭晚興》〔註13〕詩中，對這種仕途與山野之間的人生選擇有了更深的思索：

> 入座松陰盡日清，當軒野鶴復時鳴。風光於我能留意，世味酣人未解醒。長擬心神窺物外，休將姓字重鄉評。飛騰豈必皆伊呂，歸去山田亦可耕。

王陽明在這首詩歌中傳達了明確的嚮往田園的志向。全詩呈現出一個歸隱者的趣味。松陰和野鶴盡顯一派出世景象，詩人自述能留意自然風光，卻難解世味宦情。因此，詩人放棄了聞達之念，一心只想與天地精神獨往來。不必非得像伊尹、呂尚這樣得到人主倚重，治國安邦，留名青史，做一個躬耕於田園的山野村夫耕讀自適也同樣可以實現自我的價值。從全詩的價值取向上

〔註12〕 【明】王守仁，《王陽明全集》，上海古籍出版社，2011年版，第1173頁。
〔註13〕 【明】王守仁，《王陽明全集》，上海古籍出版社，2011年版，第1174頁。

看，王陽明更傾向於選擇清靜的田園生活。在王陽明的詩歌中可以看出，這仕宦生活與田園生活在他思想中的對立、交錯，以及對後者的嚮往是一直貫穿其中的。即使是後來寓居京師，陽明還會在詩中流露出對宦海沉浮的厭倦和對故鄉田園的嚮往追憶。如《憶龍泉山》〔註14〕：

> 我愛龍泉寺，寺僧頗疏野。盡日坐井欄，有時臥松下。一夕別
> 山雲，三年走車馬。愧殺岩下泉，朝夕自清瀉。

他在《憶諸弟》〔註15〕一詩中感歎道：

> 久別龍山雲，時夢龍山雨。覺來枕簟涼，諸弟在何許？終年走
> 風塵，何似山中住。百歲如轉蓬，拂衣從此去。

在上一首詩中，王陽明的懷鄉情緒溢於言表。對寺僧的那種疏野的生活狀態，山岩下自在流淌的清泉，都充滿了濃濃的懷念之情。在他的內心看來，「走車馬」的仕途生活，相對於山野生活，是有愧色的。故鄉山水中的一切人物景色對他來說都像是一場夢一樣，既美又無法實現。對官場充滿了厭倦，想念與子弟一起在故鄉山居的日子，歎息歲月就在「終年走風塵」中流逝，恨不得從此拂袖而去離開官場重歸山林。他在《宿靜寺四首之四》〔註16〕這樣愧言道：

> 山僧對我笑，長見說歸山。如何十年別，依舊不曾閒？

詩僧靈澈有詩言「相逢盡道休官好，林下何曾見一人」，對官宦場中的虛妄的言隱風氣有過譏諷。王陽明在這首詩中的自嘲恰與靈澈呼應。面對十年之前常對之傾訴要歸隱山林的老僧，他與其是羞愧於對方的笑，不如是反觀自己在塵世中又忙忙碌碌了這麼多年，有一種對自己的生活理想的愧疚。詩人一生不僅在官場摸爬滾打，作為武將也輾轉於鎮邊剿匪的戰場中，他數次請歸都受不到朝廷批准，保一身之安然都做不到，更何談歸隱山林。他自嘲道：

> 中丞不解了公事，到處看山復尋寺。尚為妻孥守俸錢，至今未
> 得休官去。三月開花兩度來，寺僧倦客門未開。山靈似嫌俗士駕，
> 溪風攔路吹人回。君不見富貴中人如中酒，折腰解酲須五斗？未妨
> 適意山水間，浮名於我亦何有！（《重遊開先寺戲題壁》）〔註17〕

王陽明一生勤勉，擔任的職務大部分是緊要的軍務之職，但是他卻說自

〔註14〕 【明】王守仁，《王陽明全集》，上海古籍出版社，2011年版，第743頁。
〔註15〕 【明】王守仁，《王陽明全集》，上海古籍出版社，2011年版，第744頁。
〔註16〕 【明】王守仁，《王陽明全集》，上海古籍出版社，2011年版，第832頁。
〔註17〕 【明】王守仁，《王陽明全集》，上海古籍出版社，2011年版，第855頁。

己不知道專心於公務，整天遊覽山水遍訪佛寺。在仕宦官場中不得脫身，卻說自己是爲了家人的生活依賴這一份朝廷的薪俸。在春暖花開的季節，兩次造訪開先寺不成，還是有一番遊覽之興山水之情，因此在寺廟的牆壁上留下這首戲作。雖題名爲戲作，事實上是一幅詩人對自我境遇和精神完整的自畫像。陶淵明不爲五斗米折腰，毅然回歸田園。王陽明說「富貴中人如中酒，折腰解醒須五斗」，是說追求富貴、營營汲汲於名利，就像喝醉了一樣，而他自己寧可適意於山水，對富貴浮名毫不在意，所以才會兩度造訪不開的寺廟，只爲在景色宜人的季節可以身處山林，與不問世事的寺僧閒談。在詩中，倦客的寺僧、嫌俗的山靈，都被詩人刻畫爲與塵世的公事、富貴、名利完全不同境界的對象，詩人看似在嗔怪寺僧爲何不開寺門，山風又爲何頻頻好像在阻攔他的登山之旅，詩人把自己放置在「客」和「俗士」的位置上，事實上從最後兩句可以看出，詩人是認可他們的境界的，是一種欲揚先抑的手法。

王陽明歸越之後常住山中，可以說是對自己的隱逸理想的補償。他有《山中懶睡四首》〔註18〕：

　　　　　竹裏藤床識懶人，脫巾山麓任吾真。病夫已久逃方外，不受人間禮數嗔。

　　　　　掃石焚香任意眠，醒來時有客談玄。松風不用蒲葵扇，坐對青崖百丈泉。

　　　　　古洞幽深絕世人，石床風細不生塵。日長一覺羲皇睡，又見峰頭上月輪。

　　　　　人間白日醒猶睡，老子山中睡卻醒。醒睡兩非還兩是，溪雲漠漠水泠泠。

不管是從題名還是詩歌內容看，都儼然是一個看淡世情的隱逸之士。尤其第二首，與王維的「行到水窮處，坐看雲起時」頗有境界上的類似。困了就睡，醒來有客就談，熱了自有入松之風代替蒲扇，而每天清心坐對的是百丈之泉。詩人勾勒了一種沒有任何刻意經營的山居生活，如果說掃石焚香還算有所爲的話，那麼石床風細不生塵就完全是一派天真自然，詩人對著青峰明月，只覺得自己這樣的生活就像是羲皇上人，脫掉了世間禮數的枷鎖，回到與天地和諧的本真狀態。最後一首，又像是「眾人皆醉我獨醒」，臧克家的詩歌說「有

〔註18〕 【明】王守仁，《王陽明全集》，上海古籍出版社，2011年版，第811頁。

的人活著，他已經死了；有的人死了，他還活著」，王陽明對人間和山中的醒睡兩種狀態也做出了類似的評論，塵世中為名利而輾轉反側，心體和精神卻是沉睡混沌的，在山中雖然任意而眠，卻無礙於心體的澄澈。他有一首《答人問道》〔註19〕：

> 饑來喫飯倦來眠，只此修行玄更玄。說與世人渾不信，卻從身外覓神仙。

餓了吃飯困了睡覺，本來源於禪宗裏的一段公案。《五燈會元》記載，有一位僧人問馬祖道一的高足大珠慧海禪師說：「和尚修道，也要用功嗎？」大珠禪師答道：「用功。」僧人又問如何用功，禪師答道：「饑來吃飯，困來即眠。」僧人又問：「所有人都是這樣，他們與大師一樣用功嗎？」禪師答：「不同。他吃飯時不肯吃飯，百種須索；睡時不肯睡，千般計較。所以不同也。」這首詩說的雖然是修道，卻是與王陽明追求隱逸生活是相通的。從王陽明的詩歌中可以看到，他與王維詩歌中營造的「無我」的禪趣世界不同，他的「道」還是有「我」的，他很少有「木末芙蓉花，山中發紅萼，澗戶寂無人，紛紛開且落」或是「空山不見人，但聞人語響，返影入深林，復照青苔上」這樣消失了主觀視角的詩句，就像他在傳習錄裏說的「此花不在你的心外」，他詩歌中的景物都是有詩人視角的，因此，他的隱逸生活看起來像是「饑來吃飯倦來眠」，但是他的精神導向卻不是禪宗的空，而是陶淵明式的「復得返自然」，有時候是「心遠地自偏」。結合上面兩首詩，他說在世間人的醒是「不肯睡」，他的睡則是困來即眠。可以看出，王陽明詩歌中的隱逸思想和他追求心體的澄澈是緊密聯繫的，而因為他思想中的佛道影響頗深，就使得他的詩歌更體現出一種求道感，但是其中的微妙區別我們不得不察。

第二節　對儒家詩教傳統的繼承與創新

一、陽明詩歌與詩教傳統

　　《尚書·堯典》中說：「詩言志，歌永言，聲依永，律和聲。八音克諧，無相奪倫，神人以和。」〔註20〕這段文字可以說是中國最早的文學理論，被認為是中國歷代詩論的「開山的綱領」。這句話提出，詩是用來表達人的志意

〔註19〕　【明】王守仁，《王陽明全集》，上海古籍出版社，2011年版，第871頁。
〔註20〕　《中國歷代文論選》，上海古籍出版社，2001年版，第1頁。

的。這種「言志」在文學創作還沒有形成自覺的時期更多的是一種對詩歌內容的界定，也可以說「言志」是從側面反映詩歌創作者的思想感情和反映社會現狀。孔子以這個標準刪定詩經，提出「詩可以興，可以觀，可以群，可以怨」，並且對「志」也提出要求，就是「無邪」。作為儒家經典的《詩經》不僅是一部詩歌總集，更是後世詩歌創作的典範。「詩言志」從一種內容的選擇標準逐漸演化為一種創作的道德標準。在中國詩歌史上，常常有「立志」和「緣情」的討論，《毛詩序》有言：「詩者，志之所之也，在心為志，發言為詩。情動於中而形於言，言之不足故嗟歎之，嗟歎之不足故永歌之，永歌之不足，不知手之舞之，足之蹈之也。」〔註 21〕這是把「志」和「情」連在一起說，也就是說，從詩歌的創作過程來講，詩歌創作者因為有所感於心（情），而引起思想上的有所立（志），從而用語言文字表達出來，這就是詩歌。因此，「志」與「情」就詩歌創作而言，是緊密聯繫在一起的。孔穎達在《正義》中說：「在己為情，情動為志，情、志一也。」可見，在這些討論中的情志是不分的，情是感發志意的情，志是承載感情的志。最初的詩歌不一定都是傳達志意，但是經刪選而流傳下來的，比如《詩經》，就無形中給詩歌立了規矩和準則。因此這些詩歌中的情，是被選擇過的，是承載「志」的，具體說無外乎「興觀群怨」，都是「發乎情，止乎禮義」。孔子從「思無邪」出發，進一步提倡「溫柔敦厚」，把詩歌創作與教育、規範聯繫起來。這個「詩言志」的標準對後來的文學理論和創作都有著深刻的影響。但是孔子刪詩還是意在「志」，就是詩歌是為禮義服務，而情只是為了比興的需要。在我國的文學發展過程中，「志」逐漸轉化為不悖倫常的思想感情，不管是個人的還是對社會的，都可稱之為「志」，「情」作為個人的感官體驗，被充分肯定。晉代陸機在《文賦》中提出「詩緣情而綺靡」〔註 22〕，劉勰在《文心雕龍》中提出，「詩者，持也，持人情性」，「人秉七情，應物斯感，感物吟志，莫非自然」〔註 23〕，都從正面直接肯定了情在詩歌創作中的地位。如果說《詩經》中的志是有意識的表達，那麼後來的志則是詩人在有所感的情況下自然生發的。正如鍾嶸《詩品序》所說：「若乃春風春鳥，秋月秋蟬，夏雲暑雨，冬月祁寒，斯四候之感諸詩者也。嘉會寄詩以親，離群託詩以怨。至於楚臣去境，

〔註21〕 《中國歷代文論選》，上海古籍出版社，2001 年版，第 30 頁。
〔註22〕 《中國歷代文論選》，上海古籍出版社，2001 年版，第 67 頁。
〔註23〕 劉勰著，范文瀾注，《文心雕龍》，人民文學出版社，1958 年版，第 65 頁。

漢妾辭宮。或骨橫朔野，魂逐飛蓬。或負戈外戍，殺氣雄邊。塞客衣單，孀閨淚盡。或士有解佩出朝，一去忘反。女有揚蛾入寵，再盼傾國。凡斯種種，感蕩心靈，非陳詩何以展其義？非長歌何以騁其情？故曰：『詩可以群，可以怨。』」〔註24〕春夏秋冬四個季節的景色對人產生了感情上的震動，所謂「物之感人」，至於如何感、產生何種震動，則和觀者本身的當時當地的處境、心境有關，但是相同的是都可以寄託在詩歌中。鍾嶸又例舉了多種情境，比如親朋聚會，或者一個人離群孤單，又或者去國懷鄉，壯士征戰沙場，甚至宮廷裏的寵棄榮辱，這些既是事，也是情，都需要詩歌來傳達。鍾嶸在這裡所推崇的是一種基於情感的普遍性詩歌創作原則，認爲不管是事、景、情，只要對人產生震盪，使人有所感有所需要抒發，都應該是詩歌創作的對象。他沒有對古人所提出的「志」做過多的闡釋，而是認爲詩歌的創作是因爲人因爲物的感召，而「搖盪性情」，是性情的自然表達。他對「質木無文」和「理過其辭」都提出了批評，倡導「滋味說」。所謂的「滋味」就是要「指事造形，窮情寫物，最爲詳切」，具體說就是既要有「風力」（骨），也要有「丹彩」（肉），在賦比興的基礎上，「使味之者無極，聞之者動心」，這才是「詩之至」，才是詩歌最終的目的和效果。因此，對詩歌的文學性提出了格外的要求。他的《詩品》在很大程度上是從這個層面對詩人進行品評的。

　　對於詩歌內容的分化，宋朝張戒在《歲寒堂詩話》中講：「建安、陶、阮以前，詩專以言志；潘、陸以後，詩專以詠物；兼而有之者，李、杜也。言志乃詩人之本意，詠物特詩人之餘事。」〔註 25〕仍然把言志作爲詩人作詩的首要出發點，而所謂「詠物」，他認爲即使是詠物，也要有所寄託，所謂的「含不盡之意」。例如詠月的詩歌，曹植的「明月照高樓，流光正徘徊」就比後來者的眾多工巧的詠月詩高出很多，就在於這種對景物的描寫是寄託了詩歌主人公的情感在其中，表達了婦人在月明之夜獨居愁思的情感，而不是專以詠月。又如陶淵明的「狗吠深巷中，雞鳴桑樹顛」因爲寄託了鄉居閒適的情趣而比後人眾多的田園詩歌更有滋味。總的來說，他認爲詩歌應該是表達「一時情味」，「言志」應該是詩歌之本。他的「言志」也是繼承了上面的情志二而一的思想的。在很長時間裏，「情」「志」合一都是被廣泛認可的一種詩歌創作典範。關於詩歌的分化，不止是「情」「志」的討論，甚至在詩歌的體裁

〔註24〕　鍾嶸著，周振甫譯注，《詩品譯注》，中華書局，1998 年版，第 20～21 頁。
〔註25〕　《中國歷代文論選》，上海古籍出版社，2001 年版，第 194 頁。

上，也逐漸發展出包括詞、曲在內的多種形式，後人甚至有對何種體裁承載何種內容和思想感情提出專門的看法，比如王國維著名的「詩之境闊，詞之情長」的論斷等。

二、心學特質

關於做詩文，王陽明的弟子記錄了他的一段話：

> 先生嘗語學者曰：「作文字亦無妨工夫，如『詩言志』，只看爾意向如何，意得處自不能不發之於言，但不必在詞語上馳騁。言不可以僞爲。且如不見道之人，一片粗鄙心，安能說出和平話？總然都做得，後一兩句，露出病痛，便覺破此文原非充養得來。若養得此心中和，則其言自別。」〔註26〕

這一段話的意思包含了四個層面：1、做詩文雖然是小道，但是只要「立志」，也是修養的一種方式；2、意到就不得不發於言，這一點暗合了前人的「情動於中而發於言」；3、不能雕琢語言，一旦刻意要追求文辭，就是「僞」；4、詩文要經過充養得來。

和他的哲學思想一樣，王陽明首先強調要立志，要言志。在他的心學思想中，他提出所有的爲學工夫的基礎是「立志」。他的「立志」就是要有時時刻刻「致良知」的心。而在詩文寫作方面，他沒有明確提出「致良知」，他也只是引用古人「詩言志」的說法。如果說「詩言志」是指一種文辭所要表達的深層意義和感情的話，王陽明的詩作中的「志」就絕不僅僅是他在心學思想中提出的「致良知」。在不同的時期和心境下，他表達出不同的思想感情。前面講到，王陽明的哲學思想經過了幾度變化，也受到了佛老二氏的深刻影響，最終歸於儒，並開創了他獨特的心學一脈。他的詩作是他所有的思想感情發展脈絡的體現，包括佛老二氏在他身上的作用也清晰可見。雖然在志上他歸於儒，但是在意趣上，可以很明顯看出深受仙家和禪佛影響。因此，他所謂的「意向如何」，體現在他自己的詩作中，並不是單一向的，而是雜糅的，表達了他在不同人生階段的生活理想和思想情感。

第二點是意到不得不發於言。在他的詩作中，有遊玩對景有感而發的，有讀書有感的，過寺過山過橋但凡有所感悟，皆有詩篇。這與他心學思想追求簡易直截不同。但是同時他又認爲，詩作是一時的感遇，這種「一時」既

〔註26〕 【明】王守仁，《王陽明全集》，上海古籍出版社，2011年版，第1299頁。

是讓後來的觀者不要執著於文字，甚至對詩人自己，也要有跳脫出寫作詩文時心境的灑落。在《書東齋風雨卷後》他寫道：

> 悲喜憂快之形於前，初亦何嘗之有哉？向之以為愁苦淒鬱之鄉，而今以為樂事者，有矣。向之歌舞歡愉之地，今過之而歎息諮嗟，泫然而泣下者，有矣。二者之相尋於無窮，亦何以異於不能崇朝之風雨？而顧執而留之於胸中，無乃非達者之心歟！吾觀東齋《風雨》之作，固亦寫其一時之感遇。風止雨息，而感遇之懷亦不知其所如矣，而猶諷詠嗟歎於十年之後，得非類於夢為僕役，覺而涕泣者歟？〔註27〕

由此可見，從這種詩文觀念出發，王陽明的詩作中有複雜的思想感情也就不足為怪了。既不能說他的詩歌證明了他的哲學思想是基於佛老，也不能說因為他立足儒學開創心學，他的那些求道詩就不是發自本心。他的這段話，恰好可以為他詩文和哲學思想的不完全統一做出辯解。

第三點是不雕琢語言。他說，「凡作文，惟務道其心中之實，達意而止，不必過求雕刻，所謂修辭立誠者也」〔註28〕。立誠是他在哲學思想中也一直提到的工夫，所謂立誠，就是絕不刻意起意，在他的詩作中，既有文學性很強的抒懷詩，也有非常直白的訓示詩，並不刻意追求所謂的詩歌的文學性語言。他在與友人的書信中寫道：

> 所示《祭田記》，意思甚好，只是太著意，要說許多道理，便覺有補綴支蔓處。此是近來吾黨作文之弊，亦不可不察也。〔註29〕

雖然不是說詩歌，但是也可以看出王陽明對文學一事中文字的使用是持有什麼觀念。「意思甚好」，是意到，就應該形之於言，但是太著意就過了，「要說許多道理」就會有補綴，有枝蔓。這是王陽明所批評的。所謂「不必在詞語上馳騁」，就是說要發之於心，能準確表達意思，不追求語言的過分修飾，「辭達而已矣」。一旦著意要修飾，就是「偽」，就不是「立誠」，寫出來的文字也就不是表達心性的文字。

第四點是說詩文要經過充養得來。王陽明沒有說明充養是充養什麼，但是他的另一段文字或可作為注解：「是故誦其詩，讀其書，求古聖賢之心，以蓄其

〔註27〕　【明】王守仁，《王陽明全集》，上海古籍出版社，2011 年版，第 1008 頁。
〔註28〕　【明】王守仁，《王陽明全集》，上海古籍出版社，2011 年版，第 1102 頁。
〔註29〕　【明】王守仁，《王陽明全集》，上海古籍出版社，2011 年版，第 1330 頁。

德而達諸用，則不遠於舉業辭章，而可以得古人之學」〔註30〕。因此，他認爲，讀書誦詩，是爲了求古聖賢之心，更具體地說，是爲了像古聖賢學習，充實自己的德性以便應對生活中的各類事情，這樣的話，即使投身科舉或是好於文章，也不會耽誤心性的修爲，這就是得到了古人的學問。所謂充養，無非是德性和學問兩個方面。他舉例說，不見道之人一片粗鄙心，必然說不出和平話，又說要「養得此心中和」，這與他的心學的哲學思想契合了。他說，「詩文，其精神心術之所寓，有足以發聞於後者哉！……蓋昔者夫子之取於詩也，非必其皆有聞於天下，彰彰然明著者而後取之」〔註31〕。他認爲，詩文承載了一個人的精神心性，不僅如此，詩文也應該對後來者有所發省。他認爲，孔子在刪定詩經的時候，並不是都選擇那些已經爲天下人所熟知的名篇，而是選擇了那些「彰彰然明著者」，所謂「彰彰然明著者」，就是《大學》所說的明明德，而「足以發聞於後者」，也就是「親民」。在這一點上，在王陽明的詩歌中可以看出，不管是遊賞山水，還是思歸田園，不管是訪僧問道，還是訓示學人，都不離中正平和，既不會有李白式的汪洋恣肆，也不會有蘇軾式的嬉笑怒罵。清代朱彝尊評價王陽明的詩歌「詩律清婉」，也是不無道理的。

第三節　作爲文人詩與哲人詩

詩歌到了宋儒手裏，出現了所謂的「理學詩」。宋元之際的理學家金履祥編《濂洛風雅》，選擇了四十八位理學家的詩編排成集共六卷，以周敦頤開始的濂洛一脈的師友淵源爲編排線索，成爲中國文學史上第一部理學詩總集。清代張伯行在此基礎上，以同名再次刪選理學家及其詩歌，共選擇十七位濂洛關閩學派的代表人物，編成《濂洛風雅》九卷。所謂「濂洛」，「濂」是指理學的開山者周敦頤，「洛」則是以二程爲宗主，以朱熹爲中心的理學一派。事實上要論派別，周敦頤的「濂」並不能成其爲一派，周敦頤作爲理學的開創者，卓然特立，作爲理學主流的二程雖從他而來，但學術和理念上與他也並不是完全傳承的關係，以至於後來自創門派。因此，說「濂洛」，主要是以洛學一脈爲主。所謂「風雅」，一方面是認爲編選理學詩歌集，正如先聖編選《詩經》一樣，有著對天下民眾思想的導引及教化的普世意義。另一方面，

〔註30〕 【明】王守仁，《王陽明全集》，上海古籍出版社，2011 年版，第 983 頁。
〔註31〕 【明】王守仁，《王陽明全集》，上海古籍出版社，2011 年版，第 921 頁。

對所選入的理學詩的文學史定位，也如《詩經》中的風和雅一樣，不僅體現詩歌作者的思想情感，也對後來者起到開示作用。所謂的「不讀詩無以言」。如果說孔子刪選而成的《詩經》的主旨是「思無邪」的話，那麼《濂洛風雅》就是以當時的理學精神爲思想標準及審美標準。金、張二人認爲這些理學家在學術上繼承了儒學眞正的道統思想，因此，他們的文學創作也是可以追慕儒家的詩學經典《詩經》的。

近人錢穆有《理學六家詩鈔》，選取宋、明、清三朝各兩位理學家的詩歌，以展示他們的日常人生爲選擇標準，以理學詩而不是理學家詩爲選擇範疇，爲理學詩作爲詩歌中專門一種風格提供了一個垯本。

周敦頤開「濂洛風雅」之風氣，與後來邵雍開啓的理學詩不同，他的詩歌更接近傳統儒家的「溫柔敦厚」。他研究易經，作《太極圖說》，因此他的理學思想與宇宙觀密切關聯，表現在詩歌上也是體現陰陽等對立因素的和諧統一。在境界上，開啓了理學詩歌中的寧靜、達觀的審美取向。周敦頤存詩不多，多從所見所感而作，未見爲明理而做的純理詩。詩歌中的意象清新，不拘於物理，也不刻意描摹，而是把所見的意象與整個宇宙天地融合起來，或者把物象與心性連接起來，營造一種渾然的意境。如《題門扉》：

> 有風還自掩，無事晝常關。開合從方便，乾坤在此間。〔註32〕

又如《題惠州羅浮山》：

> 紅塵白日無閒人，況有魚緋繫此身。關上羅浮開送目，浩然心意復吾眞。〔註33〕

上一首的意象是平日所見非常平常的門扉，但即使是這麼平凡的事物，它的一開一闔也暗合了宇宙的陰陽乾坤之道。這種於事事物物中見天地之道的理學思路，是周敦頤作爲「道學」開創者對詩歌這一體裁在內容和風格上的貢獻。

下一首周敦頤身爲仕宦，面對羅浮山的自然山水，感歎塵世中的人都無法逃脫身心的忙碌，更何況自己還身在官場之中。但是看著大自然的平淡悠然，就有一種浩然之氣滌蕩心胸，這種浩然之氣不止是「正」，也是「眞」。「正」可以讓身在塵世中做人行事不偏於中正，「眞」是讓自己的身心不受俗世影響要保持平和。在周敦頤的詩歌中，有些詩歌看起來是敘事，沒有隻字提及理，但是卻不能不說沒有理趣。如《牧童》：

〔註32〕 【宋】周敦頤，《周敦頤集》，中華書局，2009 年版，第 61 頁。
〔註33〕 【宋】周敦頤，《周敦頤集》，中華書局，2009 年版，第 69 頁。

　　　　　東風放牧出長坡，誰識阿童樂趣多。歸路轉鞭牛背上，笛聲吹

老太平歌。〔註34〕

又如：

　　　　　秋風掃盡熱，半夜雨淋漓。繞屋是芭蕉，一枕萬響圍。恰似釣

魚船，蓬底睡覺時。（《書窗夜雨》）

　　　　　濂溪溪上釣，思歸復思歸。釣魚船好睡，寵辱不相隨。肯為爵

祿重，白髮猶羈縻。（《石塘橋晚釣》）〔註35〕

程顥曾經就周敦頤受學，他說：「詩可以興。自再見周茂叔後，吟風弄月以歸，有『吾與點也』之意。」〔註36〕這三首詩的意蘊正體現了程顥的這一評價。他雖然是在周敦頤處做學問，但是周敦頤的溫柔敦厚的為人為學之風，才必然讓他對「吾與點也」有更深刻的感悟和認識。牧童吹著牧笛騎牛晚歸，這個場景在中國詩歌中不乏描寫，但是多以祥和寧靜為主，而周敦頤在祥和之中又提一「樂」字。這一「樂」字正是曾點之志的精髓。在下兩首中，雖然不提「樂」，但都呈現出了怡然之樂。秋雨之後、芭蕉相圍，秋夜是靜，秋雨是動，夜眠是靜，蕉葉沙沙作響是動，在這動中有靜，靜中有動的和諧氛圍中入眠，詩人的心境感受沒有用語言直白地描述出來，而是比作是在釣魚船的船篷之下小憩一樣。第二首則直接講述夜晚在溪邊垂釣，雖然光景已晚，但是詩人因為在釣魚船上的愜意小睡，有寵辱偕忘之感，因此遲遲不歸。前首是詩人在書窗之下聽著秋雨芭蕉，獨累了就枕而眠，與在釣魚船上困倦了即去小憩一樣，都是自自然然，是一種自性的和諧圓融。這種自性的和諧圓融，與傳統的天人合一，以及後來理學家們一直提掇不綴的天理人性本為一體的哲學思想是一致的。周敦頤的理學詩大都不直言「理」，他的理趣也與後來的朱熹邵雍不同，他的理趣都在於抒發對所見事物引起的「精神之合」，也可以稱之為「和」。有《讀英真君丹訣》：

　　　　　始觀丹訣信希夷，蓋得陰陽造化機。子自母生能致主，精神合

後更知微。〔註37〕〔註38〕

陳希夷是道家人物，而周敦頤在宇宙的哲學認識上與道家也不無相通之處。

〔註34〕 【宋】周敦頤，《周敦頤集》，中華書局，2009年版，第67頁。
〔註35〕 【宋】周敦頤，《周敦頤集》，中華書局，2009年版，第63頁。
〔註36〕 【宋】周敦頤，《周敦頤集》，中華書局，2009年版，第81頁。
〔註37〕 【宋】周敦頤，《周敦頤集》，中華書局，2009年版，第69頁。
〔註38〕 【宋】周敦頤，《周敦頤集》，中華書局，2009年版，第69頁。

周敦頤作爲理學家，深受顏回之樂、曾點之志的儒學傳統價值觀的濡染，同時曾點之志事實上與道家崇尚自然無爲的思想又有契合之處，因此他的詩歌表現出閒淡高遠的審美取向也是自然可以理解的了。因此，對周敦頤的詩歌中所蘊含的審美內涵的考量，不應該單從詩歌格律和做法等形式層面上去進行，而必須採取美學與哲學相融合的視角。

《宋史道學傳序》中記載：

> 「道學」之名，古無是也。三代盛時，天子以是道爲政教，大臣百官有司以是道爲職業，黨庠術序師弟子以是道爲講習，四方百姓日用是道而不知。是故盈覆載之間，無一民一物不被是道之澤，以遂其性。於斯時也，道學之名，何自而立哉。……千有餘載，至宋中葉，周敦頤出於舂陵，乃得聖賢不傳之學。作《太極圖說》、《通書》，推明陰陽五行之理，命於天而性於人者，瞭若指掌。〔註39〕

記載認爲，所謂「道學」在上古時期是不言自明的，因此不需要特意將之命名爲「道學」。而隨著歷史的推進，「道之不行也久矣」，因此周敦頤是把「道」再接續起來，並且正式把它作爲一門學問樹立起來的人物。陰陽五行之理，並不唯理學所有，甚至主要不是儒學的討論範疇，但是在後來理學的發展過程中，這種對宇宙與人生的參照關係的考究與追問，卻是爲後來的理學之興盛奠定了深厚的基礎。不管是程朱的萬物與我同化，還是陸王的心化萬物，都離不開周敦頤宇宙觀的啓發。在《太極圖說》中，他的「一」就是太極，分化爲陰陽、五行，以至於萬物，萬物在性體上的「妙合無間」又是「一」。這與道家的「道」與「化」有所契合。因此，在《讀英眞君丹訣》中，他找到了對陳希夷的共鳴，對陰陽所造化，以及具體到化生出的萬物的「精」與「神」的合一的深刻體認。如果說周敦頤的詩歌在溫柔敦厚之外別有理趣的話，那麼這種理趣正是體現在「知微」上，而其思想基礎就是「精神」之合。周敦頤簡言之「精」與「神」，而在這個問題上，後代的理學家們卻是進行了一番大爭論，圍繞著這些爭論，提出了理學系統中的一些核心的討論範疇，比如「命」、「性」、「理」、「心」等，在此不贅述。

雖然周敦頤是理學道學之宗師，但是後世普遍認知的理學詩，卻是由邵雍開始。邵雍被認爲是理學詩的開創之人，有詩集《擊壤集》。邵雍在

〔註39〕　【宋】周敦頤，《周敦頤集》，中華書局，2009年版，第85頁。

《擊壤集》序中講道：

> 近世詩人，窮戚則職於怨憝，榮達則專於淫逸。身之休戚發於
> 喜怒，時之否泰出於愛惡，殊不以天下大義而爲言者，故其詩大率
> 陷於情好也。〔註40〕

他看到當時的詩風都出於個人愛欲息怒，只爲抒發一時一地的個人情感，詩人本身也失去了中正平和，沒有「天下之公器」的自我期許，不爲「天下大義」發聲只在乎一己之情。他認爲這樣的情形是傷害了心性，也傷害了道的流行。說到自己作詩的情形，他說：

> 誠爲能以物觀物，而兩不相傷著焉，蓋其間情累都忘去爾，所
> 未忘者獨有詩在焉。然而雖曰未忘，其實亦若忘之矣。何者？謂其
> 所作異乎人之所作也。所作不限聲律，不沿愛惡，不立固必，不希
> 名譽，如鑒之應形，如鍾之應聲。其或經道之餘，因閒觀時，因靜
> 照物，因時起志，因物寓言，因志發詠，因言成詩，因詠成聲，因
> 詩成音，是故哀而未嘗傷，樂而未嘗淫。雖曰吟詠情性，曾何累於
> 性情哉！〔註41〕

邵雍以哀而不傷樂而不淫的標準來界定自己作詩的基調，表達了追求《詩經》高度的風雅態度。就是說，即使是發乎情，也必然「止乎禮義」，或者說「止乎道」，因此他認爲自己的作詩不會「累於性情」。《擊壤集》中的詩歌的確就像他自序的那樣，不限聲律，因物寓言，隨時隨事而吟詠發志，他的詩歌多以「吟」命題就可見一斑。他的詩作內容也非常廣泛，有史、有事、有易、有物、有禮、有情，有些詩作甚至像格言，有些是純理學語言，完全擺脫了詩歌作爲文體的諸多限制，並不刻意追求所謂的文學性，但是共通的一點是，都能不偏於道，並且在其間窺見理趣。

如果說周敦頤的理學詩是物與理融的話，那麼邵雍的理學詩則更多物中求理。他的這種求，不是勉強爲之，而是常以理學家的視角，查悟出這個世界的人情物理。因此他的詩歌，常常有一種「講道理」的氛圍，而這種講道理又與他所詠之物之事貼合無間，他的理常常從生活中的小處入手，因此讀來並不覺得是板起面孔說教，不失可讀性的同時也常叫人默然有感。這種無處不可吟，無事不入理的作詩風格，詩作以吟命名之多，使得邵雍的《擊壤

〔註40〕 【宋】邵雍，《伊川擊壤集》，中華書局，2013年版，第1頁。
〔註41〕 【宋】邵雍，《伊川擊壤集》，中華書局，2013年版，第2頁。

集》在詩集中呈現出獨特的姿態。同樣是秋夜有感，邵雍的詩中的理味更多，比如《秋懷三十六首》〔註42〕：

> 秋月夜初長，星斗爭煌煌。庭除經小雨，枕簟生微涼。

> 照物無遁形，虛鑒自有光。照事無遁情，虛心自有常。(《之一》)

> 昨日思沃漿，今日思去扇。豈止人戈矛，炎涼自交戰。

> 利害生乎情，好尚存乎見。欲人為善人，必須自為善。(《之六》)

邵雍看秋月，他的情懷不是思念故人，也不是感慨古今同此明月，而是從月亮這一意象，講「觀照」，從觀照，講「恒常」。在作詩這個角度，邵雍詩中比興遠遠多於賦，由此及彼，重在彼。以上面兩首詩為例，把秋月照物纖毫無遺比作光潔的鏡子，而興發出人也應該有一顆無成見無污濁的心，才能對人情事物有不偏不倚的把握。以中庸之道言之，所謂無遁情，就是中庸之「中」，自有常，就是中庸之「庸」。下首寫隨著季節的更替，人情也隨著變化。不管是自然界還是人類社會，都是有正反兩面的存在。自然界有炎涼的更替，人類社會有戈矛的對立，邵雍從這樣的天理人事上推出，所謂好壞都是人從自己的私心好惡出發的，所以秋天看到夏天的扇子就想丟掉，不是因為扇子到了秋天在功能上有什麼變化，而是人的私心在變化。對於修身來說，就要摒除這種從私心出發的觀念，後兩句既包含我為善別人也會以善待我，也包含了我為善就會以善心看人，這樣別人自然也能變成自己眼中的善人。這種思想，倒契合了王陽明的「滿眼都是聖人」的觀念。因此在這裡，邵雍說的不是一種世間的是非觀，而是著重在修身的自我錘鍊。

邵雍有《首尾吟》一百三十五首，皆以「堯夫非是愛吟詩」開頭及結尾，組詩內容囊括宇宙之理、人事之情、萬物之榮敗、歷史之盛衰，以及一體之遭遇、感懷、體認。雖然不能說每一首都重在說理，但整體是以抒發他作為理學家對宇宙人生的感悟，而詩作為承載工具，是文以載道，但文不盡意，他寫道：

> 堯夫非是愛吟詩，詩到忘言是盡時。

> 雖則借言通要妙，又須從物見幾微。

> 羹因不和方知淡，樂為無聲始識希。

> 多少風花待除改，堯夫非是愛吟詩。〔註43〕

〔註42〕【宋】邵雍，《伊川擊壤集》，中華書局，2013年版，第36～37頁。
〔註43〕【宋】邵雍，《伊川擊壤集》，中華書局，2013年版，第325頁。

對於愛吟詩，他又有《答傅欽之》：

> 欽之謂我曰：詩欲多吟，不如少吟；詩欲少吟，不如不吟。
>
> 我謂欽之曰：亦不多吟，亦不少吟；亦不不吟，亦不必吟。
>
> 芝蘭在室，不能無臭；金石振地，不能無聲。
>
> 惡則哀之，哀而不傷；善則樂之，樂而不淫。〔註44〕

以上兩首可以看出邵雍對於詩歌創作的態度。他是要通過詩歌傳達物理之奧妙，但是物理之奧妙又不能通過言辭完全傳達，因此他說「又須從物見幾微」，就是說要親身體認，對於詩歌中傳達的東西要得意忘言，要看到言語文字後面的「理」，這才是詩歌的目的和作用。對於創作詩歌，他的朋友傅欽之認為文學創作是可有可無能免則免的，後來的很多理學家對文學創作也持相似態度，對理學道學的追求使得對代表情感性的文學創作產生抗拒。邵雍則認為，詩歌創作是有感而不得不發，不必抗拒，也不必刻意。就像香草的香氣和金屬墜地的聲響一樣，是自自然然的，只要是自然而發的，那麼就不會存在情感性壓倒理性的問題，就可以做到「哀而不傷，樂而不淫」，就是「中和」。

就像以上兩首詩一樣，在邵雍詩集中，也有專門論詩歌的詩作，可以看作邵雍的文學觀。如：

> 何故謂之詩，詩者言其志。既用言成章，遂道心中事。
>
> 不止煉其辭，抑亦煉其意。煉辭得奇句，煉意得餘味。（《論詩吟》）〔註45〕
>
> 詩者人之志，非詩志莫傳。人和心盡見，天與意相連。
>
> 論物生新句，評文起雅言。興來如宿構，未始用雕鐫。（《談詩吟》）〔註46〕
>
> 聖人難處口能宣，何止千年與萬年。
>
> 心靜始能知白日，眼明方會看青天。
>
> 鬼神情狀將詩寫，造化工夫用酒傳。
>
> 傳寫不幹詩酒事，若無詩酒又難言。（《詩酒吟》）〔註47〕

〔註44〕 【宋】邵雍，《伊川擊壤集》，中華書局，2013年版，第191頁。
〔註45〕 【宋】邵雍，《伊川擊壤集》，中華書局，2013年版，第172頁。
〔註46〕 【宋】邵雍，《伊川擊壤集》，中華書局，2013年版，第299頁。
〔註47〕 【宋】邵雍，《伊川擊壤集》，中華書局，2013年版，第264頁。

　　　　平生無苦吟，書翰不求深。行筆因調性，成詩爲寫心。

　　　　詩揚心造化，筆發性園林。所樂樂吾樂，樂而安有淫。(《無苦
吟》)〔註48〕

由此可見，邵雍認爲詩歌創作對於詩人而言是傳志煉意、「調性」「寫心」，詩歌
本身是表現人心天意，因此，鍊句只是末等事，眞正的詩興是有感而發，不用
雕刻。所謂的造化工夫、鬼神情狀，用詩歌是不能完全呈現的，但是沒有詩歌
就更難以描述。詩歌用語言文字傳達的東西，是本質的一點表象，而得意忘言、
得魚忘筌才是詩歌的眞正目的。聖人都難於描摹，只有在接觸一點表象之後，
修身養性，達到「心靜」「眼明」之後，才能通造化，明瞭宇宙人生的「理」。

　　二程開啓洛學一派，程頤對詩文創作頗爲抵制，而他的兄長程顥詩風醇
厚和易，和他的人格恰好和諧。但是在文學史上，二程詩文卻遠不如繼承他
們學志的朱熹反響大。

　　作爲程朱理學的集大成者，朱熹在文學上的實踐並不爲少見，他的詩作中
常有廣爲傳頌者，比如《春日》、《觀書有感》等，文字也擺脫了枯燥的說理，
而是轉向以理貫文，文理交融，沒有「道學氣」，優秀者也可稱爲是詩人之詩。

　　同樣作爲學者文人，與其他理學家相比，王陽明的詩歌更接近於朱熹
的風格。龍場悟道之後，陽明開始更多地偏向將詩歌與義理進行有機的融
合，不同於宋儒的理學詩，陽明將深刻義理包含在形象與情志之中，讀來
不覺是說教，形成了他詩歌的獨特風格。歸越之後，和同好一起暢遊故鄉
山水，經歷了人生各種磨難之後的陽明，對故鄉的一山一水更覺親切。與
此同時，陽明也寫下了不少吟詠山水的詩歌。此時的詩人與之前登臨遊覽
山水的心境已又有不同，更多地將目光投向對人生的思考。重點不在寫景，
而是以心觀物，體悟事理。強調如果其身在野，就應該注重靜觀，因爲「養
靜意所關」(《四明觀白水二首》其一)，通過靜觀來體道，獲得對宇宙人生
的眞知識。對澄明的心靈境界的嚮往，也仍然存在於此時陽明的詩中，身
爲朝廷命官，在污濁的塵世中摸爬滾打，陽明無時無刻不在尋求心靈的超
越。莊禪的影子依然存在，陽明擅長將老莊佛禪的精義化用在義理之中，
用莊禪的思維去體驗人生，平常心對待人生的變故，追求自己心靈的平和
自適。如《四明觀白水二首》其二：

──────────
〔註48〕　【宋】邵雍，《伊川擊壤集》，中華書局，2013年版，第271頁。

　　　　千丈飛流舞白鷺，碧潭倒影鏡中看。藤蘿半壁雲煙濕，殿角長
　　　年風雨寒。野性從來山水癖，直躬更覺世途難。卜居斷擬如周叔，
　　　高臥無勞比謝安。〔註49〕

借伯夷叔齊和謝安的典故，表達自己想要歸隱故鄉山水之意，世途之難讓他
覺得山水之癖才是他自己的本性，應該學古人回歸自然，復歸心靈的澄淨。

　　陽明一生命運多舛，看到儒學不興，世俗流弊，於是倡導「致良知」學
說。強調「自得自悟」，在心體上，也就用功。在他的詩作中，能看到他與一
般的文人墨客不同的是，他作為一個儒者，並不注重遣詞造句，追求詩歌外
在形式的完美，而是更看重詩的精神追求和自我心性的自然之得，同時也常
常閃現強烈的普世關懷和理性思索。如《梧桐江用韻》〔註50〕：

　　　　鳳鳥久不至，梧桐生高岡。我來竟日坐，清陰灑衣裳。援琴俯
　　　流水，調短意苦長。遺音滿空谷，隨風遞悠揚。人生貴自得，外慕
　　　非所臧。顏子豈忘世？仲尼固遑遑。已矣復何事，吾道歸滄浪。

詩人用鳳凰棲梧桐的意象表達了自己想要追慕先聖的志向。《論語‧子罕》
中有「鳳鳥不至，河不出圖，吾已矣夫」，孔子用以表達「道不行久矣」的
無奈和失望。陽明化用聖人話語，對程朱理學造成的聖學的支離也發出類
似聖人對聖道不行的遺憾。他對人生的體悟是自得，而不是隨外物而動。
至聖先賢的行為，在他看來就是體認到了自己本心的顯現，「一簞食，一瓢
飲，居陋巷，人也不堪其憂，回也不改其樂」，孔子周遊列國，只為推行自
己以「仁」「禮」為中心的政治社會思想，他們為什麼可以九死未悔，就因
為已經體悟到心性。陽明在流水空谷之中援琴以自適，但是心中思慮的卻
是儒學現狀的憂慮，因此他說「調短意苦長」。先聖之道的凋敝，讓陽明一
方面覺得胸中苦悶，一方面也勾起他歸隱之意。此時的這種歸隱之意，與
暢遊山水時的意思不同，後者是由山水自然而起，此時卻是因為「救世「的
難以實現而產生的用以「自救」的不得已的途徑，在當時的社會中也不失
為一種選擇。

　　這樣的複雜情感在陽明詩中不乏其例，又如《鄭伯興謝病還鹿門雪夜過
別賦贈三首》〔註51〕其一、其三：

〔註49〕【明】王守仁，《王陽明全集》，上海古籍出版社，2011 年版，第 801 頁。
〔註50〕【明】王守仁，《王陽明全集》，上海古籍出版社，2011 年版，第 802 頁。
〔註51〕【明】王守仁，《王陽明全集》，上海古籍出版社，2011 年版，第 808 頁。

　　之子將去遠，雪夜來相尋。秉燭耿無寐，憐此歲寒心。歲寒豈
徒爾，何以贈遠行？聖路塞已久，千載無復尋。豈無群儒跡，蹊徑榛
茆深。濬流須尋源，積土成高岑。攬衣望遠道，請君從此征。（其一）

　　鹿門在何許？君今鹿門去。千載龐德公，猶存棲隱處。潔身匪
亂倫，其次乃避地。世人失其心，顧瞻多外慕。安宅舍弗居，狂馳驚
奔騖。高言詆獨善，文非遂巧智。瑣瑣功利儒，寧復知此意！（其三）

這類詩與之前的求道詩立意已截然不同，對於所謂的心體他也有了更堅定的
理解。對於同道朋友，他也多鼓勵他們立志希聖。對心體之學的追求也體現
在他的詩歌裏。他送別友人病歸，一方面鼓勵他繼續聖學之路上繼續前行，
用先聖前賢們激勵自己，並且不要懼怕力量小，他深信積土成山。另一方面，
他又鞭策友人不要像世人一樣誤解龐德公眞的只是避世而居，他認爲避世只
是因爲要保全一身之潔，而並不影響他的經世致用。他希望友人不要爲了一
些清高之名，而墮入到「外慕」的怪圈中去。這與他的心學思想是完全契合
的，他雖然不贊成追名逐利，但是也不贊成爲了清淨而閉目塞耳的修身之法。
他的心學思想需要另外篇章進行闡釋，在此就不贅述。

　　王陽明詩歌中直接闡述心學思想的並不多，主要出現在晚年的詩作中。
如《詠良知四首示諸生》〔註52〕：

　　個個人心有仲尼，自將聞見苦遮迷。而今指與眞頭面，只是良
知更莫疑。

　　問君何事日憧憧？煩惱場中錯用功。莫道聖門無口訣，良知兩
字是參同。

　　人人自有定盤針，萬化根源總在心。卻笑從前顚倒見，枝枝葉
葉外頭尋。

　　無聲無臭獨知時，此是乾坤萬有基。拋卻自家無盡藏，沿門持
缽效貧兒。

這四首詩是典型而直接的心學詩。在宋明理學家中，邵雍的詩集中較多這種直白闡
述理學思想的詩歌作品。如《意未萌於心》：「意未萌於心，言未出諸口。神莫得而
窺，人莫得而咎。君子貴愼獨，上不愧屋漏。人神亦吾心，口自處其後。」〔註53〕

〔註52〕　【明】王守仁，《王陽明全集》，上海古籍出版社，2011年版，第870頁。
〔註53〕　【宋】邵雍，《伊川擊壤集》，中華書局，2013年版，第213頁。

《至誠吟》：「不多求故得，不離學故明。欲得心常明，無過用至誠。」〔註54〕王陽明提出良知學說，因此在闡發性理的內容上僅僅圍繞「良知」二字。這四首詩分別表達了陽明心學的四個層面：1、宇宙世界的本體是「本心」；2、「本心」不分賢愚，人人相同，就是「良知」；3、若要慕聖希賢，具體做來就是去切實地「致」其「良知」；4、獨處時是最好的恢復自家良知的時機，因此慎獨是重要的工夫。關於這一點，他另有《答人問良知二首》：

> 良知即是獨知時，此知之外更無知。誰人不有良知在，知得良知卻是誰？

> 知得良知卻是誰？自家痛癢自家知。若將痛癢從人問，痛癢何須更問為？

這二首說得更為極致，他認為，只有自己明瞭和恢復本心（良知）這一個方法，才是對人生的問題的根本解決之法。如果要向外求，那還不如不問。良知人人都有，卻少有人能真正體悟到。因此他強調對內的「悟」，這一點深受禪宗影響，他通過禪道的儒化，表達了自己的心學思想：「始信心非明鏡臺，須知明鏡亦塵埃。人人有個圓圈在，莫向蒲團坐死灰。」（《書汪進之太極岩二首》其二）「龍場悟道」之後，王陽明的思想觀念已經從最初的佛道影響較明顯轉向了堅定的儒家立場，但是也可以看到，「心學」之所以脫離了「理學」的窠臼，甚至有時候還會被詬病為禪，就是因為陽明「心學」在思考方式上非常明顯的禪學印記，從上一首詩即可看出，王陽明正是借了禪宗公案中的名偈來說明自己的思想。而「明鏡」這一意向在王陽明的論述中，不管是論學的《傳習錄》還是他的詩文創作，都是作為常用的借喻手段出現。作為一個哲人的詩人王陽明，他的哲學思想的融合，與文學語言的表現，是不可避免地交相呼應的。

〔註54〕 【宋】邵雍，《伊川擊壤集》，中華書局，2013 年版，第 263 頁。

第四章　王陽明的散文創作和美學追求

　　和他其他的藝術創作一樣，王陽明的散文也因為他在心學上的巨大成就而受到忽視。事實上，王陽明的散文不論是在文體的廣度上，還是在表現思想的深度上，都是絕對值得仔細研究一番的。前面說到，王陽明的詩歌可以看成是他個人的生活閱歷和哲學思想的反映，同樣的，王陽明的散文也承擔了這一功能，甚至可以說，比詩歌創作反映的生活更具體、更全面。原因大致有二：一是由於王陽明的散文創作涵蓋了多種文體。遍觀《王陽明全集》，可以看到，他的散文創作既有傳統的散文形式，例如書、記、說、序、祭文、墓誌銘等，又有他因為文人軍官這一獨特身份而產生的疏、表、公移等。因此可以說，這些所有文體所表達的內容正是王陽明的生活的記錄。第二個原因，除了一些悼文之外，王陽明和普通文人為感悟抒情而作不同，他的散文寫作大都是因事而發，對事對物的思考多過於抒發一己之私情。即使有像《瘞旅文》這樣抒情性很強的文章，也不乏超越躲舛之命運的達觀。因此，在這種非為文學而文學的文章裏，一方面擺脫了作為理學家的純說理式散文，另一方面，也沒有脫離生活本身，而是「接地氣」地記錄了王陽明的所處所思。可以說，他的散文創作整體在抒情性上並沒有刻意追求，而自成一種文學風格，在他也許是無意為之，卻開啟了明清的性靈文學創作風潮。

第一節　王陽明的散文藝術創作

前面說到，王陽明的散文創作遍涵各種文體，從時間上看，分為「龍場悟道」前後〔註1〕。和王陽明的思想上的發展脈絡對應，王陽明前期的散文可以看到：現實生活層面，他經歷了從越地餘姚到寓居京師，又數度遊歷名山，奠定了他的文學創作中「山水癖」的重要內容；從思想發展層面，王陽明從幼時立志做「第一等事」，他為了追求這個理想，他出入儒釋道，在初期散文中可以看到，在他遊歷名山的同時，也常常談仙論佛，遍訪奇人異士，最後逐漸認識到，對於他所追求的理想來說，釋道有其不可不辨的弊病，因而他逐漸轉向儒學。但這種轉向不能不說，仍然是受到之前遍觀三教思想的影響，在對釋道的取捨下，形成他獨特的儒學思想；從文藝素養來看，早期的王陽明生活較為順遂，他的修身、才藝、經世是同時發生的，因此可以看到，他前期的散文充滿了壯年的豪氣。他不僅對作為士人儒生的本務（例如書法）感興趣，出於熱切的報國之志，他也對刑務和軍事產生了濃厚的興趣，可以鑽研兵法。在還未作為領兵打仗的將領之前，就已經對國家邊務上書言事。

龍場悟道對於王陽明來說，不管是個人際遇還是學術思想，都是一個重大的轉折點。如果說龍場悟道前的創作還帶有隨意性，是他的探索歷程的話，那麼龍場悟道之後的創作就是有的放矢，可以清楚地看到因為學術思想的定型，而產生的有中心的表達。王陽明為做「第一等事」苦苦探求，直到龍場悟道才算是找到了他認為正確的方向，他提出「良知」之學。同樣是因事有感而發，龍場悟道之後的散文體現出良知之學的影響。

從內容上看，王陽明的散文創作都是和他的生活境遇密切關聯的。王陽明的散文從內容上主要可以分為三大類：一是最重要的貫穿其一生的，關於性命之學，也就是他對於何為「第一等事」的不斷探索追求的致知之文。二是移風化俗的善教之文。三是他作為武將的關於治御抗敵的軍事之文。

一、致知之文

王陽明一生的學術思想幾經嬗變，最終形成「致良知」學說。但是他對於什麼是人生之真諦，從他小時候同塾師的對話就可以見端倪，可以說是從小立志：

〔註1〕　參見華建新《王陽明散文研究》，安徽師範大學出版社，2012年版，第3頁。

　　嘗問塾師曰：「何爲第一等事？」塾師曰：「惟讀書登第耳。」

　　先生疑曰：「登第恐未爲第一等事，或讀書學聖賢耳。」〔註 2〕

時年只有十一二歲，卻能知道讀書登第與讀書學聖賢之間的區別，就是對他來說，即使讀書登第，能熟知經典，也不一定能做成聖賢。雖然當時王陽明只是一個模糊的想法，但是如果與後來參照來看，這事實上就是幼年的王陽明心裏早就埋下了對宋明理學的格物致知一路可再重新思考的種子。

　　王陽明三十七歲至謫地貴州龍場，開始眞正參悟到格物致知的學問。而在這之前，他就已經從對儒家經典的鑽研和宋明理學的不恰中逐漸摸索自己的良知學說。《年譜》記載：「（弘治）十一年，先生二十七歲……先生自念辭章藝能不足以通至道，求師友於天下又不數遇，心持惶惑。一日讀晦翁上宋光宗疏，有曰：『居敬持志，爲讀書之本，循序致精，爲讀書之法。』乃悔前日探討雖博，而未嘗循序以致精，宜無所得；又循其序，思得漸漬洽浹，然物理吾心終若判而爲二也。」〔註 3〕從格竹失敗到始終覺得「物理吾心終若判爲二」，這是王陽明在出入佛道二氏之後有志於儒學所遇到不能自洽的大問題。他逐漸明白到二氏之非之不足，卻又在宋明理學之下得不到完滿的合心之論，使得他開始考慮儒學或者說聖賢之學的本原所在。他的追尋是從儒家經典開始的，在謫居龍場期間，他從自己的所悟重新闡釋儒家經籍，著《五經臆說》。在《五經臆說序》中說明了自己的初衷：

　　　　得魚而忘筌，醪盡而糟粕棄之。魚醪之未得，而曰是筌與糟粕也，魚與醪終不可得矣。《五經》，聖人之學具焉。然自其已聞者而言之，其於道也，亦筌與糟粕耳。竊嘗怪夫世之儒者求魚於筌，而謂糟粕之爲醪也。夫謂糟粕之爲醪，猶近也，糟粕之中而醪存。求魚於筌，則筌與魚遠矣。

龍場居南夷萬山中，書卷不可攜，日坐石穴，默記舊所讀書而錄之。意有所得，輒爲之訓釋。期有七月而《五經》之旨略遍，名之曰《臆說》。蓋不必盡合於先賢，聊寫其胸臆之見，而因以娛情養性焉耳。則吾之爲是，固又忘魚而釣，寄興於曲糵，而非誠旨於味者矣。嗚呼！觀吾之說而不得其心，以爲是亦筌與糟粕也，從而求魚與醪焉，則失之矣。〔註 4〕

〔註 2〕　【明】王守仁，《王陽明全集》，上海古籍出版社，2011 年版，第 1346 頁。
〔註 3〕　【明】王守仁，《王陽明全集》，上海古籍出版社，2011 年版，第 1349 頁。
〔註 4〕　【明】王守仁，《王陽明全集》，上海古籍出版社，2011 年版，第 965～966 頁。

　　王陽明初到謫地，語言不通，沒有同道之人可以互相講學，也沒有研究學問的條件，只能靠自己對以前看過的典籍的記憶來邊回憶邊思考。外有艱難的境遇，內又沒有經書可以聊慰心靈，也許正是由於這個契機，讓他這個「默記舊所讀書而錄之」的行為成為日後所提出的「知行合一」學說的最好注腳。本來是為了自慰而默記，在過程中卻經歷了「有所得」，最後呈現出的即是他糅合過的醞釀過的對於經典的他自己的解讀。若是其他情況下，他讀書也未必沒有「所得」，但是在當時的心境下，他的「所得」必然是不同於順境之下的純粹讀書。《年譜》記載了他此期間的境況：「忽中夜大悟格物致知之旨，寤寐中若有人語之者，不覺呼躍，從者皆驚。始知聖人之道，吾性自足，向之求理於事物者誤也。乃以默記《五經》之言證之，莫不吻合，因著《五經臆說》。」〔註5〕在這種情況下，雖然說是他自己的「所得」，卻與經典「莫不吻合」，自此他對聖賢學問有了確定的方向，並且認為這不是他的穿鑿附會，而是儒學本來的面目，只是經過了千百年的儒學發展，尤其經歷了宋明理學，把儒學經典與舉子業緊緊扭在一起之後，為學之人更是到了以筌為魚、以糟粕為醨的地步。他的「第一等事」，到這裡方才有了落腳之處。

　　在這篇序中，他用莊子「得魚忘筌」的典故闡釋《五經》與道之間的關係。《莊子》有言：「筌者所以在魚，得魚而忘筌；蹄者所以在兔，得兔而忘蹄；言者所以在意，得意而忘言。」（《外物》）〔註6〕王陽明認為，對於學道之人而言，如果能領略到「道」之真諦，《五經》也是可以忘之的「筌」、「蹄」、「言」。這三者對於「魚」、「兔」、「意」來說只是工具。他批判了儒者們把《五經》的文字當成「道」的本身的謬誤，津津於文字表象，而不去求文字中所承載的更深刻的「道」，違背了古代聖賢創造經典的初衷。他又大膽地對經典的做出「得其心」的訓解，他自言「不必盡合於先賢，聊寫其胸臆之見」。這是對長久以來以程朱理學為圭臬的儒學意識形態的挑戰，他雖然自謙為「娛情養性」而已，但是他的學術道路卻是從此堅定地開始的。《五經臆說》存世僅十三條〔註7〕，但是可以說，正是在龍場所作的這部《臆說》，奠定了王陽明日後心學理論的基礎。如《臆說》中解「元年」：

〔註5〕【明】王守仁，《王陽明全集》，上海古籍出版社，2011年版，第1354頁。
〔註6〕陳鼓應 注譯，《莊子今注今譯》，中華書局，1983年版，第772頁。
〔註7〕王陽明弟子錢德洪記：「師居龍場，學得所悟，證諸《五經》……偶於廢稿中得此數條。」 見《王陽明全集》，第1075頁。

人君即位之一年，必書「元年」。元者，始也，無始則無以爲
終。故書元年者，正始也。大哉乾元，天之始也。至哉坤元，地之
始也。成位乎其中，則有人元焉。故天下之元在於王，一國之元在
於君，君之元在於心。「元」也者，在天爲生物之仁，而在人則爲心。
心生而有者也，曷爲爲君而始乎？曰：「心生而有者也。未爲君，而
其用止於一身；既爲君，而其用關於一國。故元年者，人君爲國之
始也。當是時也，群臣百姓，悉意明目以觀維新之始。則人君者，
尤當洗心滌慮以爲維新之始。故元年者，人君正心之始也。」曰：「前
此可無正乎？」曰：「正也，有未盡焉，此又其一始也。改元年者，
人君改過遷善，修身立德之始也，端本澄源，三綱五常之始也，立
政治民，休戚安危之始也。嗚呼！其可以不愼乎？」〔註8〕

這一條從《左傳》中「隱公元年」爲話頭引開去，闡發了紀年與君心的關係。
他認爲，一個君主的即位既是一個國家最重要的事情，也是一個國君正心的
開始。即位之前，未嘗不正，但只是正於自己一身。即位之後，君與國便合
二爲一，國家的開始也是人君正心的開始。而代表一個國家的君主，他的正
心便要從一己之修身推而爲治國平天下，爲國家樹立倫常，自己的修身立德
正是國家綱常的起點。這個觀點雖然新穎，但也並不是王陽明自己生造的。
他正是將《大學》裏的格致誠正修齊治平納入到他的心學思想中，然後在經
書中闡發開來。即他自己所說的，證之於《五經》之言，莫不吻合。由一國
之政逐漸剝開，到作爲內核的君主之心，最後開出的結論正是王陽明所說的
天地間的「一點靈明」，天下都要歸於一人之心，更何況一己之身。

　　王陽明晚年著有《大學問》，是他從致知明心之學出發，對儒學經典《大
學》進行闡釋的文章。王陽明論學，雖與當時的學術正統程朱理學頗爲不合，
但是並不能算對傳統的反叛，而是一下子回歸到儒學的最初去。與程朱理學
的對抗，不是站在程朱對面，而是從程朱的源頭——孔孟——那裡，就找到
自己學術思想的印證。

　　王陽明對《大學》《中庸》頗爲重視，他以古本《大學》即爲完足，而不
以朱熹所補傳的《大學》版本爲是。對《大學》中儒學之旨的發明可以追溯
到正德七年，《年譜》記載：「七年壬申十二月，升南京太僕寺少卿，便道歸
省。與徐愛論學。愛是年以祁州知州考滿進京，升南京工部員外郎。與先生

〔註8〕　【明】王守仁，《王陽明全集》，上海古籍出版社，2011 年版，第 1075～1076 頁。

同舟歸越，論《大學》宗旨。」〔註9〕《大學問》由錢德洪記錄，他說：「吾師接初見之士，必借《學》、《庸》首章以指示聖學之全功，使知從入之路。」〔註10〕《大學》之旨是王陽明接引後學的入門階石，而《大學問》則是他致知之學的集中體現，《大學問》是他晚年所錄，因此是他已經定型的學術思想，其中有：

蓋身、心、意、知、物者，是其工夫所用之條理，雖亦各有其所，而其實只是一物。格、致、誠、正、修者，是其條理所用之工夫，雖亦皆有其名，而其實只是一事。何謂身心之形體？運用之謂也。何謂心？身之靈明主宰之謂也。何謂修身？為善而去惡之謂也。吾身自能為善而去惡乎？必其靈明主宰者欲為善而去惡，然後其形體運用者始能為善而去惡也。故欲修其身者，必在於先正其心也。然心之本體則性也。性無不善，則心之本體本無不正也。何從而用其正之之功乎？蓋心之本體本無不正，自其意念發動而後有不正。故欲正其心者，必就其意念之所發而正之，凡其發一念而善也，好之真如好好色；發一念而惡也，惡之真如惡惡臭：則意無不誠，而心可正矣。然意之所發有善有惡，不有以明其善惡之分，亦將真妄錯雜，雖欲誠之，不可得而誠矣。故欲誠其意者，必在於致知焉。致者，至也，如云「喪致乎哀」之「致」。《易》言「知至至之」，「知至」者，知也；「至之」者，致也。「致知」云者，非若後儒所謂充廣其知識之謂也，致吾心之良知焉耳。良知者，孟子所謂「是非之心，人皆有之」者也。是非之心，不待慮而知，不待學而能，是故謂之良知。是乃天命之性，吾心之本體，自然靈昭明覺者也。〔註11〕

王陽明的「良知」雖從孟子處來，但是如何致其良知之說正是從《大學》來。《大學》首章提出格致誠正修齊治平，前面講到，他認為一國之治平，在乎一國之君的修身，而一國之君的修身，又在乎其一心之正。在大學問中，王陽明泛而言之，一個人的格致誠正修本質上都是「致知」的工夫，名色雖各自不同，但是所歸是一樣的，就是找回人人本來就有的「良知」。這個「良知」，是「心」，是一己之身的主宰，擴之於宇宙，也是宇宙的一點靈明。他認為，

〔註9〕　【明】王守仁，《王陽明全集》，上海古籍出版社，2011年版，第1362頁。
〔註10〕　【明】王守仁，《王陽明全集》，上海古籍出版社，2011年版，第1066頁。
〔註11〕　【明】王守仁，《王陽明全集》，上海古籍出版社，2011年版，第1069～1070頁。

致知不是程朱理學的格物明理，不是去追尋事事物物的物理，不是知識，而是一種良知良能，是一種可以讓「物各付物」的能力、本質。因此，這種本質是無從談善惡的，因爲只有現象才有善惡，就是意念、行爲有善惡，而如果想要爲善去惡，就必須找回這種本質，讓這個本質去自然發散流行，發揮作用，這個過程就是「致良知」。他不認同充廣知識的學法，而是注重最根本的「良知」的追求。

這一段要與他的《大學古本序》相參來看：

> 《大學》之要，誠意而已矣。誠意之功，格物而已矣。誠意之極，止至善而已矣。正心，復其體也；修身，著其用也。以言乎己，謂之明德；以言乎人，謂之親民；以言乎天地之間，則備矣！是故至善也者，心之本體也；動而後有不善。意者，其動也；物者，其事也。格物以誠其意，復其不善之動而已矣！不善復而體正，體正而無不善之動矣！是之謂止至善。聖人懼人之求之於外也，而反覆其辭。舊本析而聖人之意亡矣！是故不本於誠意，而徒以格物者，謂之支；不事於格物，而徒以誠意者，謂之虛；支與虛，其於至善也遠矣！合之以敬而益綴，補之以傳而益離。吾懼學之日遠於至善也，去分章而復舊本，傍爲之什，以引其義，庶幾復見聖人之心，而求之者有其要。噫！罪我者其亦以是矣夫！〔註12〕

《大學問》中，王陽明先明其旨，指出什麼爲「是」；在《古本序》裏，在此基礎上，也指出了什麼爲「非」。此序簡明扼要，沒有詳細闡述何爲格物、何爲誠意，但是結合他其他的著述，我們所能肯定的一點是，他並不是全然反對格物，他反對的是程朱理學對格物的理解，以及程朱理學將格物視作第一事，以至於倒置了儒學的本末，導致學術的支離，就是他說的「求之於外」。前面說到，他認爲聖人文辭只是「筌蹄」，但是如果沒有這筌蹄，就想去追求魚和兔，就會陷入空想。因此他批判了不在誠意基礎上的格物，視之爲支離；同時也批判離開了格物的誠意，視之爲虛空。這二者正是王陽明所說的「茫茫然去思索」和「懵懵然去行」，對他來說，這就是沒有知行合一，也就不是眞正的「致知」。這二者已然離「至善」很遠了，如果在錯誤的方向上用力更甚，就是說在不格物時誠而且敬，不誠意時格物到贅述（在此處批判了朱熹對經典的傳注，所謂「去分章而復舊本」），那就是在南轅北轍的同時，又加之以駿馬良駒，只會離眞諦越來越遠。

〔註12〕 【明】王守仁，《王陽明全集》，上海古籍出版社，2011 年版，第 1320～1321 頁。

二、善教之文

在王陽明散文中，除了直接闡明學問的文章外，更有一種善教之文，多存於他為官期間的應邀之作、序、記，以及他對民眾的諭示文中。這些文章大多與民生息息相關，所謂移風化俗，既是對民的，也有對他作為其中一分子的民之父母官的。因此，其中既有闡明為官立場的文章，如兩篇禱雨文，也有講官民關係的《兩浙觀風詩序》；既有管理地方的《南贛鄉約》，也有為地方推行教育的《教約》。

《答佟太守求雨》是王陽明在越期間，越地大旱，地方官兩次向他「詢致雨之術」，他推脫不過，寫了這篇文章。在文章中，他先是坦言自己只是「凡庸」之人，「天道幽遠」，隱晦地表達了「求雨」之謬。文中說：

> 蓋君子之禱不在於對越祈祝之際，而在於日用操存之先。執事之治吾越，幾年於此矣。凡所以為民祛患除弊興利而致福者，何莫而非先事之禱，而何俟於今日？然而暑旱尚存而雨澤未應者，豈別有所以致此者歟？古者歲旱，則為之主者減膳撤樂，省獄薄賦，修祀典，問疾苦，引咎賑乏，為民遍請於山川社稷，故有叩天求雨之祭，有省咎自責之文，有歸誠請改之禱。蓋《史記》所載湯以六事自責，《禮》謂「大雩，帝用盛樂」，《春秋》書「秋九月，大雩」，皆此類也。〔註13〕

這一段借古代遭遇旱災時為官者的作為來提點佟太守。古代凡遇旱災，為官者就要減少生活上的享受，在為政方面減少刑獄和賦稅，以減少民眾的負擔，對己引咎自責，為民賑災祈禱，這是以民為本的誠信作為。他引用《史記》、《禮》和《春秋》中的記載，證明了古時的禱雨並非只是一個祭祀活動，更伴隨著為人父母官者的切實行為，只有這樣，才能在禱雨時感動上天。重點在關心民眾疾苦，為之解憂排難，而不是單純指望上天垂憐。

以此為對照，他認為作為方術的禱雨是無稽的：

> 僕之所聞於古如是，未聞有所謂書符咒水而可以得雨者也。唯後世方術之士或時有之。然彼皆有高潔不污之操，特立堅忍之心。雖其所為不必合於中道，而亦有以異於尋常，是以或能致此。然皆出小說而不見於經傳，君子尤以為附會之談；又況如今之方士之流，曾不少殊於市井囂頑，而欲望之以揮斥雷電，呼吸風雨之事，豈不難哉！

〔註13〕 【明】王守仁，《王陽明全集》，上海古籍出版社，2011年版，第881頁。

他指出，有道的方術之士只存在於小說中，在災害面前，指望與市井之徒無異的現世方士，是不可能成事的。身爲地方長官不應該靠書符咒水來求雨，而是眞正爲賑災做一些實事。他基於地方官有爲民請雨的拳拳之心，於是正面爲之啓發怎麼做才是眞正的爲民生計算：

> 僕謂執事且宜出齋於廳事，罷不急之務，開省過之門，洗簡冤滯，禁抑奢繁，淬誠滌慮，痛自悔責，以爲八邑之民請於山川社稷。而彼方士之祈請者，聽民間從便得自爲之，但弗之禁而不專倚以爲重輕。

王陽明在文中表達了他的觀點，他並不同意禱雨祭祀能達到「天人感應」的效果，只有眞正「以民爲天」，眞正爲民做事，平時就要爲百姓除弊興利，是爲「先事之禱」，在災害來臨之時，幫助百姓一起抵禦災害，同時誠心「請於山川社稷」，是爲「歸誠請改之禱」。王陽明認爲這樣以「誠信感天」，才是合「天道」的爲官之道、爲民之道，體現出他作爲儒者的救世情懷。

王陽明在南贛時，對百姓的苦難十分同情，平亂之後，他認爲要從根本上改良社會風俗。他認爲，不良風氣對百姓造成很大的影響，加之貧窮而加重的經濟負擔，有的人只好落草爲寇，地方也不得安寧。因此，他採用「十家牌法」，讓鄉民互相監督以自治，同時教育鄉民，給他們培養起「孝親敬長，守身奉法，講信修睦」的道德規範和民風。有《諭俗四條》：

> 爲善之人，非獨其宗族親戚愛之，朋友鄉黨敬之，雖鬼神亦陰相之。爲惡之人，非獨其宗族親戚惡之，朋友鄉黨怨之，雖鬼神亦陰殛之。故「積善之家，必有餘慶，積不善之家，必有餘殃」。

> 見人之爲善，我必愛之。我能爲善，人豈有不愛我者乎？見人之爲不善，我必惡之；我苟爲不善，人豈有不惡我者乎？故凶人之爲不善，至於殞身亡家而不悟者，由其不能自反也。

> 今人不忍一家之忿，或爭銖兩之利，遂相構訟。夫我欲求勝於彼，則彼亦欲求勝於我；仇仇相報，遂至破家蕩產，禍貽子孫。豈若含忍退讓，使鄉里稱爲善人長者，子孫亦蒙其庇乎？

> 今人爲子孫計，或至謀人之業，奪人之產；日夜營營，無所不至。昔人謂爲子孫作馬牛，然身沒未寒，而業已屬之他人；仇家群起而報復，子孫反受其殃。是殆爲子孫作蛇蠍也。吁，可戒哉！〔註14〕

〔註14〕　【明】王守仁，《王陽明全集》，上海古籍出版社，2011 年版，第 1010 頁。

王陽明的學術思想即使是學人都常常領悟不及，但是他對民眾寫的《諭俗四條》卻淺顯明瞭。針對民眾的文化水平和接受心理，將民間常說的因果報應和倫理道德結合起來，講清惡習的危害，通過對「善惡「的剖析，言淺意深，讓百姓棄惡從善。前兩條主要寫「善有善報，惡有惡報」的道理，這個源自佛教的教義在百姓中有深刻廣泛的接受度，是他們容易接受的道理，可見王陽明在教諭民眾時懂得變通圓融。他把自己放在百姓的角度，以「我」及人，讓百姓看了有代入之感，以此收到更好的效果。他又有《告諭新民》：

> 爾等各安生理，父老教訓子弟，頭目人等撫緝下人，俱要勤爾農業，守爾門戶，愛爾身命，保爾室家，孝順爾父母，撫養爾子孫，無有爲善而不蒙福，無有爲惡而不受殃，毋以眾暴寡，毋以強凌弱，爾等務興禮義之習，永爲良善之民。子弟群小中或有不遵教誨，出外生事爲非者，父老頭目即與執送官府，明正典刑，一則彰明爾等爲善去惡之誠，一則剪除莨莠，免致延蔓，貽累爾等良善。

> 吾今奉命巡撫是方，惟欲爾等小民安居樂業，共享太平。所恨才識短淺，雖懷愛民之心，未有愛民之政。近因督徵象湖、可塘諸處賊巢，悉已擒斬掃蕩，住軍於此，當茲春耕，甚欲親至爾等所居鄉村，面問疾苦；又恐跟隨人眾，或至勞擾爾民，特遣官者諭告，及以布匹頒賜父老頭目人等，見吾勤勤撫恤之心。餘人眾多，不能遍及，各宜體悉此意。〔註15〕

他從百姓的日常生活角度，勸導他們勤於耕種，孝悌互助，行善去惡，對屢教不改的爲惡之人，則要齊心抵制，明正典刑。這一段既是勸善，也是震懾，活用了孔子說的「鄉人之善者好之，其不善者惡之」，就是要鄉人皆好其善者，惡其不善者。從根本上改善民風，讓民眾自己形成好善惡惡的鄉風。他還十分注重百姓中的父老頭目的引領作用，不僅鼓勵他們對一般民眾要撫恤，另一方面還對他們進行物質上的犒勞，也是他對於民眾自治這種良性的管理方法的有效實施。下一段從自己說起，既表達了從上至下希望地方安居樂業的良好願望，也側面勸諭大家地方和平的來之不易。這一篇告諭文言詞平易懇切，體現了他心學中「爲善去惡」的基本思想的活用。

王陽明對地方的治理以攻心爲上，在他看來，只有徹底改善民風，才是杜絕

〔註15〕 【明】王守仁，《王陽明全集》，上海古籍出版社，2011年版，第598頁。

動亂，解決百姓生計之苦的根本辦法。可以說，這正是他心學思想在政事上的靈活運用。他的弟子錢德洪在《三征公移逸稿》的序中有言：「余讀而歎曰：『吾師學敦大源，故發諸政事，瀾湧川決，千態萬狀，時出而無窮。是稿皆據案批答，平常說去，殊不經意，而仁愛自足以淪人心髓，思慮自足以徹人機智，文章又足以鼓舞天下之人心，若金沙玉屑，散落人世，人自不能棄之，又奚病於繁耶？』乃爲條揭其綱以遺之，使讀者即吾師應感之陳迹，可以推見性道之淵微云。」〔註16〕作爲王陽明的高足，錢德洪的評點，應該說是最貼切的詮解。所謂的平常說去，是說他在公移中的所用的言辭淺近平易，但是其中的仁愛之心又是最打動百姓內心的，所謂淪人心髓，推己及人，直指人心。公移雖然是公務之文，但是王陽明的學問正是講求知行合一，所以錢最後說，「可以推見性道之淵微」，不管是專門討論學問還是只是面向百姓，王陽明的發心、文章都合而爲「心學」思想的體現。

三、征戰之文

　　王陽明雖以學術顯，但是對於國家君主來說，他的功績更在於平定變亂。王陽明死後學術被禁爲僞學，黃綰上疏中詳列了王的功績：「臣所以深知守仁者，蓋以其功與學耳。然功高而見忌，學古而人不識，此守仁之所以不容於世也。蓋其功之大者有四：其一，宸濠不軌……若非守仁忠義自許，身任討賊之事，不顧赤族之禍，倡義以勤王，運籌以伐謀，則天下安危未可知。……其二，大帽、荼僚、浰頭、桶岡諸賊寨勢連四省，兵連累歲。若非蚤平，南方自此多事。守仁臨鎮，次第底定。其三，田州、思恩構釁有年，事不得息，民不得已，故起守仁以往，定以兵機，感以誠信，乃使盧、王之徒崩角來降，感泣受杖，遂平一方之難。其四，自來八寨爲兩廣腹心之疾，其間手戍官軍，與賊爲黨，莫可奈何。守仁假永順狼兵，盧、王降卒，並而襲之，遂去兩廣無窮之巨害，實得兵法便宜之算。夫兵凶戰危，守仁所立戰功，皆除大患，卒之以死勤事。夫兵政國之大事，宜爲後世法，可以終泯其功乎？」〔註17〕

　　王陽明所處時代邊關衝突時起，他在青年時期初入仕途就有建功立業報效國家的決心。他奉命督造威寧伯王越墳，「暇即驅演『八陣圖』」。當聽說北方邊關被犯，即上《陳言邊務疏》，「上邊務八事，言極剴切」〔註18〕：

〔註16〕　【明】王守仁，《王陽明全集》，上海古籍出版社，2011 年版，第 1184 頁。
〔註17〕　【明】王守仁，《王陽明全集》，上海古籍出版社，2011 年版，第 1464 頁。
〔註18〕　【明】王守仁，《王陽明全集》，上海古籍出版社，2011 年版，第 1350 頁。

臣愚以爲今之大患，在於爲大臣者外託愼重老成之名，而內爲
固祿希寵之計，爲左右者內挾交蟠蔽壅之資，而外肆招權納賄之惡。
習以成俗，互相爲奸。憂世者謂之迂狂；進言者目以浮躁，沮抑正
大剛直之氣，而養成怯懦因循之風。故其衰耗頹塌，將至於不可支
持而不自覺。〔註19〕

對於邊關的危機，王陽明尖銳地指出禍患根源正在於內朝的不正之風。大臣
們欺上瞞下，爲自己招攬權利，而對爲國憂世進言的人，就百般打壓，在朝
廷內外形成了怯懦因循的風氣。長此以往，朝廷內無良策，外無良將，邊關
岌岌可危。他提出了「便宜八條」，即：蓄材以備急，舍短以用長，簡師以省
費，屯田以足食，行法以振威，敷恩以激怒，捐小以全大，嚴守以乘弊。從
選拔人材、兵政軍紀、用兵之法方面陳述了他的戰略戰術統一的治軍思想。

《年譜》記載：「（弘治）十年，先生二十六歲，寓京師。是年先生學兵
法。當時邊報甚急，朝廷推舉將才，莫不遑遽。先生念武舉之設，僅得騎射
搏擊之士，而不能收韜略統馭之才。於是留情武事，凡兵家秘書，莫不精究。
每遇賓宴，嘗聚果核列陣勢爲戲。」〔註20〕他研究兵書，有《武經七書評》，
明末孫元化評爲：「大都以我說書，不以書繩我；借書揣事，亦不就書泥書；
提綱挈要，洞玄悉微，真可衙官孫、吳而奴隸司馬諸人者矣。」〔註21〕可見，
王陽明研究兵書，並不是純然去學習兵書中的思想，更結合實際情況對兵書
思想進行活學活用，不泥於書本，以書中的觀照現實的兵事王陽明的《陳言
邊務疏》中的思想正是在研究了兵書之後，結合他對國家的政治經濟的瞭解
以及邊關事物的長期觀察思考之後的理論輸出結果。雖然他晚年反思說「當
時學問未透」，可見在他領兵平亂的過程中，對武事兵法更有體會。錢德洪在
《征宸濠反間遺事》中記錄了王陽明平宸濠之亂時的一段話：

劉邦采曰：「昔有問：『人能養得此心不動，即可與行師否？』
先生曰：『也須學過。此是對刀殺人事，豈意想可得？必須身習其事，
斯節制漸明，智慧漸周，方可信行天下；未有不履其事而能造其理
者，此後世格物之學所以爲謬也。孔子自謂軍旅之事未之學，此亦
不是謙言。但聖人得位行志，自有消變未形之道，不須用此。後世

〔註19〕 【明】王守仁，《王陽明全集》，上海古籍出版社，2011 年版，第 316 頁。
〔註20〕 【明】王守仁，《王陽明全集》，上海古籍出版社，2011 年版，第 1349 頁。
〔註21〕 【明】王守仁，《王陽明全集》，上海古籍出版社，2011 年版，第 1782 頁

論治，根源上全不講及，每事只在半中截做起，故犯手腳。若在根源上講求，豈有必事殺人而後安得人之理。某自征贛以來，朝廷使我日以殺人爲事，心豈割忍，但事勢至此。譬之既病之人，且須治其外邪，方可扶回元氣，病後施藥，猶勝立視其死故耳。〔註22〕

王陽明征討宸濠反兵時，已經經歷過多次的平亂蕩寇，此時的王陽明學術已成，武事也頗有經驗，對如何「屈人之兵」有更深刻的認識。對他來說，安人不必殺人，這是他心學思想在事上的運用。在數次戰役中，他靈活運用《武經》中的戰術思想，出其不意，攻其不備，而他在戰鬥檄文中，更是體現了攻心爲上的思想，即他說的不必殺人而後能安人，雖然是對敵寇，也儘量不動刀兵，減少殺戮。在《告諭浰頭巢賊》中他對賊寇動之以情：

夫人情之所共恥者，莫過於身被爲盜賊之名；人心之所共憤者，莫甚於身遭劫掠之苦。今使有人罵爾等爲盜，爾必怫然而怒。爾等豈可心惡其名而身蹈其實？又使有人焚爾室廬，劫爾財貨，掠爾妻女，爾必懷恨切骨，寧死必報。爾等以是加人，人其有不怨者乎？人同此心，爾寧獨不知；乃必欲爲此，其間想亦有不得已者，或是爲官府所迫，或是爲大戶所侵，一時錯起念頭，誤入其中，後遂不敢出。此等苦情，亦甚可憫。然亦皆由爾等悔悟不切。爾等當初去從賊時，乃是生人尋思路，尚且要去便去；今欲改行從善，乃是死人求生路，乃反不敢，何也？若爾等肯如當初去從賊時，拼死出來，求要改行從善，我官府豈有必要殺汝之理？爾等久習惡毒，忍於殺人，心多猜疑。豈知我上人之心，無故殺一雞犬，尚且不忍；況於人命關天，若輕易殺之，冥冥之中，斷有還報，殃禍及於子孫，何苦而必欲爲此。我每爲爾等思念及此，輒至於終夜不能安寢，亦無非欲爲爾等尋一生路。惟是爾等冥頑不化，然後不得已而興兵，此則非我殺之，乃天殺之也。今謂我全無殺爾之心，亦是誑爾；若謂我必欲殺爾，又非吾之本心。爾等今雖從惡，其始同是朝廷赤子；譬如一父母同生十子，八人爲善，二人背逆，要害八人；父母之心須除去二人，然後八人得以安生；均之爲子，父母之心何故必欲偏殺二子，不得已也；吾於爾等，亦正如此。若此二子者一旦悔惡遷善，號泣投誠，爲父母者亦必哀憫而收之。何者？不忍殺其子者，

〔註22〕 【明】王守仁，《王陽明全集》，上海古籍出版社，2011年版，第1632頁。

> 乃父母之本心也；今得遂其本心，何喜何幸如之；吾於爾等，亦正
> 如此。〔註23〕

王陽明對賊寇的勸降先從人之常情出發，將心比心，相信盜寇的好善之心並
沒有消失。他在《傳習錄》中也說到，小偷被人指出是小偷，也會羞愧。這
是每個人生來都有的良心，即使是惡人也不會全然泯滅。他在這裡從啟發盜
寇的「羞恥之心」入手，又換位思考，給他們落草為寇找外部理由，並不是
一味責怪，不管是出於真心還是策略，這都是非常有效的。他作為一個討賊
的官員，甚至說出賊寇可能是為官府所逼這樣的話，是具有了充分的同理心
才會說出的。先給盜寇找了外部的理由，給了他們從善的臺階下，然後再歸
責於他們的「悔悟不切」，最後再以「生路死路」的選擇給以震懾，以「父母
逆子」為比宣告不得已下會興兵剿匪做警告。這一番言說，有張有弛，既讓
盜寇認識到他們所做的事既為官府所不容，也非人情所能容，同時也讓他們
知道，即使是這樣他們仍然可以有選擇從善的機會，並且官府與民眾正如父
母和子女，縱然是逆子，從根源上也希望鼓勵他們從善。在後文中，他為盜
寇描述了「從寇」和「從良」兩種選擇之下生活的對比，勸告他們爭取做良
民，他說：

> 聞爾等辛苦為賊，所得苦亦不多，其間尚有衣食不充者。何不
> 以爾為賊之勤苦精力，而用之於耕農，運之於商賈，可以坐致饒富
> 而安享逸樂，放心縱意，游觀城市之中，優游田野之內。豈如今日，
> 擔驚受怕，出則畏官避讎，入則防誅懼剿，潛行遁迹，憂苦終身；
> 辛之身滅家破，妻子戮辱，亦有何好？爾等好自思量，若能聽吾言
> 改行從善，吾即視爾為良民，撫爾如赤子，更不追咎爾等既往之罪。
> 如葉芳、梅南春、王受、謝鉞輩，吾今只與良民一概看待，爾等豈
> 不聞知？爾等若習性已成，難更改動，亦由爾等任意為之；吾南調
> 兩廣之狼達，西調湖、湘之土兵，親率大軍圍爾巢穴，一年不盡至
> 於兩年，兩年不盡至於三年。爾之財力有限，吾之兵糧無窮，縱爾
> 等皆為有翼之虎，諒亦不能逃於天地之外。〔註24〕

前面一段是動之以情曉之以理，這一段則是嚴正警告，若是心存僥倖，負隅
頑抗，等待他們的只有大軍圍困，絕路而已。從正面勸導、反面警告，為之

〔註23〕 【明】王守仁，《王陽明全集》，上海古籍出版社，2011年版，第623頁。
〔註24〕 【明】王守仁，《王陽明全集》，上海古籍出版社，2011年版，第624頁。

分析兩方對抗起來盜寇的劣勢，並表達了必絕盜寇之決心。王陽明這一篇告諭文，言辭懇切，用淺顯的道理和對方容易接受的方式對盜寇進行勸降，沒有用深奧的理論，卻是鞭闢入裏，直攻人心。事實上也確實達到了效果，盧珂等盜寇首領率眾投降，並且願意誓死追隨報答。

　　王陽明的征戰公文數量眾多，錢德洪自述在整理初期常常刪繁，王陽明平時對弟子也鮮少言及征戰之事，但是後來重讀才發現，這些公移文書不止是作戰的檄文，也更是王陽明的致良知之活用。而我們後人在這些征戰文書中則不僅瞭解到當時的歷史和戰況，也感受到王陽明作為一個文人出身的武官，其體現在文書上的藝術魅力。

第二節　王陽明散文的美學追求

　　王陽明散文記錄了他一生征戰、為官和為學的過程，與其他的文人官員不同，他雖然也喜好遊山玩水，更數度表達要退隱山林的願望，但是在他的散文中，卻看不到我們常見的所謂文學性的散文。他的散文少有個人生活情趣的表達和描寫，更多的是因事發議論，外有抗爭政治黑暗、沖決程朱理學的樊籠，內有「致良知」的希望成聖成賢的本體性追求。因此，王陽明散文在散文史中呈現出一種不同的面貌。

一、言語平實，文必以心

　　王陽明的散文在語言上表現出平易、自然、不雕琢文字的特點，與一般的文人散文殊為不同。既沒有刻意的修辭手法，也沒有結構上巧心安排，而是代之以完全自然的「我手寫我心」的流暢表達。錢德洪評王陽明「立教皆經實踐，故所言懇篤」〔註25〕，在王陽明散文中也可以看出這一點。他這種創作風格可以從他對古代經籍的觀點中看出端倪：

> 《六經》者非他，吾心之常道也。故《易》也者，志吾心之陰陽消息者也；《書》也者，志吾心之綱紀政事者也；《詩》也者，志吾心之歌詠性情者也；《禮》也者，志吾心之條理節文者也；《樂》也者，志吾心之欣喜和平者也；《春秋》也者，志吾心之誠偽邪正者也。〔註26〕

〔註25〕　【明】王守仁，《王陽明全集》，上海古籍出版社，2011年版，第1358頁。
〔註26〕　【明】王守仁，《王陽明全集》，上海古籍出版社，2011年版，第284頁。

由此可見，在王陽明看來，《六經》中只有《詩》是歌詠性情的。一般來說，後世所謂詩文都是廣義上的「詩」，但是在王陽明的創作實踐中，幾乎的確只有在詩歌中才有明顯的性情的抒發，而他的散文創作更多的是「綱紀政事」、「條理節文」和「誠僞邪正」的內容，如果勉強要說性情的話，散文中更多的則是符合他學術思想的作爲心性之學的對象的「性理之情」。可以說，他的散文創作是記事、記史，敘事說理之中有言志，而其中的情感則爲內心最眞實的情感。出於他對於心性之學的體認，他的情感的抒發比起一般人更爲符合「發而中節」。因此在語言上更爲平實，以說理爲主，遍觀他的散文，對平民不居高臨下，對賊寇不負氣對抗，對朝廷不卑下軟弱，對後學不自以爲高，這樣的剛柔並濟的方式，使得他的散文呈現一種簡潔俊逸的風格。

王陽明與他的學生往來書信中，大多是討論學術問題。王陽明回信的方式多是舉來信中之問，他給予解答，這樣問答的方式親切自然，答疑解惑中既沒有訓教的姿態，也對學生的疑問有非常清晰又有針對性的解決。在學術問題之外，又有一種，平易親切，字裏行間懇切之情溢於言表。如《與辰中諸生》：

> 謫居兩年，無可與語者。歸途乃得諸友，何幸何幸！方以爲喜，又遽爾別去，極快快也。絕學之餘，求道者少；一齊眾楚，最易搖奪。自非豪傑，鮮有卓然不變者。諸友宜相砥礪夾持，務期有成。近世士夫亦有稍知求道者，皆因實德未成而先揭標榜，以來世俗之謗，是以往往隳墮無立，反爲斯道之梗。諸友宜以是爲鑒，刊落聲華，務於切己處著實用力。
>
> 前在寺中所云靜坐事，非欲坐禪入定。蓋因吾輩平日爲事物紛拏，未知爲己，欲以此補小學收放心一段工夫耳。明道云：「纔學便須知有著力處，既學便須知有著力處。」諸友宜於此處著力，方有進步，異時始有得力處也。「學要鞭辟近裏著己」、「君子之道闇然而日章」、「爲名與爲利，雖清濁不同，然其利心則一」、「謙受益」、「不求異於人，而求同於理」，此數語宜書之壁間，常目在之。舉業不患妨功，惟患奪志。只如前日所約，循循爲之，亦自兩無相礙。所謂知得灑掃應對，便是精義入神也。〔註27〕

文字雖短，卻包含了王陽明論學的諸多方面。第一段幾乎是一句一層意思：謫

〔註27〕【明】王守仁，《王陽明全集》，上海古籍出版社，2011 年版，第 162 頁。

居寂寥沒有同志可互相砥礪學習，現在遇到同道之人轉眼又要分別，表達了遺憾和不捨之情；有志於聖學的人少之又少，在糟糕的學術環境中很容易被影響，表達了擔憂之情；求道之人常有「實德未立而先揭標榜」的毛病，希望大家以此爲鑑互相提點，要從實處著手，表達了鞭策之情。他沒有給諸生講學術思想，而是作爲同道之人，在立志的問題上互相激勵，既是對眾人的期盼，也是自勉。

下一段對靜坐問題做出補充說明，對於這個問題，他在多個場合說明過。對他來說，靜坐本來是爲了糾偏，因爲外界紛擾太多，需要靜心守神，但是過猶不及，如果學道陷於靜坐枯思，最終也無所得，且在遇到事情時仍然是茫然無措。除此之外，他又舉程顥的數條語錄，希望眾人時時警醒自勵。說的還是立志。循循善誘，言淺意深。這樣看似說教卻又親切的文風，在王陽明散文中比比皆是。

徐愛是王陽明高足，在去參加科舉考試時，王陽明寫了一篇《示徐曰仁應試》，其中事無鉅細的叮囑，卻又暗含心性之學的文字，不教訓，不居高，說的是應試時的生活細節，讀來卻有激勵警醒的效果：

> 君子窮達，一聽於天，但既業舉子，便須入場，亦人事宜爾。若期在必得，以自窘辱，則大惑矣。入場之日，切勿以得失橫在胸中，令人氣餒志分，非徒無益，而又害之。場中作文，先須大開心目，見得題意大概了了，即放膽下筆；縱昧出處，詞氣亦條暢。今人入場，有志氣局促不舒展者，是得失之念爲之病也。夫心無二用，一念在得，一念在失，一念在文字，是三用矣，所事寧有成耶？只此便是執事不敬，便是人事有未盡處，雖或幸成，君子有所不貴也。將進場十日前，便須練習調養。蓋尋常不曾起早得慣，忽然當之，其日必精神恍惚，作文豈有佳思？須每日雞初鳴即起，盥櫛整衣端坐，抖擻精神，勿使昏惰。日日習之，臨期不自覺辛苦矣。今之調養者，多是厚食濃味，劇酣謔浪，或竟日僵臥。如此，是撓氣昏神，長傲而召疾也，豈攝養精神之謂哉！務須絕飲食，薄滋味，則氣自清；寡思慮，屏嗜欲，則精自明；定心氣，少眠睡，則神自澄。君子未有不如此而能致力於學問者，茲特以科場一事而言之耳。每日或倦甚思休，少僵即起，勿使昏睡。即晚即睡，勿使久坐。進場前兩日，即不得翻閱書史，雜亂心目。每日止可看文字一篇以自娛。若心勞氣耗，莫如勿看，務在怡神適趣。忽充然滾滾，若有所得，勿便氣輕意滿，益加含蓄醞釀，若江河之浸，泓衍氾濫，驟然決之，一瀉千里矣。每日閒坐時，眾方嚣然，

我獨淵默，中心融融，自有眞樂，蓋出乎塵垢之外而與造物者遊。非
吾子概嘗聞之，宜未足以與此也。〔註28〕

徐愛正德三年中進士，此文正是作於他此次赴試中舉之前。王陽明正德三年
在龍場悟道，開始講基於他心學理論的格物致知之學。這是他悟道前夕，可
以說在經歷了對程朱理學的落落難合和明瞭了釋道二氏的不足之後，雖然還
沒有龍場的契機讓他直接發論，但是此時他已經逐漸形成了自己的爲學修身
之道。在這篇對徐愛應試前夕的示訓中，可以看到他對於道之敷於事的看法。
文章全文如上，篇幅很短，其中大部分都是諄諄叮囑一些瑣碎的生活起居等
事項，但是中間「執事不敬」一句，正是他認爲的爲學爲道的過程中最要注
意的問題。最後一句「中心融融，自有眞樂，蓋出乎塵垢之外而與造物者遊」
正是對這一問題的根本性解決方案。他還沒有明確「致良知」學說，但是「中
心融融，自有眞樂」其中包含的心性之學正是他「致良知」的注解，就是他
所說的「雖勉習舉業，亦自無妨聖賢之學」〔註29〕。

二、內容誠正，以事發理

在王陽明的散文作品中，有一類是以事發理，從一般的事情講開去，最
終落腳在對於心性的修養上。在他的記、說一類散文中尤其多見。

《矯亭說》：

君子之行，順乎理而已，無所事乎矯。然有氣質之偏焉。偏於
柔者矯之以剛，然或失則傲；偏於慈者矯之以毅，然或失則刻；偏於
奢者矯之以儉，然或失則陋。凡矯而無節則過，過則復爲偏。故君子
之論學也，不曰「矯」而曰「克」。克以勝其私，私勝而理復，無過
不及矣。矯猶未免於意必也，意必亦私也。故克己則矯不必言，矯者
未必能盡於克己之道也。雖然，矯而當其可，亦克己之道矣。行其克
己之實，而矯以名焉，何傷乎！古之君子也，其取名也廉；後之君子，
實未至而名先之，故不曰「克」而曰「矯」，亦矯世之意也。

方君時舉以「矯」名亭，請予爲之說。〔註30〕

這是一篇非常典型的說理文。友人請王陽明爲一座以「矯」爲名的亭子寫一篇記，

〔註28〕 【明】王守仁，《王陽明全集》，上海古籍出版社，2011年版，第1003～1004頁。
〔註29〕 【明】王守仁，《王陽明全集》，上海古籍出版社，2011年版，第189頁。
〔註30〕 【明】王守仁，《王陽明全集》，上海古籍出版社，2011年版，第293頁。

他沒有從亭子的來源，亭子的命名者這些角度出發，命名者爲何以此爲名，他也並不在意，而是從他自己的觀點出發，分析這個亭名的涵義。事雖爲記亭，然而我們讀完通篇，則不妨說，他這是以事發理，就「矯」字闡述他自己對於這一概念的看法，與其說這是一篇記文，不如說這是一個關於「矯」字的命題作文。這篇文章雖然短，但是從首句開始就一直以辯證的手法闡釋觀點。他先說君子「順乎理而已，無所事乎矯」，儒家有中庸之道，有「四毋」（毋意、毋必、毋固、毋我）的儒學思想傳統，「矯」就犯了「意必」之過，因此他認爲，君子是順理而爲，如果著意如何，則爲「矯」，「矯」就不中庸，不自然。緊接著他補充到，氣質之偏又不得不待「矯」之而就正。但是「矯」這一行爲容易失其尺度，因此他說，在爲學上，常常以「克」代「矯」。「克」是克其不善則止，沒有過與不及之虞，「矯」有「意必」之嫌，因此於克己上則往往不及。以王陽明的觀點看，克己則涵蓋了「矯」的功用。因此到這裡爲止，用他常用的理論手段來說明的話，王陽明對「克」與「矯」的認識是「克」是徹上徹下工夫，「矯」是接引下根之人，一段小學。後面就反過來闡述「矯」又該如何正確地去迎合「道體」，他提出，「矯而當其可，亦克己之道矣」，就是說雖然「矯」是一個並不十分完滿的工夫論，但是如果有度有節，也是吻合了克己之道的。如果可以做到這樣，那麼即使名之爲「矯」，也沒有什麼妨害。他對於友人以「矯」字命名亭子，寄予了諷世的希望，希望文士君子們不要名不逮實。可以看到，即使是一篇對文人來說最簡單不過的事記，他也無法只當成是酬作來寫。「悟道」之後的王陽明，不僅在他個人心性上得到了根本性的完善，對於世道人心的責任感，也越發成爲他的重要事務。眞正是實踐了「明明德」和「親民」的「大學之道」儒學道統。

與《矯亭說》的寫法類似的還有《悔齋說》：

> 悔者，善之端也，誠之復也。君子悔以遷於善，小人悔以不敢肆其惡。惟聖人而後能無悔，無不善也，無不誠也。然君子之過，悔而弗改焉，又從而文焉，過將日入於惡，小人之惡，悔而益深巧焉，益憤謫焉，則惡極而不可解矣。故悔者，善惡之分也，誠僞之關也，吉凶之機也。君子不可以頻悔，小人則幸其悔而或不甚焉耳。
>
> 吾友崔伯樂氏以「悔」名其齋，非曰吾將悔而已矣，將以求無悔者也。故吾爲之說如是。〔註31〕

〔註31〕 【明】王守仁，《王陽明全集》，上海古籍出版社，2011 年版，第 1001～1002 頁。

與「矯」字不同，對「悔」字，王陽明的態度是認可的，認爲「悔」是善之端，誠之復，就是說，一個人不可能不出錯，而知「悔」就是從善和誠意的開始。然而對待悔意的處理方法，也決定了心性的走向，一個君子，如果因爲做了可悔之事，只知悔而不知改，進而開始爲此極盡掩飾，就是從善走向了惡，而一個小人，做了可悔之事之後越發去鑽研如何更巧譎，則是無法挽回的惡了。因此，「悔」這一字是站在善惡的分界線上，因此他認爲，與其去「悔」，不如在悔之前就用功，少做可悔之事。他說，只有聖人可以無悔，而聖人無悔的原因就在於「無不善」、「無不誠」，所以他提倡「君子不頻悔」，不頻悔的前提就是凡事求誠意正心，則無不善。他的結論是，以「悔」爲書齋之名，不在「悔」而在「求不悔」，這是不是書齋主人本來的訴求我們不得而之，但是王陽明這樣的以「六經注我」的闡釋方式則貫穿了他爲文的始終。

王陽明自立「良知」論以後，個人的學術就有了主腦，按他自己的話說是拔本塞源、徹上徹下之論，因此他在任何的說理之後，都可以歸結到這個主腦上來。他有一篇《惜陰說》：

> 同志之在安成者，間月爲會五日，謂之「惜陰」，其志篤矣。然五日之外，孰非惜陰時乎？離群而索居，志不能無少懈，故五日之會，所以相稽切焉耳。
>
> 嗚呼！天道之運，無一息之或停；吾心良知之運，亦無一息之或停。良知即天道，謂之「亦」，則猶二之矣。知良知之運無一息之或停者，則知惜陰矣。知惜陰者，則知致其良知矣。「子在川上曰：逝者如斯夫！不捨晝夜。」此其所以學如不及，至於發憤忘食也。堯舜兢兢業業，成湯日新又新，文王純亦不已，周公坐以待旦，惜陰之功，寧獨大禹爲然？子思曰：「戒慎乎其所不睹，恐懼乎其所不聞，知微之顯，可以入德矣。」或曰：雞鳴而起，孳孳爲利。凶人爲不善，亦惟日不足，然則小人亦可謂之惜陰乎？〔註32〕

王陽明的學生們按期聚會論學，將這樣的聚會雅稱爲「惜陰」。「惜陰」本是一個珍惜時間的問題，但是王陽明總有一番獨特的見解。他除了強調「惜陰」不能只在五日期會之時，更在於時時刻刻都不能懈怠之外，更從兩個層面闡述所謂「惜陰」的本質：一，惜陰的本質在於體認到良知即天道，沒有一刻

〔註32〕 【明】王守仁，《王陽明全集》，上海古籍出版社，2011 年版，第 298 頁。

是停止不運行的，因此惜陰就是時時刻刻體認良知。再直接一點說惜陰的本質就是時時刻刻「致其良知」；二，惜陰的前提在「立志」。他舉古代聖賢為例，孔子的川上之歎，堯舜禹湯、文王周公，無不是兢兢業業惜陰之人，然而他們的惜陰與小人每日起早貪黑的蠅營狗苟甚至密謀算計區別又在哪裏呢？王陽明以子思的「入德」之言說明了二者的差別，前者是戒慎恐懼，是為良知，惜陰是為入德；後者雞鳴早起，則是孳孳為利，是私欲，則不能算作是惜陰，因為它失卻了惜陰的本質。

對照他的「良知」之學看，上文所述都是他的「良知」本體論，而在他的散文作品中，也不乏對應工夫論的。比如《遠俗亭記》：

> 憲副毛公應奎，名其退食之所曰「遠俗」。陽明子為之記曰：
>
> 俗習與古道為消長。塵囂溷濁之既遠，則必高明清曠之是宅矣，此「遠俗」之所由名也。然公以提學為職，又兼理夫獄訟軍賦，則彼舉業辭章，俗儒之學也；簿書期會，俗吏之務也，二者皆公不免焉。舍所事而曰「吾以遠俗」，俗未遠而曠官之責近矣。君子之行也，不遠於微近纖曲，而盛德存焉，廣業著焉。是故誦其詩，讀其書，求古聖賢之心，以蓄其德而達諸用，則不遠於舉業辭章，而可以得古人之學，是遠俗也已。公以處之，明以決之，寬以居之，恕以行之，則不遠於簿書期會，而可以得古人之政，是遠俗也已。苟其心之凡鄙猥瑣，而徒閑散疏放之是託，以為「遠俗」，其如遠俗何哉！昔人有言：「事之無害於義者，從俗可也。」君子豈輕於絕俗哉？然必曰無害於義，則其從之也，為不苟矣。是故苟同於俗以為通者，固非君子之行，必遠於俗以求異者，尤非君子之心。〔註33〕

王陽明認為，毛憲副以公務之身求遠俗，一方面有曠官之責，另一方面也失卻了遠俗本身的意義。他解釋到，古聖賢之心，在於求德行之充滿而普遍應用於日常生活中，君子的行為，也不應該遠離所謂的世俗煩務，只要有「盛德存焉」，不管是舉業辭章，還是簿書期會，都可以得古人之心、得古人之政，則為遠俗。而如果不修心志，內心凡鄙猥瑣，只一味做意去追求閑散疏放，不止不能遠俗，卻是最大的俗。因此，不苟流俗不等同於遠塵絕俗，而是要堅持無害於義，如此則隨俗異俗，都是「遠俗」。這樣的觀念在他論學的過程中也屢有體現，他的學生問他怎麼才能靜心，他就提出「動亦是靜，靜亦是

〔註33〕【明】王守仁，《王陽明全集》，上海古籍出版社，2011年版，第983頁。

靜」，如果只一味去枯坐，不僅有枯弊之病，而且遇事就要顛倒。因此他強調在事上磨煉，以這篇文章中的毛憲副為例，他本身是公務人員，處理公務是他不可迴避的本職工作，而求形式上的「遠俗」則與這一本職相違背，他正是應該在這些俗務中去求取古聖賢之心，「蓄其德而達諸用」，才是真正的修養之道。

王陽明的四句教中有「知善知惡是良知」，在以上的文中都體現了他這個觀點，不管是「矯」還是「悔」、「惜陰」還是「遠俗」，都是良知在具體事務上發佈流行，王陽明從小角度切入，因事發理，最終都可以落腳在同一個本質問題上，這就是他認為的徹上徹下之理論。

第五章 王陽明的書法創作與美學追求

第一節　明代書法的文化環境

　　書法發展到明代初期，出現了所謂的「臺閣體」，與文學史上的「臺閣體」幾乎同時。「臺閣」主要是指當時代表文人最高地位所在的內閣與翰林院，又被稱爲「館閣」。「臺閣體」文學是指以明初的「三楊」（楊士奇、楊榮、楊溥）爲代表的文學創作風格，「三楊」作爲當時的館閣重臣，他們的詩文普遍表現官方意識形態。明代的官方意識形態還是由宋傳下來的程朱理學，因此他們的詩文追求中正典雅，多歌功頌德、粉飾太平，雖然常常內容貧乏，但是由於被統治者所提倡，因此上行下效，一時模仿成風。同時，因爲是迎合統治者的喜好，因此在內容上不可能深刻表現社會生活，而是多以官僚生活爲題材，尤以互相題贈、唱和之作爲多，或者是表現在太平盛世下的悠然自得的生活狀態和心態。而在書法界，雖然不能用內容來表現這種官方傾向，卻在書寫的法式以及審美選擇上體現出了同樣的趣味。

　　明成祖統治期間，朝廷設中書舍人一職，專門承接各種繕寫工作。朝廷廣招全國善於書法的能士，授「中書舍人」。他們的書法從體格和風貌都必須符合統治者的喜好，體現出鮮明的宮廷文化傾向。明初的「三宋」（宋璲、宋廣、宋克）、「二沈」（沈度、沈燦）、朱孔易（一說朱孔昜）就是其中的代表人物，尤以沈度最爲統治者所欣賞，被譽爲「我朝王羲之」，「度至翰林學士，文皇雅重之，令太子諸王咸習焉。燦遷左庶子，至大理少卿。《書述》稱二子『蜚耀墨林，昌辰高步，自任人推，皆謂絕景。大君宸譽，遂極褒華。抑在

一時，誠亦然耳。學士功力深篤，其所發越，十九在朝，亦有繩削之拘，非其全也。或有閒窗散筆，輒入妙品，人罕睹耳。棘寺正書傷媚，行草傷輕，因成偎浮，自遠大雅。危帽輕衫，少年毬鞠；又如豔質明妝，倩笑相對。」〔註1〕當時的統治者明成祖朱棣頗爲喜好書法，而在所有的善書之人裏，沈度的書法「獨稱上意」，因此宮廷中從太子諸王到內庭文官都學習他的書風，在有明一代的朝廷內部長盛不衰。但是從王世貞的評論中也可看出，內廷書法的臺閣體並不是沈度的全部，他也有「閒窗散筆」，在文士王世貞看來，審美價值更高，跟有「繩削之削」的臺閣體相比，可以「入妙品」。由此可見，臺閣體的產生是由於當時明朝統治者的審美訴求，與「臺閣體」文學一樣，要求四平八穩、端莊嚴整，以代表朝廷端莊雍容的氣度形象。強化書法的形態美，追求落落大方、方圓合矩，在用筆、用墨、結構、章法上要求中和平正，符合官方需求以及大眾化的審美，對於個性則不講求，甚至不允許太多發揮個性。

臺閣體到了成化、弘治兩朝開始衰微，一方面是臺閣體已經發展爲刻板僵化的字體，也再無沈度之類的名家出現，另一方面，以蘇州爲中心的江南文化圈的文人書法的書風大盛，他們以個性鮮明的文人書法代替了館閣官方的「臺閣體」。因爲主要活動範圍在吳地，因此又有稱「吳門派」。「吳門派」遍及書畫創作，吳寬、沈周、祝允明、文徵明、唐寅、王寵等均都因爲書畫創作各有特點而著稱於世。而專說書法創作，王世貞在《藝苑卮言》中評：「天下法書歸吾吳，而祝京兆允明爲最；文待詔徵明，王貢士寵次之。」〔註2〕他們重新返回古人，從晉唐的書法傳統中汲取營養，擺脫了臺閣體那種毫無個性四平八穩的寫法，但是在獨創性上並沒有太多突破。而眞正突出個體特質的明代書法，要到明代後期，隨著整個社會思潮突出個性解放，出現了以徐渭和董其昌爲代表人物的個性強烈的書法家。他們不僅摒棄臺閣體的四平八穩和面目模糊，也不滿於明中期的復古面貌，而強調主體性的抒發。詩文界有李贄、湯顯祖、三袁，書畫則有徐渭、董其昌。徐渭其書法正如其人，他性格奇崛，在書法中也往往表現出狂放不羈的個性，自謂書法第一、詩第二、文三、畫四。袁宏道在《徐文長傳》中評到：「文長喜作書，筆意奔放如其詩，蒼勁中姿媚躍出，在王雅宜、文徵仲之上，不論書法而論書神，誠八

〔註1〕崔爾平選編點校，《明清書論集》，上海辭書出版社，2011年版，第160頁。
〔註2〕崔爾平選編點校，《明清書論集》，上海辭書出版社，2011年版，第164頁。

法之散聖，字林之俠客也。」袁宏道認為他筆意奔放、蒼勁與姿媚並有，是書法家中的俠客，一方面說明徐渭是真正賦予個性、施展個性於書法，另一方面，也說明這種個性化的書法被時人所推崇讚賞。董其昌在明末清初被尊為書壇正統，在生前身後都產生了極大的影響，創造了秀逸、淡遠的書風，他對自己的書法自述道：「余性好書，而懶矜莊，鮮寫至成篇者。雖無日不執筆，皆縱橫斷續，無倫次語耳。偶以冊置案頭，遂時為作各體，且多錄古人雅致語。覺向來肆意，殊非『用敬』之道，然余不好書名，故書中稍有淡意，此亦自知之。」又說「吾書無所不臨仿。最得意在小楷書，而懶於拈筆，但以行草行世。亦都非作意書，第率爾酬應耳。若使當其合處，便不能追蹤晉、宋，斷不在唐人後乘也。」〔註3〕這段自述不僅是董其昌的自我認知，也是當時的文化氛圍的側面反映。程顥說自己寫書法「甚敬」，因為「只此是學」，董其昌言下雖然看似自愧於前人「用敬」之道，事實上確實表達不贊成用敬，而是要隨性，因此雖然總不能成篇，不過是肆意寫來，但正是隨意寫來的書法中的「淡意」，才是自己的真正所得，書法與書寫者要心手相得，才是他真正的實踐美學。因此對於即使自認為不在唐人之後可追慕晉宋的小楷書，他也絕不肯「作意」去寫。所謂的「第率爾酬應」，是他所謂不「作意」的謙辭。

　　明代書壇書風的變革，事實上與整個有明一代的文化思潮是緊密關聯的。作為心學家的王陽明，在思想上承上啟下，從程朱理學為官學的大環境下，闢出一條蹊徑，和他的學術和武功比起來，他的書法影響似乎不為大，但是正是作為變革中的一份子，以及他自身心學思想的實踐面，王陽明的書法也並非無需關注。

第二節　明代書法批評及王陽明書法地位

　　書法史上有言晉人尚韻、唐人尚法、宋人尚意、明人尚態。所謂「尚態」，就是在書法的形態美上有所追求。書法有用筆、結構、章法，而重視形態美，就是要在結構和章法多有著力。楊慎《書品·筆法字學》中說道：

　　　筆法臨摹古帖也，字學考究篆意也。筆法與字學本一途而分
　　歧，晉、唐以來，妙於筆法而不通字學者多矣。〔註4〕

〔註3〕崔爾平選編點校，《明清書論集》，上海辭書出版社，2011年版，第255頁。
〔註4〕崔爾平選編點校，《明清書論集》，上海辭書出版社，2011年版，第72頁。

楊愼認爲，筆法與字學本不可偏廢，而晉唐以來過於忽略字學了。這是在針對傳統，強調要重視字學。字學，就是字的擺佈結構，重視字學，就是重視書法呈現出來的字的形態。在技法上討論字學的重要性，這在有明一代並不少見。李淳有《大字結構八十四法》，他提出「運筆之法，近得頗熟，結構之道，實有未明。」〔註 5〕他的《大字結構八十四法》甚至上交朝廷以作爲典範推廣，就是說，對於字法的強調，不單是他本人的書法思想，也是當時整個社會的趨勢所在。他提出字法結構的八十四法，就是總結了字的八十四種排布方式，這種排布方式一方面體現當時書法的審美特徵，另一方面也說明，字寫出來的形態如何已經是那個時期普遍關注的問題了。李淳是復古派李東陽的父親，李東陽本人也擅長書法，篆、隸、楷、行、草書都各有所長，篆隸的造詣尤高，大概與其父在字法上的強調不無關係，既受影響，也受益於此。

與書法技藝上的強調字法對應的，是在形而上意義上重視書法之後的心性。孟子說「知人論世」，這在明代書法尤其是陽明心學盛起後，也有照應。在技巧之外，重視意在筆先，並不是明代才有。衛夫人就有「意在筆前者勝，意在筆後者敗」。楊愼《墨池瑣錄》中提出：「書法唯風韻難及。唐人書多粗糙，晉人書雖非名法之家，亦自奕奕有一種風流蘊藉之氣。緣當時人物，以清簡相尙虛曠爲懷，修容髮語，以韻相勝，落華散藻，自然可觀。可以精神解領，不可以言語求覓也。」〔註 6〕衛夫人的意在筆先，後人包括明人也多有提及。而楊愼講「風韻難及」，說的就不只是「意」了，是比「意」更爲寬泛、整個書寫者的氣質、風骨，上面這段話，就是指晉代的整體的「風流蘊藉之氣」。以人論書，以書見人，在書法評論史上屢見不鮮。而把心性之學徹底融入書法寫作實踐中，大概明代更爲顯著。明代大儒方孝孺說書法：「古人常使意勝於法，後世常使法勝於意，此書雖六藝之一，大儒未嘗不留心。」〔註 7〕他此處所說意與衛夫人所說的「意」內涵上並不完全一致，區別在於他說「大儒未嘗不留心」。意與法本來是書法家的範疇，與大儒又有何關係呢，說「大儒未嘗不留心」的潛臺詞就是說書法的「意」與「法」之先後，與儒學精神有相通之處。

把書法與儒學精神相關聯的最著名的例子要數程顥。作爲程朱理學的宗

〔註 5〕 崔爾平選編點校，《明清書論集》，上海辭書出版社，2011 年版，第 87 頁。
〔註 6〕 崔爾平選編點校，《明清書論集》，上海辭書出版社，2011 年版，第 61 頁。
〔註 7〕 崔爾平選編點校，《明清書論集》，上海辭書出版社，2011 年版，第 69 頁。

師，他說：「吾作字甚敬。非是要字好，只此是學。」這可以說是最好的借題發揮。寫字不是爲了要字好，而是作爲做學問的工夫。程顥做學問強調「主敬」，在寫書法時也貫穿了這個理念。可以說，書法，在理學家程顥那裡，是體驗「理」的事事物物之一。書法作爲文藝形式之一，在理學家那裡沒有獨立的本體。因此，技巧性更不值一提了，與文以載道一樣，書也可以載道，不僅書寫內容不可隨意，書寫這個動作本身也不能違背「理」。方孝孺說「書雖六藝之一，大儒未嘗不留心」，從兩個方面表現了他對於書法的見解：一是，書法只是六藝之一，本與儒學之作聖之道相距甚遠。二是，之所以大儒未嘗不留心，是因爲書寫本身還可以作爲爲學工夫來修煉心志。

　　明代持此論甚篤的要數項穆。項穆著有《書法雅言》，在首篇《書統》中就提出「學術經綸，皆由心起，其心不正，所動悉邪。宣聖作《春秋》，子輿距楊、墨，懼道將日衰也，其言豈得已哉。柳公權曰：『心正則筆正』。余則曰：人正則書正。取捨諸篇不無商、韓之刻，心相等論實同孔、孟之思。《六經》非心學乎？傳經非六書乎？正書法，所以正人心也；正人心，所以闡聖道也。」〔註 8〕這段話對比「意在筆先」、「意勝於法」，則更爲徹底地把心性放在書法創作和鑒賞的最首要的位置。換句話說，從書法的書寫到書法的品鑒，筆法、字法、章法都要排在心法之後。另一方面，他也認爲，正書法也可以正人心。書法與人心既是一種互證關係，也可以相互影響。這就把書法從技藝提升到了倫理學的高度，有詩教，有樂教，在項穆這裡，也可以說，有書教。

　　他進而闡釋了「心」與「筆」在書法創作中的關係問題。《書法雅言·心相》：「心爲人之帥，心正則人正矣。筆爲書之充，筆正則事正矣。人由心正，書由筆正，即《詩》云『思無邪』，《禮》云『毋不敬』，書法大旨，一語括之矣。……故欲正其書者，先正其筆，欲正其筆者，先正其心。若所謂誠意者，即以此心端己澄神，勿虛勿二也。致知者，即以此心審其得失，明乎取捨也。格物者，即以此心，博習精察，不自專用也。正心之外，豈更有說哉。……夫經卦皆『心畫』也，書法乃傳心也。」〔註 9〕他借鑒了《大學》誠意正心的說法，在書法中，首要是正心。如何正，就是通過誠意、致知、格物，他從書法的角度賦予了格致誠正新的內涵，或者說，將格致誠正的外延擴充到書法中。

　　項穆對於書法中的心性的強調可以說是王陽明在藝術領域的同志與知音

〔註 8〕 崔爾平選編點校，《明清書論集》，上海辭書出版社，2011 年版，第 270 頁。
〔註 9〕 崔爾平選編點校，《明清書論集》，上海辭書出版社，2011 年版，第 283 頁。

了。王陽明認爲「心外無理」、「心外無物」，所以具體到像寫書法這樣的實踐活動上也自然是從心而行就可以，而不應該費心排布，在形態上追求過甚。王世貞《藝苑卮言》:「王文成守仁，行筆亦爽勁，而結構處甚疏。」〔註 10〕王世貞做出這樣的判斷，一方面從批評的角度證明了王陽明書法的取向的確是在形式美上不多費心，另一方面，也可以看出明代初到中期講究結構、追求形態美的普遍書風對一般書評的影響。

明詹景鳳對書學深有研究，所著《書旨》中將王守仁列爲意致不凡、體格頗具，但未能成家的書者之一。〔註 11〕詹景鳳認爲，書法作爲技藝之一，雖然是「曲工小技」，但是古代的君子能人，即使對待這樣的末技，也是「無所苟」的，「罔不致其極」，正是因爲這樣的態度，才能創造出讓後世追慕景仰的藝術高度。他強調應「字字有法」，同時又能「信手拈來皆合」，字字有法是「常」，信手拈來皆合是「變」，他提出「不知常，焉知變」。他的書學思想建立在「法則」之上，他認爲，如果法則不立，個人的才氣再高只會壞了書法。他舉例說:

> 祝希哲草書時有過當處，亦時有虧少處，便與天然應爾違遠。
>
> 此由精深未極，法與我未合於一，故才氣時得奸之。〔註 12〕

祝允明（字希哲）是明代著名書法家，與徐禎卿、唐寅、文徵明號稱「吳中四才子「，草書尤其聲名甚高。詹景鳳認爲他也仍然有過當之處，就是因爲在基礎的字法上沒有做到「致其極」，因此即使有天授之才，終究因爲學之未精，而不能完全發揮才氣。他批判了那種不講求法則規矩的書學思想，他說:

> 今人不及古人，而高談欺世，乃曰吾道在心，《六經》猶贅也，
>
> 以此號於人曰:作字欲好，即爲放心。趨簡安陋者靡然從之，是蒼籀
>
> 上世道已喪矣。故曰齊匠之斫輪，綿駒之擲篇，先王之道有在於是。
>
> 矧夫進於六藝，流於君子，宜無苟也。苟於物，必將苟於道。〔註 13〕

詹景鳳將寫字和爲學、進道看成是一體異面，這事實上也承接了明道的「只此是道」的思想，但是他進一步認爲，書法的意義不止在體現「道」，作爲六藝之一，它雖然是「物」，本身也是有意義的，書法在法則上不可盡棄古人的矩矱，王羲之之後千百年，竟無人再可與之比肩，與有才之人不再遵循書之法度不無關係。

〔註 10〕 崔爾平選編點校，《明清書論集》，上海辭書出版社，2011 年版，第 162 頁。
〔註 11〕 崔爾平選編點校，《明清書論集》，上海辭書出版社，2011 年版，第 192 頁。
〔註 12〕 崔爾平選編點校，《明清書論集》，上海辭書出版社，2011 年版，第 179 頁。
〔註 13〕 崔爾平選編點校，《明清書論集》，上海辭書出版社，2011 年版，第 183 頁。

因此，他對那種隨意書寫並宣稱是「吾道在心」的做法甚爲不滿，認爲，如果書法上可以隨意，那麼對於「道」，也必然是隨意。事實上，詹景鳳這種觀念與王陽明的體用一源是有相通之處的，王陽明書論正是在這個基礎上生發出來。

第三節　書是心之理——王陽明書論

　　與詩歌散文一樣，王陽明對於書法沒有專門的論著，但在他的詩文和書札中，可以看到他書法的某些論述。作爲兼而爲文人武將的王陽明，在日常生活中必然有很多用到書法的時候，或怡情養性或張榜布告，但是他對於這一藝術實踐活動卻鮮少專門去討論，這跟他心學家的思想不能說沒有關係。

　　他在給父親的《上大人書》中對於家中子弟的學習有這樣的交代：「守文、守章，亦宜爲擇道德之師，文字且不必作，只涵詠講明爲要。」〔註14〕對於藝術實踐的強調又使得他少有專門的議論，《傳習錄》載他對學生來信中「學問思辨行」的疑問的回答：「夫『學問思辨行』皆所以爲學，未有學而不行者也。如言學孝，則必服勞奉養，躬行孝道，然後謂之學，豈徒懸空口耳講說，而遂可以謂之學孝乎？學射則必張弓挾矢，引滿中的；學書則必伸紙執筆，操觚染翰；盡天下之學無有不行而可以言學者，則學之始固已即是行矣。」〔註15〕知行合一論貫穿了王陽明所有的思想，自然也包括對於書法的觀念。又說：「藝者，義也，理之所宜者也，如誦詩、讀書、彈琴、習射之類，皆所以調習此心，使之熟於道也。」〔註16〕王陽明論藝，無不是落腳於道。知與行，體與用，在王陽明那裡是討論「事」與「物」時的兩個層面。比如前文提到的「學射」，知行層面上的討論則是「學射則必張弓挾矢，引滿中的」；而在《觀德亭記》中，則是討論了體用層面上的意義：「古者射以觀德」，「君子之於射，以存其心也」，射箭作爲技藝之一，本質意義上是仁人君子的「存心」之行爲，在王陽明看來，射箭也是「心」學。因此，「心」以爲體，「射」以爲用，因此說，射以觀德。這是典型的王陽明式的心學思路。

　　對於學問之外的技藝，王陽明的觀點是：「琴、瑟、簡編，學者不可無。蓋有業以居之，心就不放。」〔註17〕事實上，這就是王陽明在心學基礎上的

〔註14〕　【明】王守仁，《王陽明全集》，上海古籍出版社，2011年版，第1334頁。
〔註15〕　【明】王守仁，《王陽明全集》，上海古籍出版社，2011年版，第51頁。
〔註16〕　【明】王守仁，《王陽明全集》，上海古籍出版社，2011年版，第113頁。
〔註17〕　【明】王守仁，《王陽明全集》，上海古籍出版社，2011年版，第129頁。

「志道據德」、「依仁遊藝」，不管是藝術還是文學，做學問之餘都不可缺少，因爲怡情養性，文學藝術是最好的方式，只要「不放心」，就是說，不要因爲沉溺於藝術本身而讓心性有所放逐馳騁。他沒有具體闡釋「有業以居之」是什麼，但是綜觀他的心學思想，也可以推斷，「致良知」、「集義」就是他所認爲可以保證在從事藝術活動時可以「不放心」的來源。他認爲，「詩、書、六藝皆是天理之發見，文字都包在其中。考之詩、書、六藝，皆所以學存此天理也。」〔註18〕由此可見，他不僅強調藝術實踐活動中的心體的「不放」，同時對於藝術實踐對象──詩書六藝本身，也闡釋爲是「天理之發見」。

對藝術活動中的「道」與「技」的主次輕重關係，他說「是故專於道，斯謂之專；精於道，斯謂之精。專於弈而不專於道，其專溺也；精於文詞而不精於道，其精僻也。夫道廣矣大矣，文詞技能於是乎出，而以文詞技能爲者，去道遠矣。」〔註19〕對他來說，道先技後，這是個根本的問題，「技進乎道」是本末倒置和隨意的，這也說明了王陽明的心學藝術觀與「齊匠斲輪」式的道家藝術觀的差別。

以王學的思想來說，學詩書六藝是「事」，詩書六藝是「物」，看起來王陽明對於藝術活動的整體把握，都在於「存此天理」，而對藝術的「藝術性」不加重視，但是仔細考究，他對於藝術性的追求並不是毫不在意的。以書法爲例。對於王陽明習書法一事，大概只有《年譜》中記載的一段文字可以爲證：

> 官署中蓄紙數簏，先生日取學書，比歸，數簏皆空，書法大進。
> 先生嘗示學者曰：「吾始學書，對模古貼，止得字形。後舉筆不輕落紙，凝思靜慮，擬形於心，久之始通其法。既後讀明道先生書曰：『吾作字甚敬，非是要字好，只此是學。』既非要字好，又何學也？乃知古人隨時隨事只在心上學，此心精明，字好亦在其中矣。」後與學者論格物，多舉此爲證。〔註20〕

王陽明的這個習字過程，前半截與庭前格竹如出一轍，對於所要研究的對象的完全投入，是格物的基礎。重點在於後半截，從「止得字形」到「始通其法」，這其中的轉變才是他所要強調的東西。書法的形神在他那裡是分開的，形是學古人，神則是自己心性的投射。將書法看作是心性之學並不自王陽明

〔註18〕 【明】王守仁，《王陽明全集》，上海古籍出版社，2011年版，第134頁。
〔註19〕 【明】王守仁，《王陽明全集》，上海古籍出版社，2011年版，第255頁。
〔註20〕 【明】王守仁，《王陽明全集》，上海古籍出版社，2011年版，第1347頁。

開始，歷代書論一向有「心正則筆正」的觀念，有明一代的書論更是如此。
而把書法的習練，與為學證道牽掛在一起的，有明一代也不乏其人。

王紱《論書》說：「『心正則筆正』，筆正乃可法；心為本，而筆乃末矣。」
又說「君子之學，以化工為師，以窮神為務，以正心誠意為始事焉。……當
其一無所為，惺然不容昧，凜乎不敢越，內有以存，而外有以止，與妄者日
遠，與真者日親，一念之起，足勝百邪，一紙之書，足垂千古。」〔註21〕他
認為，「心正則筆正」的傳統書論，一個層面上是說「心正」對書法的影響；
另一方面，在二者的主次關係上，是「心為本」，「筆為末」。王紱是元末明初
的書畫家，因此他的書論中也可以看出畫論的影響，「以化工為師，以窮神為
務」正是典型的中國畫論基調。

對於具體的書寫實踐，他引唐太宗《筆法訣》說：「夫欲書之時，當收視
反聽，絕慮凝神。心正氣和，則契於玄妙；心神不正，字則欹斜；志氣不和，
書亦顛覆。其道同魯廟之器，虛則欹，滿則覆，中則正。正者，沖和之謂也。」
〔註22〕與其他書論重於筆法意法等具體的藝術追求不同，這段話強調了具體
的書法實踐之外的「心」「氣」的重要性。對這種心性的強調，與王陽明的思
想有一定的呼應。上文提到，王陽明自述在潛心臨摹之後，尋求突破「止得
其形」的局限，在書寫之前先「凝思靜慮」，就是說在書法實踐之前，對心性
先有自己的把握，對他來說，這一做法對於書寫本身，並不是不重要的，甚
至是決定性的，因此，他自述道「始通其法」。「凝思靜慮」作為一種虛擬的
精神活動，卻對實踐本身造成了本質性的影響，這與王陽明所要闡明的思想
觀念有關。理解這種「凝思靜慮」，不能單單從「虛靜」的角度去理解，而要
看他後面的話：「隨時隨事只在心上學，此心精明，字好亦在其中矣。」雖然
他沒有詳細闡釋，但是「只在心上學」、「此心精明」，遠遠超出了「虛靜」的
闡釋範圍。書論傳統中的「心正則筆正」，王陽明也並沒有超出這五個字，但
是在何為「心正」這一點上，他做出了他作為心學家獨特的理解。唐太宗的
《筆法訣》中也提到「絕慮凝神」。「心正氣和」，對於心神中正的強調，與王
陽明是有相通之處的。但是《筆法訣》的心正還是在為了追求書法實踐結果
（「字好」）的基礎上，心正是為了筆正，是為了寫出來的書法達到想要的效
果。而王陽明明明白白地贊同明道說的「非要字好」，與其說凝神靜慮的心性

〔註21〕崔爾平選編點校，《明清書論集》，上海辭書出版社，2011年版，第30～32頁。
〔註22〕崔爾平選編點校，《明清書論集》，上海辭書出版社，2011年版，第27～28頁。

之學是書法的基礎，不如說王陽明從「止得字形」跳脫出來可以「始通其法」
的關鍵就在於，他把書法從藝術實踐活動變成了倫理實踐活動。這樣的轉化，
在王陽明的學術生涯中比比皆是，或者對他來說，所有的藝術活動，都是心
學倫理在藝術範圍內的具體實踐。

與唐太宗的《筆法訣》比起來，王紱在《論書》中自己的闡述，似乎更
接近王陽明。他說的「內有以存」，「外有以止」，與書法、書寫已經並無緊密
聯繫，而是一種修養論，「與妄者日遠，與真者日親」，說的正是廣泛理學思
想中的格致誠正，「一念之起，足勝百邪，一紙之書，足垂千古」，與王陽明
的「字好亦在其中矣」的含義上有近似之處。王紱生活在元末明初，當時心
學尚未達到鼎盛，而他把「一念」的意義在書法這樣的藝術活動中提升到這
麼重要的位置，不得不說是獨樹一幟的。他說，「彼工一藝以求其神，尚如是，
而況學道者乎！」〔註 23〕上文也提到，他把書法也放在君子之學之列進行討
論，又從學藝進而到學道，由此可見，對於書法體「道」的思考，在王紱那
裡是自然的結果。如果說王陽明是從「藝」過渡到「道」，那麼王紱至少是藝
道並重的。

對於心性的強調，往往與書法的評價相關聯。何良俊《四友齋書論》中
說：「『心正則筆正』者，非獨諷諫，理固然也。世之小人，字雖工而其神情
終有睢盱側媚之態，不知人情隨想而見，如韓子所謂竊斧者乎？抑真爾也！
然至使人見其書而猶憎之，則其人可知矣。」對於「心正則筆正」，書家都有
自己的闡釋。何良俊撇開技術層面，即字好與不好不是評價書法高下的標準。
如果是小人，即使在技法上達到了「工」，但是因為其心不正，因此見「字」
如見人，甚至到了即使寫得很漂亮也還是叫人厭憎的地步。這是把「筆正」
界定為書法中的「神」，這種「神」不止是書法風格上的評價，也是通過書法
進行了對書法者的人物品評。雖然並沒有直接談及心性，但是這段話卻是對
書法的心性之學的有力支持。

費瀛著《大書長語》，開篇即為《正心》，他論「書為心畫」說：「大書筆筆
從心畫出，必端人雅士，胸次光瑩，膽壯氣完，肆筆而書，自然莊重溫雅，為世
所珍。故學書自作人始，作人自正心始。未有心不正而能工書者，即工，隨紙墨
渝滅耳。」〔註24〕《大書長語》作為書論，首篇沒有從縱向的書統開始，也沒有

〔註23〕 崔爾平選編點校，《明清書論集》，上海辭書出版社，2011 年版，第 31 頁。
〔註24〕 崔爾平選編點校，《明清書論集》，上海辭書出版社，2011 年版，第 197 頁。

從橫向的字法開始，而是說「正心」，第二篇《識字》才切入正題，這種先立意的寫法可以看出，對於書法，費瀛的觀念是心在字先。他說「天下義理歸文字，文字歸六書」，因此，在他看來，由書到文，都是承載「天下義理」的，那麼他的書論著作首以《正心》也就可以理解了。「胸次光瑩」正是王陽明說的「此心精明」，而費瀛對於書法在技法層面上的觀點也和何良俊類似，對於心不正而書法技巧上有所能的人，他寫出來的書法，不會爲世人所愛，也不會流傳下去。可以說，人物心性的考量在書法評價中的地位，是孟子「知人論世」的儒家思想在書論中的應用，費瀛如此總結道：「蘇文忠公論字，必稽其人之生平，有以也，嗚呼！寧獨書也與哉！」〔註25〕與畫家不同，古代文人中少有專業書法家。書法作爲文字的承載體，是古代十人必須具備的技藝之一。文字又是思想的承載體，因此在追求的書法的極致中不可避免受到連鎖反應式的影響。「寫什麼」和「怎麼寫」、過程與結果、心性與筆法，在整個書寫過程中都變成不可分割的兩面。費瀛正是體現了這種觀念，以字觀人，以人論字，書法在他這裡並不是獨立的一門藝術。首篇《正心》與第四篇《心悟》的內容合起來正是王陽明的書寫之法。

對心性最直接的闡述有項穆《書法雅言》的《心相》篇，這篇文字專以心性爲討論議題，探討書寫者的心性對於書法的意義。他認爲書有書之心，有書之相：

蓋聞德性根心，睟盎生色，得心應手，書亦云然。人品既殊，性情各異，筆勢所運，邪正自形。書之心，主張布算，想像化裁，意在筆端，未形之相也。書之相，旋折進退，威儀神彩，筆隨意發，既形之心也。……所謂有諸中，必形諸外，觀其相，可識其心。柳公權曰：心正則筆正。余今曰：人正則書正。心爲人之帥，心正則人正矣。筆爲書之充，筆正則事正矣。人由心正，書由筆正，即《詩》云『思無邪』，《禮》云『毋不敬』，書法大旨，一語括之矣。……故欲正其書者，先正其筆，欲正其筆者，先正其心。若所謂誠意者，即以此心端己澄神，勿虛勿貳也。致知者，即以此心審其得失，明乎取捨也。格物者，即以此心，博習精察，不自專用也。正心之外，其更有說哉。由此篤行至於深造，自然秉筆思生，臨池志逸，新中更新妙之益妙，非惟不奇而自奇，抑亦己正而物正矣。夫經卦皆『心畫』也，書法乃傳心也。〔註26〕

〔註25〕崔爾平選編點校，《明清書論集》，上海辭書出版社，2011 年版，第 198 頁。
〔註26〕崔爾平選編點校，《明清書論集》，上海辭書出版社，2011 年版，第 282 頁。

這段心性的闡述直接把書法定爲「傳心」，與王陽明所說「只在心上學」不謀而合。

王陽明所存文字中，直接提及書法創作及理論的文字並不多，但是在他的詩作中，卻可以看出他對於書法的態度。以下摘錄幾首涉及書法活動的王詩：

古洞春寒客到稀，綠苔荒徑草霏霏。書懸絕壁留僧偈，花發層蘿繡佛衣。壺榼遠從童冠集，仗藜隨處宦情微。石門遙鎖陽明鶴，應笑山人久不歸。(《來仙洞》)

漾水西頭泗洲寺，經過轉眼又三年。老僧熟認直呼姓，笑我清臞只似前。每有客來看宿處，詩留佛壁作燈傳。開軒掃榻還相慰，慚愧維摩世外緣。(《泗洲寺》)

碧山道士曾相約，歸路還來宿武雲。月滿仙臺依鶴侶，書留蒼壁看鵝群。春岩多雨林芳淡，暗水穿花石溜分。奔走連年家尚遠，空餘魂夢到柴門。(《再經武雲觀書林玉璣道士壁》)

每逢山水地，便有卜居心。終歲風塵裏，何年滄海潯？洞寒泉滴細，花暝石房深。青壁須留姓，他時好共尋。(《寄隱岩》)

中丞不解了公事，到處看山復尋寺。尚爲妻孥守俸錢，至今未得休官去。三月開花兩度來，寺僧倦客門未開。山靈似嫌俗士駕，溪風攔路吹人回。君不見富貴中人如中酒，折腰解醒須五斗？未妨適意山水間，浮名於我亦何有！(《重遊開先寺戲題壁》)

細雨初晴蟻蜓飛，小亭花竹晚涼微。後期客到停杯久，遠道春來得信稀。翰墨多憑消旅況，道心無賴入禪機。何時喜遂風泉賞，甘作山中一白衣？(《與胡少參小集》)

雖然只寥寥數詩，但也可以看出，王陽明偏愛題字於寺廟道觀之壁，與他對出世生活的嚮往之情是相關的。寺廟道觀隱於山水之間，王陽明又自道有山水之癖，山水遠塵世、道佛遠俗情，對王陽明來說，正是可以適意自在，這時候的興來題壁，就是自然而然的了。

《補錄》裏記載王陽明特意爲之的一次書法行爲：

在贛州親筆書周子《太極圖》即《通書》「聖可學乎」一段，末云：「按濂溪自注『主靜』，云『無欲故靜』，而於《通書》云：『無欲則靜虛動直』，是主靜之説，實兼動靜。『定之以中正仁義』，即所

謂『太極』，而『主靜』者，即所謂『無極』矣。舊注或非濂溪本意，故特表而出之。後學餘姚王守仁書。」〔註27〕

清阮葵生《茶餘客話》也記載了一條《陽明先生題于忠肅祠一聯記事》：

王文成少時題于忠肅祠一聯云：「赤手挽銀河，公自大名垂宇宙；青山埋白骨，我來何處弔英賢。」書法遒逸，杭人傳爲文成眞筆。文成父海日先生晚年偶書堂聯云：「看兒曹整頓乾坤，任老子婆娑風月。」〔註28〕

這兩則記事，可以看到，王陽明對於題字寫書一事，並不是書齋中文人的閑暇趣味，而是對於心性有所抒發的自然表露，無論是讀聖賢書有所觸動，還是對歷史有所感悟，都是他從心出發、追求眞理和成聖成賢的人生態度之下的藝術實踐。

〔註27〕【明】王守仁，《王陽明全集》，上海古籍出版社，2011年版，第1305頁。
〔註28〕【明】王守仁，《王陽明全集》，上海古籍出版社，2011年版，第1344頁。

第六章 陽明美學發展對文論及創作影響

第一節 陽明後學的美學觀

王陽明晚年有四句教的提法:「無善無惡心之體,無善無惡意之動。知善知惡是良知,為善去惡是格物。」這個提法不止是王陽明晚年的自我學術總結,也是王陽明的後學日後發展成兩個重要的方向的依據:

> 丁亥年九月,先生起復征思、田。將命行時,德洪與汝中論學。汝中舉先生教言曰:「無善無惡是心之體,有善有惡是意之動,知善知惡是良知,為善去惡是格物。」德洪曰:「此意如何?」汝中曰:「此恐未是究竟話頭。若說心體是無善無惡,意亦是無善無惡的意,知亦是無善無惡的知,物是無善無惡的物矣。若說意有善惡,畢竟心體還有善惡在。」德洪曰:「心體是天命之性,原是無善無惡的。但人有習心,意念上見有善惡在,格、致、誠、正、修,此正是復那性體工夫。若原無善惡,工夫亦不消說矣。」是夕侍坐天泉橋,各舉請正。先生曰:「我今將行,正要你們來講破此意。二君之見正好相資為用,不可各執一邊。我這裡接人原有此二種:利根之人,直從本源上悟入。人心本體原是明瑩無滯的,原是個未發之中。利根之人一悟本體,即是工夫,人己內外,一齊俱透了。其次不免有習心在,本體受蔽,故且教在意念上實落為善去惡。工夫熟後,渣

> 滓去得盡時，本體亦明盡了。汝中之見，是我這裡接利根之人的；
> 德洪之見，是我這裡爲其次立法的。二君相取爲用，則中人上下皆
> 可引入於道。若各執一邊，眼前便有失人，便於道體各有未盡。」
> 〔註 1〕

這就是心學史上著名的天泉證道。王陽明的弟子錢德洪、王畿對他的四句教進行了爭辯，二人切入點不同，因此對這四句話的理解也各有所執。學術上簡稱之爲「四有四無」。王陽明在四句教中包含了本體與工夫兩個方面。本體就是指心之本體，工夫則是說要恢復心之本體的具體實踐和過程。王陽明工夫具體地指就是「格物」，就是在意念上要爲善去惡。錢德洪、王畿對四句教進行爭辯，前者論四有，後者論四無，「四無之說爲上根人立教，四有之說爲中根以下人立教。上根者，即本體便是工夫，頓悟之學也。中根以下者，須用爲善去惡工夫以漸復其本體也。」〔註 2〕王陽明認爲，四無接引利根之人，而四有是爲一般人立法的。對四有、四無進行了分別的肯定，這也開啓了王學後來的變化。四無強調「本體」，不認爲要在意念上分善惡，鄙薄工夫，只求一悟心體，追求一齊俱透。四有則重工夫，並不否認心體的無善惡。但是認爲一般人做不到生而知之，而且有習心和私欲的影響，意念上必然有善惡之別，因此就是要穩當切實地去做工夫，以恢復心體之正。王學後來的發展也可以說正是以「本體」和「工夫」兩個重要方向的分歧展開的。王陽明對這兩方面也做出了明示：

> 利根之人，世亦難遇，本體工夫，一悟盡透。此顏子、明道所
> 不敢承當，豈可輕易望人！人有習心，不教他在良知上實用爲善去
> 惡工夫，只去懸空想個本體，一切事爲俱不著實，不過養成一個虛
> 寂。此個病痛不是小小，不可不早說破。〔註 3〕

王陽明在本體論上反對程朱的格物致知，反對的是程朱以物理爲天理，認爲這是本末倒置了，是「義外」之說，應該從本心出發，一通百通。但是在方法論上，在他的以心爲本的理論範圍之內，他並不反對「格物致知」。他提出「致良知」，致的過程就是格物的工夫，工夫到了一定的程度，良知也就自然恢復了。因此他的格物致知，是心學基礎上的格物致知，具體來說，就是要

〔註 1〕 【明】王守仁，《王陽明全集》，上海古籍出版社，2011，第 1 版，第 133 頁。
〔註 2〕 【清】黃宗羲，《明儒學案》，中華書局，2008，第 2 版，第 238 頁。
〔註 3〕 【清】黃宗羲，《明儒學案》，中華書局，2008，第 2 版，第 134 頁。

在意念上爲善去惡，「在意念上」決定了心學的基礎，「爲善去惡」正是工夫所著力。王陽明指出，他的四句教是徹上徹下工夫。就是說，對利根之人和一般的「中人」、「下人」都是有對應的。他也看到，雖然一悟皆悟是理想狀態，但是連顏回、程顥這樣的賢人都很難輕易承當，更何況一般人。如果沒有這個資質，而勉強去懸空想本體，不僅很難達到效果，還要養成虛寂的病痛。因此，對於具體的修養，他是贊成事上磨練的，就是說，是贊成實踐多於虛想的。

王畿，字汝中，別號龍溪，是浙中王門的代表人物，《明儒學案》總結評價他的學術，「夫良知既爲知覺之流行，不落方所，不可典要，一著工夫，則未免有礙虛無之體，是不得不近於禪。流行即是主宰，懸崖撒手，茫無把柄，以心息相依爲權法，是不得不近於老。雖云眞性流行，自見天則，而於儒者之矩矱，未免有出入矣。然先生親承陽明末命，其微言往往而在……先生疏河導源，於文成之學，固多所發明也。」〔註 4〕黃宗羲認爲，王畿的心學在許多層面上近於老禪，與儒家的思想基礎有所出入。但是，對於王陽明的學術，王畿又是多有發展。如果說王陽明的心學已經有老禪的影響的話，那麼王畿就是在這些有所影響的方面走得更遠了，因此，同時的學者和後學對他的心學理論往往有所不滿和批評。

王畿的心學理論強調四句教的第一句「無善無惡心之體「，他認爲，人只要能眞正頓悟「心體是無善無惡」，即心體是無偏向的，那麼他的意念和知覺活動也就達到無執著了，那麼外部事物對他來說也就不存在什麼根本上的差別，不需要去進行什麼計較了。用他自己的話說，就是心、意、知、物都是無善無惡的。王畿的這些思想，被王陽明概括爲「四無之說」。

王畿這些思想，如陽明指出，其基本特點是：一、從「無」處立根基；二、以頓悟心體爲工夫。但是，僅就這兩點而言，禪宗也是可以符合的。因此陽明提醒他只講「四無」要小心流入空寂，陽明死後，王畿並沒有照他的話做，把「四無」稱爲「先天之學」，把錢德洪的「四有」稱爲「後天之學」，他主張從心上立根，認爲無善無惡之心就是無善無惡之意，以先天統後天，強調個人的「悟」，這也是同時和後來人批評他流入禪家的原因。

王畿的頓悟是要忘其是非，使心恢復到本體的無善無惡的無分別狀態，強調把一切「種種凡心習態，全體斬斷，令乾乾淨淨從混沌中立根基，始爲

〔註 4〕　【清】黃宗羲，《明儒學案》，中華書局，2008，第 2 版，第 239 頁。

本來生生眞命脈」〔註5〕。所謂的「乾乾淨淨從混沌中立根基」，就是要回到心體最初的無分別狀態中去。工夫就在於「愼獨」，愼獨就是保有清淨的本心，以便去徹悟心之本體。

王畿對心體混沌的頓悟，同時又與「空」分不開。他認爲，悟的對象就是「無」，他說：

> 當下本體，如空中鳥跡，水中月影，若有若無，若沉若浮，擬議即乖，趨向轉背，神機妙應，當體本空，從何處識他？於此得個悟入，方是無形象中眞面目。〔註6〕

王畿認爲，我們的心的本體，並沒有一個確定的形象和物質，就像空中鳥飛過的痕跡和水中月亮的倒影一樣，它的無並不是不存在，而是不確定於某種實在。就是說，它無定體無是非，因此稱「無」，王畿有時候又會用「虛寂」來指代這種「無」。對於本心的體認，他從王陽明的「無善無惡」而來，但是因爲過分強調它的無偏倚無執著，因此進而把本心的性質發展到「無」、「虛寂」，因此被詬病爲近禪。同時，對心體的悟，他強調當下認識，就是頓悟，而不是漸悟。

他承認因爲人的資質不同，悟力也有不同，有頓悟漸悟之別，因此在修養上也有頓漸之分。但是他自己還是更重視頓悟。因爲他認爲頓法是直接悟到心的本體的，是在先天心體上用功的學問。而漸法是在意念上用功，就未免有凡心私欲來干擾，遠不如直接作用心體來得簡捷。

在具體的悟的過程中，他提出「一念之幾」，或者「一念之微」。他認爲，「千古學術，只在一念之微上求」〔註7〕。就是指當下一念，見在一念，即人在對外部事物做反應時意識的最初活動或未經反思、權衡、思索而產生的類似本能地做出的意識反應，又叫「初念」。而在念心發動之後，經過反思、權衡、思考而產生的與初念不同的念頭，就是轉念。這種區別不是道德性的，而是以是否「將迎」劃分的，無將迎的一念正是體現了無善無惡的意向狀態。這一念正是良知的表現。

因此，「無善無惡心之體」是指良知本體，「一念之微」是良知之用，一念之幾就是良知隱微之體的自然發見。

〔註5〕 【清】黃宗羲，《明儒學案》，中華書局，2008，第2版，第241頁。
〔註6〕 【清】黃宗羲，《明儒學案》，中華書局，2008，第2版，第246頁。
〔註7〕 【清】黃宗羲，《明儒學案》，中華書局，2008，第2版，第242頁。

　　王畿的格物論繼承了王陽明。他認為，良知是提供道德法則的主體，物是良知活動的對象，或者說「物」是使良知得以呈現的外部事物。王畿的「物」主要指人倫關係。王畿認為，格的意義就是「規範」，作為動詞，其意義即規範倫物。關於「格物」，他繼承了王陽明「物即事」的觀點，他的格物觀就是「正感正應」。所謂「正感正應」，就是要人順應良知的天則去行事，不要安排。他的格物論和王陽明類似，都是側重關注人倫關係，他認為，「格」的過程即規範人倫關係的過程。

　　在具體的修養方法上，他強調調息之法。陽明曾說，靜坐也是補小學的工夫。王畿也有這個觀點，他認為靜坐收心的調息法也是存心養德的方式。

　　除了浙中的王畿，泰州王艮也是王門後學的極有影響的人物。王艮字汝止，號心齋，從陽明問學，他及門人及再傳門人史稱「泰州學派」，是明中後期一個有影響的學派。

　　王艮的良知說崇尚自然，因而他反對程朱派的莊敬持養。在他看來，其師所提出的「致良知」也未免有孟子所說的「助」的毛病，他提出「良知致」，認為每個人都現成地具有良知，只需要任良知之自然，不必十分用力，率循這個良知自然而行，這就是成聖成賢的工夫。他說：

　　　　道一而已矣。中也，良知也，性也，一也。識得此理，則現現
　　成成，自自在在。即此不失，便是莊敬；即此常存，便是持養，真
　　不須防檢。不識此理，莊敬未免著意，才著意，便是私心。〔註8〕

他發揮了程顥「不須防檢」的思想，認為人只要認識到良知是現成自在的，能常存不失，就是為學工夫。為了說明這種崇尚自然的良知觀，他舉「百姓日用」為例，他認為人們在平時的日常生活中表現出來的就是自然現在的良知。但是王艮的這種自然工夫，因不主張莊敬防檢，不主張有所戒慎恐懼，很容易流入放曠。

　　基於這種崇尚自然的思想，王艮也把對「樂」的追求作為為學的意義，「現成自然」的思想與他對「樂」的為學最終境界的追求是相互印證的。他認為，樂而自然，自然而樂，這是聖人之學的本質特徵。王陽明提出過「樂是心之本體」，王艮更誇大了「樂」在為學的意義。他曾作《樂學歌》：「人心本自樂，自將私欲縛。私欲一萌時，良知還自覺。一覺便消除，人心依舊樂。樂是樂此學，學是學此樂。不樂不是學，不學不是樂。樂便然後學，學便然後樂。

〔註8〕　【清】黃宗羲，《明儒學案》，中華書局，2008，第2版，第716頁。

樂是學，學是樂。嗚呼！天下之樂，何如此學；天下之學，何如此樂？」〔註9〕

他認爲，心之本體的根本特質就是「樂」，是私欲蒙蔽了樂的本體，所謂爲學，就是以良知去私欲來恢復本然之樂。其子王襞進一步發展其父的理論，認爲「樂者，心之本體也。有不樂焉，非心之初也。吾求以復其初而已矣」〔註10〕。堅持樂只是心的境界，這個境界本身就是道。道既不是樂的對象，也不能說樂是作爲對象的道所引起的。提出「有所倚之樂」和「無所倚之樂」，前者是需要依賴於對象的，後者才是人始終應該追求或保持的一種和樂灑脫的襟懷和境界。

王艮的格物論又稱爲淮南格物，他提出安身的思想：

> 格如格式之格，即絜矩之謂。吾身是個矩，天下國家是個方，絜矩則知方之不正，由矩之不正也。是以只去正矩，卻不在方上求，矩正則方正矣，方正則成格矣，故曰物格。……格物，知本也，立本，安身也，安身以安家而家齊，安身以安國而國治，安身以安天下而天下平也。〔註11〕

又說：

> 物格知至，知本也；誠意正心，修身立本也，本末一貫。是故愛人、治人、禮人，格物也。〔註12〕

他認爲，一身之正就是家國天下的基礎，他的格物就是要愛人、治人、禮人，從而也被愛被敬，最終的結果是身安。身安了，就自然家齊國治天下平。

他不僅重視修身，更在修身之外提出了愛身、安身、保身、尊身的思想。他這種重視人身的傾向，正被認爲是開啓了後來明清思潮中的情慾、俗文化的先河。不僅與程朱理學背道而馳，甚至也與他的老師王陽明的格物說相距甚遠，首次把愛護人的感性生命與珍重道德原則置於相等的地位。正是有了這樣的人本觀念，才有了後來的李贄、湯顯祖等人在思想潮流和文藝創作等領域的異軍突起。

與此對應的，他又有萬物一體思想。王艮的萬物一體思想更多地是一種社會政治理想。他認爲，仁者以天地萬物爲一體，把修道、立教、救民的責任立基在「立身爲天下法」上。

〔註9〕 【清】黃宗羲，《明儒學案》，中華書局，2008，第2版，第718頁。
〔註10〕 【清】黃宗羲，《明儒學案》，中華書局，2008，第2版，第723頁。
〔註11〕 【清】黃宗羲，《明儒學案》，中華書局，2008，第2版，第712頁。
〔註12〕 【清】黃宗羲，《明儒學案》，中華書局，2008，第2版，第713頁。

　　羅汝芳，字惟德，號近溪，泰州學派一員。良知論上強調「赤子之心」，即不思而知，不慮而能的當下直覺與本能，因而他的赤子之心既不是孟子所講的倫理的良心，也不是認知的知識，只是指人的知覺作用而言。

　　他強調「當下即是」，繼承了王艮「百姓日用皆是道」的傳統，強調「當下」。認為人們自己生活中的不思而知，不慮而能的當下知覺就是心的本體的體現，能把這種意識狀態貫穿於人的生命實踐的全過程，並有所自覺，這就是聖人之學。羅汝芳對當下即是的強調，表現在工夫上就是追求「順適自然」。

　　和心學許多學者一樣，羅汝芳的「格物」觀是注重人倫關係的一種思想。在具體實施上就是強調「孝悌慈」。「孝悌慈」是他晚年講學宗旨，認為「從此一切經書，皆必歸會孔孟；孔孟之言，皆必歸會孝悌。以之而學，學果不厭；以之而敬，教果不倦；以之而仁，仁果萬物一仁。」〔註13〕人按照孝悌慈的良知去學去行，就易簡順適。認為「由一家之孝悌慈而觀之一國，一國之中，未嘗有一人而不孝悌慈者；由一國之孝悌慈而觀之天下，天下之大，亦未嘗有一人而不孝悌慈者。」〔註14〕他認為，孝道是最簡捷明瞭的良知，依著這個良知去學去行，就可以以一家的穩定推至倫理道德整體的實施。在孝悌慈的思想下，世俗的儒家倫理得到了充分的肯定，也使得他的立論得到了普遍的認同。

第二節　李贄與童心說

　　李贄是明末著名思想家，他個性奇崛，敢發常人不敢言，對當時的社會思想造成很大影響，以至於遭到統治者不滿而下獄，最終在獄中自裁終此一生。他儒生出身，做過二十多年的小官，但是他對當時學術上的道學氛圍和官僚的腐朽統治都大為不滿，抨擊假道學，對長久以來言必稱孔孟的儒學教條、尤其是禁錮人性的儒學教條進行了無情的批判。為此他屢遭迫害，並且身背「惑世誣民」的罪名。同時，在晚年他落髮出家，出入儒釋，遭人側目。袁中道是李贄視為知己的人，袁在《李溫陵傳》中對李贄其人其行其學做了雖非詳盡但是殊為客觀的描述，李贄為人「中燠外冷，風骨稜稜」，但是同時「性甚卞急，好面折人過，士非參其神契者不與言」〔註15〕。李贄為人已然難於相處，而他的行為對常人來說又更

〔註13〕【清】黃宗羲，《明儒學案》，中華書局，2008，第 2 版，第 790 頁。
〔註14〕【清】黃宗羲，《明儒學案》，中華書局，2008，第 2 版，第 782 頁。
〔註15〕【明】李贄，《焚書續焚書‧焚書》，中華書局，2009 年版，第 3 頁。

詭異，比如他因爲惡於頭癢，就乾脆剃去頭髮，只留下鬍鬚，被人斥之爲「異端」。在學術方面，他與一些士人的往來辯論，動輒萬言，袁中道總結說「發道學之隱情，風雨江波，讀之者高其識，欽其才，畏其筆」。正因爲李贄從個性到文章，都咄咄不與世人苟同，而這種不苟同又不止是獨樹一幟而已，他常常對當世的官僚統治、學風道學無情痛批，因此遭到當事者的忌憚也就不足爲怪了。

跟與世情格格不入相比，李贄在思想上的大膽與反叛是使他留名歷史的更大原因。李贄思想傳承自王陽明，他在《讀史》一則《儲瓘》中自述了與心學一脈的傳承關係道：「後泰州有心齋先生，……心齋之子東崖公，贄之師」〔註16〕。王艮號心齋，是王守仁親傳弟子，後創立泰州學派，發展了王學中注重實踐的一脈，主張「百姓日用是道」。同時，王艮和王陽明的另一高第弟子王畿，──後者也是李贄所推崇的思想家，──在思想中都吸收融入了禪宗思想，這種儒禪合一（有時候也包括道家思想）的思路，對作爲後學的李贄產生了極大的影響。這種影響延伸到文藝思想中，最爲人所知的即爲他提出的童心說。

李贄論童心說：「夫童心者，絕假純眞，最初一念之本心也。若失卻童心，便失卻眞心；失卻眞心，便失卻眞人。人而非眞，全不復有初矣。」〔註17〕一念之本心，與王陽明「純然天理之心」一脈相承，但是李贄出於對道學的厭惡，幾乎不講「理」，而對宋明理學所一直要抑制排斥的「人欲」多所倡導。他認爲，童心是「心之初」，之所以後來失去，是因爲「道理聞見」日益增多，所知所覺日益增廣。而道理聞見，「皆自多讀書識義理而來」（同上）。這對以「格物」爲「理」的來源的理學，是徹底的反動。王陽明說致知則是致「良知」，就是恢復人人本有的「良知」。李贄則是保「童心」。對於「格物致知」、讀聖賢書，他認爲都不是爲了「理」，而正是爲了「童心」：「然縱不讀書，童心固自在也，縱多讀書，亦以護此童心而使之勿失焉耳，非若學者反以多讀書識義理而反障之也。」讀書窮理在李贄看來並非必要，甚至會導致「理障」，因爲如果以聞見和道理爲心，那麼「所言者皆聞見道理之言，非童心自出之言也」〔註18〕，不是童心所出的言語，就是假言，說著不是童心而出的話的人，就是假人，繼而無所不假。在李贄的文章中強烈批判的假道學，就是這種假言假文假人的代表，是造成社會混亂和學術崩塌的始作俑者。

〔註16〕　【明】李贄，《續焚書》，中華書局，2009年版，第90頁。
〔註17〕　【明】李贄，《焚書續焚書·焚書》，中華書局，2009年版，第98頁。
〔註18〕　《焚書》，第99頁。

　　和王陽明一樣，他所強調的「童心」也是從人本身而來，屬於生而有之的。對於前儒的學術在他看來都是沒有眞正體會到儒學的核心。他認爲，儒釋道三教，「其初皆期於聞道」〔註19〕。在學術思想上，李贄受王艮和王畿影響，對佛家思想多有吸收，以釋觀儒，他認爲儒釋道雖然在具體的觀念上有差別，但是在最終落腳點上是一致的，即是「聞道以出世」。對於「以出世」，他解釋爲唯有出世才可以免「富貴之苦」。釋道二教尙可理解，而儒家爲何要免「富貴之苦」？李贄說：「唯志在聞道，故其視富貴若浮雲，棄天下如敝屣然也。」〔註20〕與道家以富貴爲糞穢、佛家以富貴爲枷鎖，只是在程度上的區別，本質上並無區分。因此，他對孔子的「天喪予」的理解，是說顏回之死是這種以聞道爲本質的學術從此斷絕了。因爲除了顏回眞的明白以外，其他「諸子雖學，夫（疑爲「未」）嘗以聞道爲心也。則亦不免仕大夫之家爲富貴所移爾矣，況繼此而爲漢儒之附會，宋儒之穿鑿乎？又況繼此而以宋儒爲標的，穿鑿爲指歸乎？」〔註21〕在他看來，漢儒爲附會，宋儒爲穿鑿，儒學眞諦在歷代儒者那裡都被曲解了，而在這些儒者影響下的社會自然也是「人益鄙而風益下」。到發展至宋明理學手裏，他的批判更爲激烈，「無怪其流弊至於今日，陽爲道學，陰爲富貴，被服儒雅，行若狗彘然也」〔註22〕。他認爲，宋明理學把儒學發展爲道學，是爲獲取富貴而做進身之梯，因此，講道學然後能有富貴，求富貴必先講道學，而這些爲富貴而講道學的人，都是無才無學之輩借聖賢道學之名去沽名釣譽。說到底，造成這些社會現狀的原因，就是儒者忘卻了眞心。

　　對於爲文來說，眞心即童心，有童心方有「至文」。他對於「至文」有以下一番見解：

　　　　天下之至文，未有不出於童心焉者也。苟童心常存，則道理不行，聞見不立，無時不文，無人不文，無一樣創制體格文字而非文者。詩何必古選，文何必先秦。降而爲六朝，變而爲近體；又變而爲傳奇，變而爲院本，爲雜劇，爲西廂曲，爲水滸傳，爲今之舉子業，皆古今至文，不可得而時勢先後論也。故吾因是而有感於童心者之自文也，更說甚麼《六經》，更說甚麼《語》、《孟》乎？〔註23〕

〔註19〕　《續焚書》，第75頁。
〔註20〕　《續焚書》，第75頁。
〔註21〕　【明】李贄，《焚書續焚書‧續焚書》，中華書局，2009年版，第76頁。
〔註22〕　【明】李贄，《焚書續焚書‧續焚書》，中華書局，2009年版，第76頁。
〔註23〕　【明】李贄，《焚書續焚書‧焚書》，中華書局，2009年版，第99頁。

在這段闡述中，李贄幾乎將「童心」與「道理」對立起來，可見他對道學習見的痛惡。一方面，他反對厚古薄今。對文學傳統中的復古傾向，他認爲在童心的觀照下，大可不必凡詩文必去追摹古人，每個時代都有每個時代的童心之文，近體詩、傳奇，甚至是一直被認爲是小道的「小說」，只要是發自童心而作，即發自本心所作，都可以稱爲古今至文。所以他認爲，「童心自文」，就是說，發自童心，付諸文字，自然就是最好的文章。這不僅對文學的坛本進行重新定位，並且對元明開始興起直至清朝的世俗文學，是一種思想上的肯定。另一方面，他對《六經》、《語》、《孟》的絕對權威提出質疑。他認爲，這些書之所以變成圭臬很大程度上是歷代儒子門徒的歪曲記解，即使眞爲聖賢之言語，也是當時當地的有爲而發，因病發藥，門徒後生們把它定成萬世至論是可笑且不可取的。他認爲「《六經》、《語》、《孟》，乃道學之口實，假人之淵藪也，斷斷乎其不可以語於童心之言明矣」〔註24〕。在他看來，大聖人是童心未失之人，只有與這樣的人，才可以談論文章。他對文必稱孔孟的假道學語，採取了釜底抽薪的方法，將儒學經典斷爲只是假道學的「口實」，與童心相去甚遠。李贄被冠以「離經叛道」的帽子，也就可以理解了。事實上，這種徹底的反叛態度，不能說是對儒學精神的顛覆，而是對歷代儒學尤其是儒學成爲理學之後的絕對對立，是對道學的徹底宣戰。李贄所推崇的三王（王陽明及其弟子王畿王艮），他們的思想並沒有像李贄這樣徹底跳出儒學經典的範疇，雖然他們都從心學的角度去闡釋經典，但是依然保持了與孔孟的關聯，試圖跨越理學架起心學系統與最初儒學的橋樑。發展到李贄，他對理學道學深感不滿，他在自述爲學過程時說「讀傳注不省，不能契朱夫子深心。因自怪，欲棄置不事。」〔註25〕徹底抛棄從儒學傳統中承襲儒學核心的做法，他結合了儒釋道給儒學精神開出了一個新的定義。

李贄推崇王龍溪學問，認爲他「根於心，發於言，自時出而不可窮，自然不厭而文且理也。」〔註26〕毛詩序就有「在心爲志，發言爲詩」，王陽明認爲「心」應爲「純然天理之心」，而李贄的「心」既不同於毛詩序中語焉不詳的「心」，也不同於王陽明純乎又純的「良知」，他受「百姓日用是道」的影響，他的「心」就是最單純的「初心」，所謂「最初一念之本心」。他沒有對

〔註24〕 【明】李贄，《焚書續焚書‧焚書》，中華書局，2009年版，第99頁。
〔註25〕 【明】李贄，《焚書續焚書‧焚書》，中華書局，2009年版，第84頁。
〔註26〕 【明】李贄，《焚書續焚書‧焚書》，中華書局，2009年版，第118頁。

這種「本心」做出像王陽明一樣的反覆闡述，而是在他的文章中逐漸顯現何為「最初一念之本心」。

　　「直心而動」是他在談佛時提出的。他因為好「高潔之說」，而向兩位禪師請教。在相處過程中，他領悟到孔子所謂「過猶不及」的道理，好為「高潔之說」已經落在第二義，應該像禪師修禪一樣，不過「如是而已」：「念佛時但去念佛，欲見慈母時但去見慈母，不必矯情，不必逆性，不必昧心，不必抑志，直心而動」〔註27〕。「直心而動」對應上文所說就是要寫天下「至文」的方法。「直心」而出的文章就可稱為「化工」。若不出自「直心」、「真心」，再費心編排也不過是「畫工」。他以《拜月記》、《西廂記》與《琵琶記》舉例，前二者他認為已是化工，《琵琶記》只是畫工而已：

> 雜劇院本，遊戲之上乘也，《西廂》、《拜月》，何工之有！蓋工莫工於《琵琶》矣。……惟作者窮巧極工，不遺餘力，是故語盡而意亦盡，詞竭而味索然亦隨以竭。……此其何故耶？豈其似真非真，所以入人之心者不深耶！蓋雖工巧之極，其氣力限量只可達於皮膚骨血之間，則其感人僅僅如是，何足怪哉！《西廂》、《拜月》，乃不如是。意者宇宙之內，本自有如此可喜之人，如化工之於物，其工巧自不可思議爾。〔註28〕

在他看來，窮巧極工的《琵琶記》之所以感人不深，是因為「似真不真」。所謂「似真不真」，就在於是對天地之「化工」的簡單模仿，是有意而作。所以這類文章只能感人一時，而不能讓人產生彷彿本就有此人此事一般的感受。而被他判為「化工」的兩部雜劇，則是直出真心，李贄評到：「想見其為人，當其時必有大不得意於君臣朋友之間者，故借夫婦離合因緣以發其端。」〔註29〕因此，對於作者本人與讀者而言，這種「直心而動」的「真心」之作，都會有較深的情感作用。對作者而言，因為出自真心，不是有意於文而自然成文，胸中有不可不傾訴之事，一旦有所見聞，於是借他人之酒杯，澆自己之塊壘，看似說的是別人家事，抒發的卻是自己的不平。這樣的文章自然能以情動人，以事感人。因其真切，所以讀者也必然能產生「意者宇宙之內，本自有如此可喜之人」的感受，因此才能叫「化工」。

〔註27〕【明】李贄，《焚書續焚書・焚書》，中華書局，2009年版，第82頁。
〔註28〕【明】李贄，《焚書續焚書・焚書》，中華書局，2009年版，第97頁。
〔註29〕【明】李贄，《焚書續焚書・焚書》，中華書局，2009年版，第97頁。

　　文學中的「直心而動」不僅表現在文學效果上，還在於文學創作初衷上。《西廂》傳奇是觸目生歡，還有另一種則是沉澱之後的發憤之作。他在《忠義水滸傳序》中評道：「古之賢聖，不憤則不作矣。不憤而作，譬如不寒而顫，不病而呻吟也，雖作何觀乎？《水滸傳》者，發憤之所作也。」〔註30〕與前面入人心不同，發憤之作在教化方面的意義更為重要。他說道，水滸之所以聚集了眾多忠義之人，是因為當時有德有能反不為所用，或被無德無能、小德小能之人壓制，因此會於水滸，同生同死，不可不謂忠烈。宋公明一旦報國，不肯明哲保身，也不可不謂忠義。因此，雖然是小說，也仍然是千古之文，不可不讀：

> 故有國者不可以不讀，一讀此傳，則忠義不在水滸而皆在於君側矣。賢宰相不可以不讀，一讀此傳，則忠義不在水滸，而皆在於朝廷矣。兵部掌軍國之樞，督府專閫外之寄，是又不可以不讀也，苟一日而讀此傳，則忠義不在水滸，而皆為干城心腹之選矣。否則不在朝廷，不在君側，不在干城腹心，烏乎在？在水滸。此傳之所為發憤矣。若夫好事者資其談柄，用兵者藉其謀畫，要以各見所長，烏睹所謂忠義者哉！〔註31〕

李贄認為，從直心所發寫出來的文章必然能正人心，因此《水滸傳》的意義在引發在位之人的「忠義」之心，如果在位之人都能在其位謀其政盡其忠，就不會導致天下忠臣義士都匯聚水滸了。《水滸傳》的作者也正是因為看到天下忠義之士不得所歸，才發憤作此文章。而如果只看到書中的人物離奇故事，津津於其中的用兵謀劃，都是因為讀的人心中先有識見道理，而只見到自己想要見的，對文章的大義一無所見。

　　李贄直心而動的創作觀，所他重視情性的觀念是互相映證的。

　　李贄在《讀律膚說》中詩歌中的格律發表了他的見解，認為格律是「欲淺不得，欲深不得。拘於律則為律所制，是詩奴也，其失也卑，而五音不克諧；不受律則不成律，是詩魔也，其失也亢，而五音相奪倫。」〔註32〕這種對於文學規則的辯證態度，在古代文藝理論中並不少見，儒家講中庸，講發而中節，就是李贄這裡的不拘於律，也不脫於律。需要特別提出的是，李贄既然認為不可太淺，又不可過深，那麼他的標準來自何處。前面講到李贄直

〔註30〕　【明】李贄，《焚書續焚書‧焚書》，中華書局，2009年版，第109頁。
〔註31〕　【明】李贄，《焚書續焚書‧焚書》，中華書局，2009年版，第110頁。
〔註32〕　【明】李贄，《焚書續焚書‧焚書》，中華書局，2009年版，第132頁。

心而動的創作觀，在《讀律膚說》裏他說，「蓋聲色之來，發於情性，由乎自然」。他認為，文藝創作是情性的產物，並且這種情性並不是宋明理學所強調的，與天理不相容的「人欲」，而是完全合乎自然的。因此，李贄對於情性是完全肯定的。這種肯定也有前提，因為是由乎自然，因此他又補充說：「故自然發於情性，則自然止乎禮義，非情性之外復有禮義可止也。惟矯強乃失之，故以自然之為美耳，又非於情性之外復有所謂自然而然也。」由此可見，李贄的叛逆並不是針對儒學的根本概念，而是在於重新給禮義界定範疇。在他這裡，發於情性自然與止乎禮義是不矛盾，情性在禮義之內，因此說「非情性之外復有禮義可止」。同時，情性又是自然的，符合禮義的同時，也以自然為美，所以情性與自然、情性與禮義，這三者和諧統一地存在。這與前面所說直心而動是相互映證的，所謂的直心，就是情性，事實上李贄肯定的就是自然而然的人欲。不僅如此，他把禮義也從刻板無情的理學武器，拉到與普通人的情感相融合的位置，肯定人欲的同時，也強調，人類的正常情感欲望不應該被「禮義」排斥。當然，他也並不是宣揚無節制的人欲，他的標準就是「由乎自然」。李贄脫胎於王學和禪學，在「本心」問題上，「性善論」是不言自明的。基於這一點，他才能提出「自然止乎禮義」這樣的論點。可以說，他的創作論也正是建立在他關於本心與情性的關係的基礎上；進一步說，在李贄那裡，一切文學、文藝的書寫倫理是建立在尊重並展現自然人欲的基礎上。這既是李贄的哲學思想，也是他的文藝美學思想。

李贄有一段文字《讀若無母寄書》，轉述了友人母親關於出家之人的「動心」與「安心」：

> 如此看來，今時管他，迹若動心，然中心安安妥妥，卻是不動心；若不管他，迹若不動，然中心隱隱痛痛，卻是動心。你試密查你心：安得他好，就是常住，就是金剛。如何只聽人言？只聽人言，不查你心，就是被境轉了。被境轉了，就是你不會安心處。〔註33〕

這位老母本是提點要出家的兒子，「世情過得，就是道情」。在書信中說，如果因為出家而不照顧老人子女，看起來好像與世俗家庭隔絕了，但是心下必然不安，不安就是「動心」；而適度地照顧家人，看起來好像沒有與俗世切割清楚，但正因為心下安穩了，對於修行之心來說，反而是「不動」，即，不使修行之心因為這些自然人情的不滿足而受到影響。李贄作為一心向佛的人，

〔註33〕 【明】李贄，《焚書續焚書・焚書》，中華書局，2009 年版，第 140 頁。

對此擊節讚賞，是與他的「本心」「情性」一體的觀點不無關係的。因此，即使是身在佛門之人，也不能是毫無「世情」，那樣的修行是沒有觀照本心，難免被境所轉。他的世情，就是人的自然而然的感情，只有順勢而爲，才能不被牽制。對於修行之人來說，是得自由得解脫，對於文藝創作來說，是創作出眞實動人的作品的前提。因此，他認爲，談佛與談詩在本質上是相通的，並不是「二事」：

> 彼以談詩談佛爲二事，不知談詩即是談佛。若悟談詩即是談佛人，則雖終日談詩何妨。……歷觀傳燈諸祖，其作詩說偈，超逸絕塵不可當，亦可以談詩病之乎？唯本不能詩而強作，則不必；若眞實能詩，則因談佛而其詩益工者又何多也，何必以談詩爲病也？〔註34〕

佛家講絕棄塵緣，詩歌卻正是人的情性的承載體，二者似乎是對立的。但是李贄說，「談詩即是談佛」。他這一論點側重於說明詩歌對於談佛來說，並不是一個負面作用的東西。他認爲，如果是談佛之人，那麼談詩不影響佛心；同時，有了佛心，而又有詩情，那麼佛心有時候甚至對文學創作起到積極作用，使得作品的境界更爲高遠。因此，佛心與詩情是不對立的，他舉歷代祖師爲例，認爲他們的詩歌佛偈超逸絕塵，並不因爲是文學創作，而減弱了他們的佛學思想高度。佛家尚且如此，對於普通的文學創作更是這樣：

> 文非感時發己，或出自家經畫康濟，千古難易者，皆是無病呻吟，不能工。……借他人題目，發自己心事，故不求工自工耳。〔註35〕

對當時的俗文學創作，他也是持肯定態度，比如對於傳奇《拜月記》的社會作用，他這樣說道：

> 孰謂傳奇不可以興，不可以觀，不可以群，不可以怨乎？飲食宴樂之間，起義動慨多矣。今之樂猶古之樂，幸無差別視之其可！〔註36〕

文章感於時發於己，可以「不求工」而自工。這也是下一則的肯定當世的傳奇與古之樂在等級上並無優劣之差等的有力基礎之一。孔子說，詩可以興觀群怨，奠定了詩歌在教化人心上的正統地位。李贄強調情性的重要性，傳奇與以詩經爲坨本的詩歌相比，是體現普通世俗的情感人事，即使是文人所作，

〔註34〕【明】李贄，《焚書續焚書・焚書》，中華書局，2009 年版，第 169 頁。
〔註35〕【明】李贄，《焚書續焚書・續焚書》，中華書局，2009 年版，第 46 頁。
〔註36〕【明】李贄，《焚書續焚書・焚書》，中華書局，2009 年版，第 195 頁。

受眾群主要還是廣大的平民，因此如果不是切實地與普通人的情感相通，就不能打動人心。反過來說，如果作家從人性出發，寫出出乎自然的作品，就可以感動人心，其中的「起義動慨」，正是可以起到「興觀群怨」的作用。從教化人心的社會意義上來說，俗文學的傳奇與古代雅樂相比，並不遜色。

李贄在不同層面肯定了人欲：作為儒生，傳統中有「以意逆志」，李贄這裡就是「以情性逆禮義」，對於儒學中的禮義概念，他強調，情性如果發自自然就是符合禮義的，使禮義對人性的包涵上從「四端」（惻隱、羞惡、辭讓、是非）擴充到普通人的自然情性；作為向佛之人，他沒有一味反對人之常情，而是從「安心」入手，把「孝親以安心」，作為修行的方式；文學上，他又提倡直心而動的創作觀，讚賞傳奇等俗文學的感化人心的社會教育功能。李贄這種文藝思想，一方面是他心學禪學融合的產物，一方面也與當時詩書畫等藝術創作中崇尚個人性靈的創作氛圍有所呼應。

第三節　對文藝創作的影響——以張岱散文小品為例

李贄在王陽明的影響下獨出機杼，提出童心說，在肯定普通人的思想和情慾方面對晚明的文學造成了極大影響。雖然李贄本人被一些主流的聲音排斥，但是還是有一批文學家與他產生了直接或間接的聯繫。如文學史上稱為「公安派」的三袁（袁宗道、袁宏道、袁中道三兄弟，湖北荊州公安縣人，因此稱「公安派」），其文風強調「情」和「趣」；大戲劇家湯顯祖，也景仰李贄，並與三袁兄弟多有交往，互相引為同道；晚明馮夢龍，著白話文小說「三言二拍」（《醒世恒言》、《警世通言》、《喻世明言》、《初刻拍案驚奇》、《二刻拍案驚奇》），以世俗故事行情教之論。在晚明的書寫個人性靈和普通人性的文學思潮中，一種文體和文風悄然盛行於文壇，就是後來所稱的「小品文」。

和文學史上任何一種文體一樣，小品的發展也是其來有自的。魏晉時儒學漸頹、禮教敗壞，文人們就以小品聊以自慰。而到了唐末，「詩風衰落，而小品文放了光輝——正是一塌糊塗的泥塘裏的光彩和鋒芒。」（魯迅《小品文的危機》）小品文的再度繁榮，則是晚明時期，先後出現了前面所提的三袁的公安派、鍾惺、譚元春的竟陵派為首的一大批小品文大家。這也直接導致了後人往往把小品和晚明文學視為一體。而這些作家不論是個人交遊，還是思想傾向上，都與陽明心學有著千絲萬縷的聯繫。

　　明初，程朱理學成爲官方哲學，爲社會思想提供了唯一標準和準則。隨著明中葉開始的商品經濟的興起，由商品經濟決定的意識形態和觀念慢慢浸入了社會生活。到了晚明，程朱理學雖然還是官方哲學，但是眞正的世俗生活在很大程度上已經不再以之爲準則了。和商品經濟相適應地，人們的思想觀念也得到了一定的解放，而程朱理學的精神統治地位則受到了強烈的挑戰，「嘉（靖）、隆（慶）而後，篤信程、朱而不遷異說者，無復幾人矣。」（《明史・儒林傳》）此時，王陽明心學在思想界掀起了一股熱潮。陽明心學反對傳統道德思想的桎梏，主張隨心而爲。這一大膽的反傳統思想得到了很多文人的贊同和響應，加之以「童心說」名噪文壇和思想界的李贄以赤裸裸的「反儒」精神刺激著晚明士人，一時思想解放之潮鼓蕩著所有文人的心。與此同時，莊禪之風也極盛，在李贄等人的帶領下，此時的文人發揚了禪宗中訶祖罵佛的反傳統精神，懷疑和否定了傳統道德和權威，其思想和行爲對傳統禮法造成了顛覆性的破壞，被稱爲「狂禪」。追求個性、擺脫傳統道德束縛成爲晚明文人的典型特徵。這種反叛精神在文學上也產生出了明顯的特點，小品文的興盛則成爲了這種特點最著名的例證。

　　晚明小品由其自由解放思想而繁榮，因此在創作本身上來說，也是體現了個性解放的特徵。題材不拘，內容多樣。與以前的作文不同，小品不再是著眼於抒發「千秋之志」，而在表現「一餉之歡」，在表現內容上更加私人化、個性化。文章不表達宏旨，只關乎微情。標榜與眾不同，立意創新。

　　晚明文人們擺脫了傳統的「文以載道」的思想，開始關注個人和個性，文學上放棄「高文大冊」，開始專事「小文小說」，記錄一人一事一時一地之喜悲。不求篇章之宏大，但求眞情之傳達。在創作上，以公安、竟陵兩派爲代表，而張岱則成爲晚明小品文的集大成者。

　　張岱生活的明清朝代更替之際，思想界湧現了一股反理學禮教的思潮。尤其以李贄和左派心學家們爲代表，公開標榜個人私欲的合理性，宣揚童心、率性而爲。這無疑是對程朱理學「存天理，滅人欲」的學術本旨的挑戰。正是這樣的思想氛圍下，出現了張岱這樣以縱情山水和遊樂，以放縱性情爲追求的作家。

　　在小品中，張岱時時有名士風度的表現，而且表現得頗爲藝術，如《峨眉山》：「余因想世間珍異之物，爲庸人埋沒者，不可勝記。而尤恨此山生在城市，坐落人煙湊集之中，僅隔一垣，使世人不得一識其面目，反舉幾下頑石以相詭溷。何

山之不幸，一至於此。」言山（實則是人才）之被埋沒；「山果有靈，焉能久困？余爲山計，欲脫樊籬，斷須飛去。」言語中充滿自信和對世俗的鄙薄，氣度不凡。

張岱小品文融雅、俗於一爐，既不泥於僵死的古文傳統，也不耽於不經提煉的民間文學。他能將俗入雅，也能化雅爲俗。

以狂人李贄爲先鋒，晚明名士們皆以標榜個性爲務，只要是眞實的自己，不懼傳統道德對之有什麼不滿。張岱也是如此。在《自爲墓誌銘》中，他毫不隱諱地承認自己年輕時候的奢侈浮華，他寫道：「少爲紈綺子弟，極愛繁華，好精舍，好美婢，好孌童，好鮮衣，好美食，好駿馬，好華燈，好煙火，好梨園，好鼓吹，好古董，好花鳥，兼以茶淫橘虐，書蠹詩魔，勞碌半生，皆成夢幻。」小品中，也有相關的不少篇章。如在《陶庵夢憶》中他記述爲了提高演奏技藝，他組織了一群音樂的愛好者和表演者，成立了絲社，「月必三會之」，要「共憐同調之友聲，用振絲壇之盛舉」（《陶庵夢憶‧絲社》）。

和許多晚明名士一樣，張岱出身書香門第，很多癖好都是與文化藝術有關的，家庭環境和性情審美決定了他追求多方面的生活情趣。

第一方面是對藝術化的生活的追求。例如於茶道，《陶庵夢憶》中就對此有著詳細的記述，有談如何選擇泡茶之水的《禊泉》，有談有關茶的掌故的《露兄》，有記茶藝專家的《閔老子茶》等等。

張岱學習彈奏樂器，在此過程中也領悟到一些關於藝術的哲學道理：「彈琴者，初學入手，患不能熟；及至一熟，患不能生。……蓋此練熟還生之法，自彈琴撥阮、蹴鞠吹簫、唱曲演戲、描畫寫字、作文做詩，凡百諸項，皆藉此一口生氣。得此生氣者，自致清虛；失此生氣者，終成渣穢。」從彈琴之技而推及其他藝術門類，並從此中找到相通相融的藝術辯證法。

除了對藝術化生活追求的描寫，張岱散文小品的另一個內容就是對晚明社會習俗和人情世相眞實而多姿多彩的刻畫描繪，他孜孜不倦地描摹這種世俗的悠閒快活的生活，表達優游於其中的自在瀟灑。如他在《陶庵夢憶‧秦淮河房》中描繪的端午節時的秦淮河：

> 年年端午，京城士女塡溢，競看燈船。好事者集小篷船百什艇，篷上掛羊角燈如聯珠。船如觸龍火蜃，屈曲連蜷，幡委旋折，水火激射。舟中鏤鈸星鐃，宴歌絃管，騰騰如沸。士女憑欄轟笑，聲光凌亂，耳目不能自主。午夜，曲倦燈殘，星星自散。

對秦淮河繁華景象如此生動細緻的描繪，是作者對晚明奢靡的社會生活的記

錄。此時的大明王朝已是最後的黃昏，可是作者筆下似乎仍然一片盛世太平。個人的遭遇和社會的下沉，在對性靈、興味的追求中被掩蓋了。再如膾炙人口的名篇《西湖七月半》、《湖心亭看雪》，借描摹西湖遊人情態，表作者懷戀念舊之情，生動傳神，細緻入微。《湖心亭看雪》最後借舟子的話說：「莫道相公癡，更有癡似相公者」，既反映了當時的風氣，也是張岱對自己的這種精神上自足的得意。

在張岱的小品中，人物小品是一個重要類型，刻畫的人物大多是社會地位不高但各有顯才的社會底層小人物，有說書藝人、伶工藝妓、民間工匠等等。如著名的《柳敬亭說書》，開頭以寥寥數筆勾勒出著名的說書藝人柳敬亭的形象：「南京柳麻子，黧黑，滿面疤瘤，悠悠忽忽，土木形骸」。緊接著，以柳敬亭高超的說書技藝與其醜陋的外表形成強烈的反襯效果，特別是說到《水滸傳》中武松打虎一節：「其描寫刻畫，微入毫髮，然又找截乾淨，並不嘮叨。……說至筋節處，叱吒叫喊，洶洶崩屋。武松到店沽酒，店內無人，轟地一吼，店中空缸空甓皆甕甕有聲。間中著色，細微至此。」用言簡約，但描摹的人物形象活靈活現，如在眼前。其他如友人王季重（思任）之諧謔機智，藝妓王月生之矜貴孤傲等等等等。這些對社會底層小人物的描寫，也是與晚明名士風度戚戚相關的。他們厭惡晚明社會的黑暗，渴望純淨的社會關係和單純的社會人物，而這些小人物位卑但是各有性情，自然就十分入他們的眼了。

描繪社會人物，張岱也能以其細緻的觀察和細膩的文筆刻畫得入木三分，如在眼前。如《揚州瘦馬》，小品文細緻地描繪了「瘦馬」（被當作商品買賣的少女）的悲慘命運。作者用白描的手法，巧用媒婆的指令，與瘦馬的動作的重複，把這種晚明時的社會現象，演繹得活龍活現。客觀而深刻地揭露了這些少女殆同牲口（瘦馬）的悲慘命運，表現了作者對這種醜陋風氣的厭惡之情。作者善於選擇細節，渲染氣氛，為人物傳神寫照。《二十四橋風月》對妓女的血淚生活的描寫，更是充滿了作者無限的同情。這些篇章，不僅有其文學價值，而且對研究晚明社會的風俗具有史料價值。

張岱小品文的文化內涵是當時晚明社會的縮影，不僅是張岱，整個晚明小品不單純是文人們躲避黑暗社會的桃花源，其實也是他們在痛苦中尋求另一種宣洩和超脫，在篇幅不大的小品中盡抒心中之鬱結。因此，在這個意義上，與戲曲小說相比，晚明小品雖然是精細到可以賞玩的一類情趣小文章，

但卻不僅是文人作家自己的心靈寫照，也是晚明文人在當時的社會思潮中對個人和頹唐的晚明社會感到無助而只能「自了」的情感宣洩。發展到明末的這種心性寫作，事實上與王陽明當初的初衷已經相離甚遠，陽明的「事上磨練」徹底變成「心靈的逃遁與自我安頓」。明朝滅亡後，張岱和很多明朝遺老遺少一樣避兵隱居，還撰寫了《自爲墓誌銘》以表明身死隨國之意。和王陽明一樣，張岱生性癖好山水，同時表現爲一種極爲追求心性自由的美學傾向，在他的小品文中展露無遺。他有一句著名的論斷，可以看作他的夫子自道：「人無癖不可與交，以其無深情也。人無疵不可與交，以其無眞氣也」，張岱的「深情」和「眞氣」是以「率性」代「良知」，是陽明良知心學從本體層面走向了明末的以「情慾」合理性爲倡導的經驗美學。

結　語

　　王陽明是明代大儒，即使放在儒學整個的學術體系中，也無疑是可以與二程、朱熹等並肩而立的一個人物。他一生「立德」、「立功」、「立言」的三不朽事業無一沒有做到極致，在歷代文人中實屬少見。歷來研究少有把他直接放在文學藝術的視域中進行考察的，一方面因為他在哲學和武功上的成就實在太過耀眼，另一方面也看出中國傳統的價值評價體系在他身上的作用。是本課題試圖挖掘一直被忽略的王陽明的詩歌、散文和書法中的文學和美學價值，以期在與他本人的學術思想的互文中，以及在與同時期的文藝創作氛圍的互相影響中，關注他在王陽明一代鴻儒之外的文人形象，以及在學術史之外的文學史地位和意義。研究王陽明的文藝思想和創作實踐，不論是在廣度還是深度上，都能幫助我們更立體地認識這位大家。同時，作為一個在哲學高度和人生境界上有著非常堅定追求的人，他的文藝創作又明顯帶有其他一般文人所沒有的烙印。這就使得對他的文藝美學的研究，不得不在創作實踐和理論思想之間交叉進行，這大概也是研究王陽明與研究一般文學史人物的最大區別。黃宗羲總結王陽明的學術發展經歷了三變又三變，考察他創作實踐中的文藝美學，大致也可以看到三個不同側面的風格特徵。

一、學術思想的滲透

　　在此所謂的「學術思想」，並不局限地以心學思想為所指，而是指他從立志做聖賢開始，一直到立定腳跟，找到一以貫之的「致良知」學說為止，他經歷的全部思想進程。前面說到黃宗羲說的前三變，是指龍場悟道前的氾濫辭章、浸淫佛老，而後在龍場忽悟格物致知之本旨的三個階段；後三變則是

在龍場悟道後，心學理論逐漸圓融的三個階段，從教人默坐澄心，到專提「致良知」，再到言行無所不出本心的至善境界。王陽明一生不輟詩文創作，對他來說，大概不是自覺地寫作，而是爲了言事抒情，是一種在哲思之上的情思感發。上面所說的這些學術的發展變化，也正反映在他的詩文創作中。

王陽明的文章體裁廣泛，有書、表、序、記、銘、公移等等，除了一些公務之文外，大部分文章都或多或少地體現了他當時的思想。其中猶以學友同道的往來書信和序記最爲明顯。考察王陽明的書信，幾乎可以認爲，它們完整記錄了王陽明的思想發展變化。竟陵派鍾惺評價他的文章如此說：「陽明先生之爲言也……自奏議而序、記、詩、賦，以及公移、批答，無精粗大小，皆有一段聖賢義理於其中，使人讀之而想見其忠孝焉，仁恕焉，才能與道德焉，此豈有他術而僥倖致此哉？蓋學問眞，性命正，故發之言爲眞文章」〔註1〕。鍾惺是當時最有社會影響的文學寫作者之一，他的評價既可代表他個人的好惡，側面也反映了當時整個社會的取向。可見，即使以文人角度來觀察王陽明的文藝創作，其中代表學術心性的「自性之眞」也是被盛讚的。正因爲「所性所學不可飾也」，所以即使生性奇崛的李贄，「至此亦帖然服膺」。這既是王陽明自身的寫作特點，也推開了文藝創作界伸張心性文學的大門。

二、釋道的影響

王陽明與佛道的淵源大概要從他出生時就算起。關於他的出生的記載，頗有奇異之處：他的母親懷胎十四月，祖母夢見神人從雲中而降送子，因此給他取名爲「雲」。年至五歲仍不開口說話，一天一個僧人路過，說道：「可惜道破。」改名爲守仁，從此開口說話。在他的青年時期，也很長一段時間沉迷於二氏之學，竟至于連自己的婚禮都忘在腦後，與道士徹夜長談。但隨著他宦海沉浮和學問的深入，又歷經無數的生命磨難之後，他認識到二氏在對待眞實的世俗人生上的無效。這其中的轉換在他一篇《答人問神仙》〔註2〕的文章中窺見一斑，而寫作這篇文章的這一年，正是他在龍場悟道的正德三年。文中自述到，他「八歲而即好其說」，對前來提問者他頗爲爲難，其一他也認爲廣成子、老子這些古代至人都是存在的，他們去世離俗，和於陰陽，要對來者說沒有神仙之說，是對他的欺騙。但是後世的那些駭人聽聞的奇技

〔註1〕 【明】王守仁，《王陽明全集》，上海古籍出版社，2011，第1版，第1770頁。
〔註2〕 【明】王守仁，《王陽明全集》，上海古籍出版社，2011，第1版，第887頁。

秘術，什麼拔地飛昇、點鐵成金，要說其眞實存在，又不能不說是欺人。這
篇文章中，可以看到他的思想主體已經逐漸轉向了儒學，他說「吾儒亦自有
神仙之道，顏子三十二而卒，至今未亡也」。但此時的他對於佛道之說，他並
沒有完全持否定態度，他認爲達摩、慧能之徒，與神仙之說是相近的，然而
除非退處山林，「全耳目，一心志，胸中灑灑不掛一塵」，不然是無法說什麼
修仙之道的。從這個觀點來看，對於「道」的索求，即使後來王陽明在立足
點上完全轉向了儒學，但是在修養方法上，仍然留下了佛道很深的烙印。所
謂的「一心志」、「胸中灑灑不掛一塵」，不正是堅守本體良知，勿忘勿助嗎？

　　在具體的創作實踐上，這種佛道的印記更多的是體現在他的詩作中。他
一生愛好山水，遊山玩水之時總是與僧道有諸多交游，寫作了諸多關於借宿
佛寺時所看所想的詩歌。面對出世的世界，他也總是流露出一點嚮往之情。
在他的詩作裏，甚至經常出現一些如前面所提到的，在學術思想上他所不能
認同的道教玄說的意象，而禪言偈語也常出現在他的詩歌語言中。王陽明詩
歌的抒情性儘管有所節制，這與他的個人審美品格有關，但關於心性所關涉
的審美情感取向並沒有隨著他心學學說的深入而消失，反而通過詩歌呈現出
了多層次的審美境界。

三、文人審美傾向和自然語言的融合

　　王陽明作爲儒者，他一生的文藝創作與其他理學家比，具有非常明顯的
個人特色。主要表現在詩歌內容上的文人審美和語言上的自然清新。一、內
容上，他好以山水遊歷爲題材，或是見景詠物，又或是賦寫閒情，表現出明
顯的文人的審美趣味。但與一般的文人寫作有區別的是，他的情景交融，既
有一種「以我觀物」的主體性，又不同於許多詩人糾結在小我的濃烈情緒之
中。就像他的詩句中所說的，「坐久塵慮息，淡然與道謀」（《水濱洞》），整體
呈現出較高的審美品格。第二，在學術論述和詩歌語言的建構之間，他並沒
有採取了簡單的轉化機制，甚至主要不是爲了學術思想而服務。而在理學家
們的詩歌中，這樣的寫作方式才是更爲常見的，前者有邵雍，後者有二程、
朱熹，他們的詩作中的理學味重要過文學性。王陽明除了後期少數的說理詩，
基本上始終保持了詩歌語言的文學性。三、詩歌語言與自然語言的交互使用。
自然語言的運用主要在哲理詩和散文創作中。在王陽明的學術生涯後期，他
偶而會創作一些闡釋他的心學思想的詩歌，在這些詩作中，他一反其寫景抒

情的文學語言，而轉用非常通俗明曉的自然語言，幾乎完全不顧詩歌本身的
內部規則。如《書扇示正憲》：「汝自多春來，頗解學文義，吾心豈不喜？顧
此枝葉事，如樹不植根，暫榮終必瘁。植根可如何？願汝且立志。」又如《答
人問良知》其一：「知得良知卻是誰？自家痛癢自家知。若將痛癢從人問，痛
癢何須更問為？」這兩首詩與他的寫景抒情的詩作比，語言風格簡直判若兩
人。前一首對仗全無，可以說是以文為詩，後一首又像禪偈一樣，在詞語反
覆中揭示道理。而在他的散文創作中，卻恰好相反，以兩篇題材接近的哀悼
之文為例，《瘞旅文》和《祭徐曰仁文》，前者由人及己，使作者產生了對宇
宙人生的反思，雖然引起了普遍的生命之痛，但是語言相對節制而文雅。後
者是直接抒情，對自己的弟子兼妹夫的徐愛之死痛徹心扉，幾不欲活，反倒
語言真切直接。值得注意的是，這種情感的抒發不能用來證明王陽明「致良
知」的不切，因為在他對別人的勸導中，有對這種生離死別如何用「良知」
學說去面對的先例，而他在此時的痛不欲生似乎是有違他的理念。這正是學
術與文學的區別所在，是理性語言與感性語言的區別所在。孔子在顏回去世
時，說「天喪予」，王陽明在這篇文章正是以顏子比徐愛，對可以繼承自己志
向之人的去世，表示的極大遺憾。而此時的正德戊寅年，已經是王陽明的「良
知」學說非常成熟之際了。

四、心性之學作為一種社會思潮

　　王陽明的心學思想和文藝創作對中晚明的社會思潮和文人創作，甚至是
政治軍事，都產生了重大影響。比較而言，主要是兩方面的影響，第一是對
文人士大夫在學術思想上的衝擊。心學興盛之前，主要還是程朱理學統治了
學術。王陽明確定了「心即理」的學術思想，從儒學源頭證明這種思想的正
統性、合理性和必然性，顛覆了以程朱為代表的「理學」體系，建立起他的
「心學」體系，不僅使當時的學子和士人從程朱理學的禁錮中得到解放，事
實上也逐漸影響到普通民眾的思想精神，是晚明的思想解放潮流的重要推動
力。第二是對文學觀念和文藝創作的影響。王陽明建立的「心性」之學，提
倡「良知」之美，與他的文藝創作構成了理論與實踐雙向印證。這種創作理
念和風格，對中晚明文學的創作是革命性的啟迪，對晚明美學思想的形成和
固定奠定了堅實的基礎，事實上，中晚明的文人創作很明顯地受到「心學」
的影響，這種影響經歷了李贄等人的發展，體現在文藝作品中，即人性被肯

定、世俗文化進入文學場，以及對於人性的複雜性的挖掘，和最終以「良知」為旨歸的創作思維和美學追求。陽明心學所提倡的從心出發，「以心觀物」的形而上的審美方式，對明中期以後的文學風氣產生了極大的衝擊，眾多文人作家開始探索這種創作風格和思想取向。

　　王陽明的影響一直到今天仍然存在，從近年來王學研究重新熱門就開始窺見端倪。就像心學思想裏所說的，千百萬世人同此心，心同此理。心性之學之所以可以跨越時間、跨越語言，就因為它直指人心，而經歷了無數世代的我們，在文化心理、審美心理、價值取向上，與王陽明的連接還是沒有斷，也許會一直延續下去。

參考文獻

1. 【梁】劉勰著,范文瀾注,《文心雕龍》,人民文學出版社,1958。
2. 【梁】鍾嶸著,周振甫譯注,《詩品譯注》,中華書局,1998。
3. 【宋】周敦頤,《周敦頤集》,中華書局,2009。
4. 【宋】邵雍,《伊川擊壤集》,中華書局,2013。
5. 【宋】陸九淵,《陸九淵集》,中華書局,1980。
6. 【宋】朱熹,《四書章句集注》,中華書局,2012。
7. 【宋】朱熹著,《朱子全書》,上海古籍出版社,2002。
8. 【宋】張載著,《張載集》,中華書局,1978。
9. 【明】李贄,《焚書續焚書‧焚書》,中華書局,2009。
10. 【明】王守仁,《王陽明全集》,上海古籍出版社,2011。
11. 【明】王世貞著,《藝苑卮言》,鳳凰出版社,2009。
12. 【明】湯顯祖,《牡丹亭》,人民文學出版社,2005。
13. 【清】黃宗羲,《明儒學案》,中華書局,2008。
14. 丁福保輯,《歷代詩話續編》,中華書局,1983。
15. 《四書五經》,中華書局,2009。
16. 《中國歷代文論選》,上海古籍出版社,2001。
17. 陳鼓應注譯,《莊子今注今譯》,中華書局,1983。
18. 陳鼓應,《老子注釋及評介》,中華書局,1984。
19. 葉朗著,《中國美學史大綱》,上海人民出版社,1985。
20. 夏咸淳著,《晚明士風與文學》,中國社會科學出版社,1994。
21. 計文淵編,《王陽明法書集》,西泠印社,1996 年。
22. 張祥浩著,《王守仁評傳》,南京大學出版社,1997。

23. 楊國榮著,《良知與心體》,臺北洪葉文化事業有限公司,1999。

24. 周群著,《儒釋道與晚明文學思潮》,上海書店出版社,2000。

25. 【日】岡田武彥著,吳光等譯,《王陽明與明末儒學》,上海古籍出版社,2000。

26. 錢穆著,《朱子學提綱》,三聯書店,2002。

27. 左東嶺,《明代心學與詩學》,學苑出版社,2002。

28. 錢明著,《陽明學的形成與發展》,江蘇古籍出版社,2002。

29. 熊禮匯著,《明清散文流派論》,武漢大學出版社,2003。

30. 楊國榮著,《王學通論——從王陽明到熊十力》,華東師範大學出版社,2003。

31. 周寅賓著,《明清散文史》,湖南人民出版社,2004。

32. 任文利著,《心學的形上學問題探索》,中州古籍出版社,2004。

33. 劉正成主編,《中國書法全集52 明代編》,榮寶齋出版社,2005。

34. 蔡仁厚著,《王學流衍——江右王門思想研究》,人民出版社,2006。

35. 錢鍾書著,《談藝錄》,三聯書店,2007。

36. 鄧瑩輝著,《兩宋理學美學與文學研究》,華中師範大學出版社,2007。

37. 胡永中著,《致良知論——王陽明去惡思想研究》,巴蜀書社,2007。

38. 李澤厚著,《中國古代思想史論》,三聯書店,2008。

39. 李澤厚著,《華夏美學·美學四講》,三聯書店,2008。

40. 華建新著,《王陽明詩歌研究》,安徽人民出版社,2008。

41. 潘運告著,《從王陽明到曹雪芹》,湖南教育出版社,2008。

42. 余英時著,《宋明理學與政治文化》,吉林出版集團,2008。

43. 葉朗,朱良志著,《中國文化讀本》,外語教學與研究出版社,2008。

44. 陳立勝著,《王陽明「萬物一體」論》,華東師範大學出版社,2008。

45. 嵇文甫著,《晚明思想史論》,河南大學出版社,2008。

46. 龔鵬程著,《晚明思潮》,商務印書館,2008。

47. 李澤厚著,《美的歷程》,三聯書店,2009。

48. 陳來著,《有無之境》,三聯書店,2009。

49. 楊國榮著,《心學之思——王陽明哲學的闡釋》,中國人民大學出版社,2009。

50. 錢明著,《王陽明及其學派論考》,人民出版社,2009。

51. 【韓】崔在穆著,朴姬福,靳煜譯,《東亞陽明學》,中國人民大學出版社,2009。

52. 朱曉鵬著,《王陽明與道家道教》,中國人民大學出版社,2009。

53. 劉聰著,《陽明學與佛道關係研究》,四川人民出版社,2009。

54. 第環寧著,《中國古典文藝美學範疇輯論》,民族出版社,2009。

55. 吳志達著,《明代文學與文化》,武漢大學出版社,2010。

56. 鄧克銘著,《王陽明思想觀念研究》,臺大出版中心,2010。

57. 潘立勇著,《一體萬化──陽明心學的美學智慧》,北京大學出版社,2010。

58. 陳曉芬著,《中國古典散文理論史》,華東師範大學出版社,2010。

59. 黃念然著,《中國古典文藝美學論稿》,廣西師範大學出版社,2010。

60. 陳多旭著,《教化與工夫──工夫論視域中的陽明心學系統》,巴蜀書社,2010。

61. 陳來著,《中國近世思想史研究》,三聯書店,2010。

62. 陳來著,《宋明儒學論》,復旦大學出版社,2010。

63. 崔爾平選編點校,《明清書論集》,上海辭書出版社,2011。

64. 馮友蘭著,《中國哲學史》,華東師範大學出版社,2011。

65. 錢穆著,《宋明理學概述》,九州出版社,2011。

66. 錢穆著,《陽明學述要》,九州出版社,2011。

67. 錢穆著,《理學六家詩鈔》,九州出版社,2011。

68. 楊遇青著,《明嘉靖時期詩文思想研究》,三秦出版社,2011。

69. 束有春著,《理學古文史》,大象出版社,2011。

70. 丁建順著,《古典書法的人文意蘊》,上海人民出版社,2011。

71. 張海晏主編,《國際陽明學研究》,中國社會科學出版社,2011。

72. 《陽明學刊》第五輯,2011。

73. 華建新《王陽明散文研究》,安徽師範大學出版社,2012。

74. 宋克夫著,《宋明理學與明代文學》,中國社會科學出版社,2013。

75. 杜維明著,朱志方譯,《青年王陽明──1472～1509 行動中的儒家思想》,三聯書店,2013。

76. 李天道,李玉芝著,《明代文藝美學思想及其審美訴求》,中國社會科學出版社,2014。

學位論文

1. 肖鷹著,《王陽明美學研究》。

2. 陳清春著,《王陽明「龍場三悟」與心本論的建立》。